Diogenes Taschenbuch 24517

AF204735

ANNE REINECKE, geboren 1978, hat Kunstgeschichte und Neuere deutsche Literatur studiert und für verschiedene Theater-, Film- und Ausstellungsprojekte sowie als Stadtführerin gearbeitet. *Leinsee* ist ihr erster Roman. Für das Manuskript wurde sie mit einem Stipendium der Autorenwerkstatt Prosa des Literarischen Colloquiums Berlin ausgezeichnet. Sie lebt mit ihrem Mann und ihrem Sohn in Berlin.

Anne Reinecke

Leinsee

ROMAN

Diogenes

Die Erstausgabe
erschien 2018 im Diogenes Verlag
Die Passage aus dem ›Märchen von einem, der auszog,
das Fürchten zu lernen‹ der Gebrüder Grimm
wurde dem Band ›Das große Märchenbuch‹,
Diogenes Verlag, Zürich 1987, entnommen
Covermotiv: Artwork by Leanne Shapton
Copyright © 2011, Leanne Shapton

Veröffentlicht als Diogenes Taschenbuch, 2019
120/19/852/1
ISBN 978 3 257 24517 2

Für Markus

Kanarienvogelgelb und silbern

Dieses Gelb war unangemessen. Woher die Farbe kam, konnte Karl sich nicht erklären. Soweit er sich erinnerte, hatte er nichts Gelbes gegessen. Seit zwanzig Minuten kotzte er sich – ja, was eigentlich – aus dem Leib. Kanarienvogelgelb in silberner ICE-Kloschüssel, ganz hübsch, ein schönes Bild für – ach, auch egal.

Mara hatte ihm verboten, mit dem Auto zu fahren, weil er betrunken sei und durch den Wind.

Mara. Als der Anruf gekommen war, war sie ans Telefon gegangen. Sie hatte die Stirn gerunzelt und gesagt: »Ja. Einen Moment.« Sie hatte ihm den Hörer gereicht und ihn nicht mehr aus den Augen gelassen, die Hand auf der Brust in Ahnungspose, zu allem Überfluss auch noch umleuchtet von der Sonne, die hinter ihr durchs Fenster fiel. Mara Dolorosa.

Wahrscheinlich holte sie gerade sein schwarzes Jackett aus der Reinigung. Das war eigentlich für die Vernissage gewesen. Praktischer Zufall, dachte

Karl und ärgerte sich sofort darüber. Andererseits: Irgendetwas musste er ja denken, er konnte ja nicht einfach aufhören damit, und dieser Gedanke war genauso gleichgültig wie jeder andere. »Soll ich mitkommen?«, hatte Mara gefragt, und Karl hatte den milden Ton in ihrer Stimme nicht ertragen und gesagt: »Nein. Komm dann zur Beerdigung.«

Erhängt, hatte der Mann am Telefon gesagt. Karl überlegte seitdem, wie das aussehen musste: sein Vater, erhängt. Am Lampenhaken, im Salon, in Leinsee. Aber er bekam nicht mal mehr zusammen, wie sein Vater im Leben ausgesehen hatte. Vor allem das Gesicht fehlte. Er erinnerte sich nur an den doppelköpfigen Umriss seiner Eltern, Arm in Arm in flackernden Fernsehbildern. Ada und August Stiegenhauer, das Künstlerpaar, die Ikonen des späten zwanzigsten Jahrhunderts, leuchtend und schön, abwechselnd redend und nickend. Wenn er sich anstrengte, sah Karl seine Mutter vor sich. Dunkle Augen, geschwungene Lippen, viel Stirn und scharfe Brauen in Schwarz. Das Gesicht des Vaters aber hatte er verloren. Nicht mal mehr ungefähr hatte er es vor Augen. Stattdessen die schöne, konkrete Oberfläche der Silberschüssel.

Früher hätte jemand in seiner Situation das Gleisbett durch das Kloloch sehen können, dachte Karl, das wäre vielleicht ein tröstlicher Anblick gewesen, das gleichmäßige Vorbeiziehen der Schwellen, wahrscheinlich tröstlicher als die Landschaft. Er versuchte, den Gedanken festzuhalten. Aber da musste er schon wieder kotzen.

Rachen, Zunge, Nase, alles brannte. Der Schmerz tat gut. Das war wenigstens eine Wahrnehmung. Was Karl verrückt machte hier drin, war das Fehlen der Geräusche. Kein Rattern, nichts. Alles, was er hörte, kam aus ihm selbst oder von anderen Menschen an Bord, Schritte und Gemurmel im Gang.

Karl stand auf und stützte sich auf das Waschbecken. Sein Gesicht im Spiegel war nicht zu fassen, es kippte hin und her wie ein Vexierbild. Er griff sich ein paar Papierhandtücher, hielt sie unters Wasser und wischte sich den Mund ab. Im Spiegel fischte er nach seinen Augen, als er sie hatte, fixierte er sie einen Moment lang, atmete zweimal ein und aus und trat dann auf den Gang hinaus, in die besorgten Blicke der wartenden Fahrgäste.

Wahrscheinlich hatten sie die Kotzgeräusche gehört. Und alles in allem war er wohl kein besonders erbaulicher Anblick. Er schwitzte und fror. Außerdem spürte er deutlich, dass er nicht unerheblich geschrumpft war, das musste irgendwie mit der Fahrtrichtung zusammenhängen. Vielleicht irritierte die Leute auch, dass er ein Kippbild war. Also glotzten sie eben, was sollten sie machen, das hatte er erwartet. So höflich er konnte, nickte er allen der Reihe nach zu, dann hangelte er sich zurück in sein Abteil.

Dort war es etwas besser, dort waren es nur noch zwei, beide allein reisend, beide mit Buch, eine junge Frau im blauen Kleid, mit Zopf und nackten Füßen in Sandalen und eine etwas ältere im Trenchcoat, mit hautfarbenen Strümpfen. Um zu seinem Platz zu kommen, musste er kompliziert über ihre vier Beine steigen. Wahrscheinlich roch er irgendwie, vielleicht hatte er auch ein bisschen geflucht, als er seine Füße zwischen ihre zu setzen versuchte, jedenfalls glotzten sie auch, aber nur kurz, dann klebten sie ihre Blicke in die Bücher, und Karl war ihnen dankbar und legte seine Schläfe ans Fenster, um das Glas zu fühlen und zu sehen, wie sich die Landschaft von ihm wegbewegte.

Die norddeutsche Tiefebene war fortgezogen worden, stattdessen gab es jetzt Wald ohne Horizont. Bäume und Bäume und Bäume auf irgendeinem Gelände, das sich dicht neben dem Fenster auftürmte und den Sichtraum abschloss wie eine Wand. Das musste Hildesheim sein, so ungefähr. Aus dem Fenster zu sehen half ein wenig gegen den Schwindel. Das Schrumpfen musste tatsächlich eine Folge des Rückwärtsfahrens sein. Das war plausibel. Mit der Ursache vor Augen war es leichter zu ertragen: Er schrumpfte, aber wenigstens wurde er nicht verrückt.

Karl nahm sein Handy aus der Hosentasche und legte es vor sich auf das Tischchen. 16:19. Keine neuen Nachrichten. Also operierten sie noch. Also lebte sie noch. Sobald es etwas Neues gäbe, wollten sie sich melden. Aber gleich kam Hildesheim. Und danach kamen immer diese vielen Tunnel, das wusste er noch. Da würde es Funklöcher geben, und wenn die Mutter ausgerechnet dann starb, würden sie ihn nicht erreichen.

»Raumforderung«, das Wort hatte Karl gefallen, es klang nach Sternfahrt und Kraft und so weiter, und er hatte es noch nie gehört. Seine Mutter würde mit hoher Wahrscheinlichkeit noch heute einer Raumforderung erliegen. Karl hatte nichts gesagt, nur ins Telefon geatmet, und der Arzt hatte »Hirntumor« gesagt und »Koma« und »plötzlich« und »faustgroß«, und Karl hatte geatmet, und der Arzt hatte »Notoperation« und »mit hoher Wahrscheinlichkeit« gesagt und »nicht« und »keine Zeit zu verlieren« und »trotz allem unser Bestes«. Und Karl hatte geatmet und an den Schädel seiner Mutter gedacht, an ihre Stirn, an ihren Hinterkopf. Dunkle Locken. Einmal hatte er seine Nase in ihr feuchtes Haar gehalten. Da musste er drei oder vier gewesen sein. Seine Mutter war mit ihm auf dem

Rücken durch den Garten gerannt, nackt, unterm Strahl des Rasensprengers, hin und her, immer wieder. Sie hatte laut gelacht, und Karl hatte sich an ihr festgeklammert und geschrien und nicht genug bekommen.

Der Vater hätte ihn anrufen müssen, verdammte Scheiße. Nicht einmal deswegen hatte er ihn anrufen können. Stattdessen hatte dieser Mann angerufen und der Arzt, und der Vater baumelte währenddessen vom Lampenhaken im Salon, weil er es nicht hatte aushalten können.

Und jetzt kamen auch schon diese scheiß Tunnel, und vielleicht starb die Mutter an der Faust in ihrem Gehirn, und woher sollte er das dann wissen in diesem netzlosen Schwarz, und hatten sie ihr alle Haare abrasiert oder nur die Stelle, an der sie ihren Kopf aufmachten, und welche Stelle war das, und würden die Haare dann nach ihrem Tod noch nachwachsen, und wo hatte er das gelesen, und weinte er etwa?

Keine Ahnung, verschwommenes Schwarz sah schließlich nicht anders aus als klares Schwarz, was er jetzt brauchte, war ein Wodka, ja. Vielleicht würde dann auch endlich das Schrumpfen aufhören, das war unangenehm und peinlich.

Mara hatte ihn keinen Wodka mitnehmen lassen, also musste er in den Speisewagen, also musste er wieder über die vier Beine steigen: »Pardon.« Er war auf einen Sandalenfuß getreten, die Zopffrau zog die Augenbrauen hoch und schnaubte, Karl musste sich nochmals entschuldigen, er griff nach seiner Tasche, um nicht wieder zurückzumüssen.

Zu Karls Erleichterung war das Bordrestaurant fast leer. Es gab keinen Wodka, es gab nur Bier, aber das war besser als nichts. Er stürzte es hinunter, das half ein bisschen. Die weiße Tischdecke half auch, Karl befühlte sie gerührt, legte sein Telefon darauf und bestellte ein zweites Bier. Er putzte sich die Nase mit der Serviette, nahm die Tunnelschwärze hinter der Scheibe als Spiegel und strich sich das Haar glatt. Wenn seine Mutter jetzt starb, dann saß er wenigstens an einem Tisch mit Tischdecke.

Aber als es wieder Netz gab, in Göttingen, war sie noch nicht gestorben, und auch in Kassel noch nicht. Karl trank Bier um Bier und rechnete. Sie operierten jetzt seit über acht Stunden. Draußen wurden Weiden vorbeigespult, mit Tieren darauf, vielleicht hätte man sie zählen können, Schafe und Kühe.

Er streichelte die Tischdecke und wartete. Kassel, Fulda, nichts. Frankfurt, nichts. In Mannheim würde er umsteigen müssen. Wo war der Zettel? Mara hatte es ihm ausgedruckt: Gleis neun. Elf Minuten Umsteigezeit, wenn er den ersten Zug verpasste, fuhr nach achtundzwanzig Minuten der nächste, vom selben Gleis. Mara hatte die Zahlen mit gelbem Textmarker bemalt, das rührte ihn ein bisschen.

Er trank das letzte Bier aus, gab dem Kellner viel zu viel Trinkgeld, steckte Portemonnaie und Handy ein, nahm seine Tasche und versuchte aufzustehen, was gleich beim zweiten Versuch gelang. »Nicht schlecht, Karl, nicht schlecht«, flüsterte er sich zu und hangelte sich in den Gang hinaus und dann in die Nähe der Tür.

Rechts und links drängten Menschen, es wurden immer mehr, sie kamen aus allen Abteilen, aber vor ihm war ein Fenster, da konnte er hinausschauen, und darunter war eine Stange, da konnte er sich aufstützen, es würde schon gehen. Gleich wäre er hier raus, die Häuser da, das war schon Mannheim, an eine Mauer hatte jemand geschrieben: »Halten Sie sich fest!« Und dann fuhr der Zug eine scharfe Kurve, und Karl lachte und lachte und floss einfach in der Menge auf den Bahnsteig hinaus. Es war gar nicht schwer, es gab Rolltreppen, und auf dem von Mara gelb markierten Gleis stand sein Zug schon bereit, mit offenen Türen, und Karl schob sich hinein und fand einen Sitz und ließ sich fallen. »Gut, Karl«, flüsterte er.

Fast wäre er eingenickt. Er hob den Kopf und erschrak. Das war bunt und zappelig und zu viel. Das ging nicht. Zu viele. Das war ein verklumpter, wackelnder Haufen Teenager. So ging das nicht. Kaugummi, Schreien, Cola, Fotos machen, Aneinanderkleben. Das war eine Schulklasse. Ein scheiß Klassenausflug war das. Und er mittendrin. Und wieder glotzten sie alle. Gruppenglotzen mit offenen Kaugummimündern. Und gleich musste der Anruf kommen. Das ging nicht. Er musste allein sein. Oder zumindest eine Tischdecke haben. Oder jedenfalls etwas anderes als eine Kaugummigruppe. Scheiße. Er schaffte es gerade noch, bevor die Türen sich zuschoben.

Als der Anruf kam, saß Karl im Taxi. Er hatte dem Fahrer den Namen des Krankenhauses genannt. Nach Leinsee wollte er später fahren, der Vater würde schließlich auch am nächsten Tag noch tot sein. Der Arzt am Telefon war der vom Morgen. Karl streckte den Rücken durch. Seine Mutter hatte überlebt. »Gegen alle Erwartungen«, sagte der Arzt. Sie sei stabil, aber nicht ansprechbar, heute könne er nicht zu ihr, er solle morgen kommen, er solle nach Hause fahren, da würde er im Moment wohl dringender gebraucht, man habe es schon gehört, das mit seinem Vater, herzliches Beileid, ein bedeutender Mann, eine tragische Geschichte, ein großer Verlust, alle sehr betroffen.

Karl zog die Nase hoch und freute sich über die

Unberechenbarkeit seiner Mutter. Sie hatte überlebt. Stabil, dachte er und kicherte ein bisschen. Er nannte dem Fahrer die Adresse seiner Kindheit, ließ sich in den Sitz sinken und schloss die Augen, bis sie da waren.

Als er die Augen öffnete, blitzte es. Vor dem Tor zur Einfahrt hatte sich in der Dämmerung eine ganze Menge Presse versammelt, dazu Nachbarn und Neugierige. Hinter dem Tor standen ein Polizeiauto und ein Leichenwagen, in der Heckscheibe der Schriftzug »Heimkehr«. Nicht witzig, dachte Karl, nicht originell. Und lachte trotzdem, kurz und hart.

Teichgrün und orange

So etwas sehen wir selten, dass jemand solche Vorkehrungen trifft«, sagte die Polizistin und meinte das wohl als Trost. Der Vater hatte eine Plane untergelegt, ein etwa sechs Quadratmeter großes Stück dunkelgrüne Plastikfolie, vielleicht um den Fußboden zu schützen, falls nach dem Tod Körpersäfte austräten.

Karl hatte sich die ganze Zeit den baumelnden Körper vorgestellt, aber sie hatten den Vater natürlich abgeschnitten und zugedeckt. Er lag auf dem Boden, unter einem weißen Laken. Teichfolie, überlegte Karl, Vorkehrungen. Der Vater war also in den Baumarkt gefahren und hatte Teichfolie gekauft und ein orangefarbenes Abschleppseil. Das eine Ende hing am Deckenhaken. Das andere musste der Vater noch um den Hals haben, jedenfalls lag es nirgendwo herum. Orange und dunkelgrün, von dieser Kombination war Karl auch früher schon schlecht geworden.

Der Raum schwappte sanft hin und her, Karl

brauchte einen Moment, um sich daran zu gewöhnen. Ansonsten sah alles aus wie früher. Naturstein, Glas, Stil und Seeblick. Fünf Leute standen im Salon herum und hatten auf Karl gewartet. Die Polizistin, zwei Männer vom Beerdigungsunternehmen, eine Frau, die sich als Rechtsmedizinerin vorstellte, und dann noch ein Typ, der sich wie ein Gastgeber benahm. Er war ungefähr in Karls Alter, vielleicht fünfundzwanzig, höchstens dreißig. Brille, Tolle, Jackett und große Zähne. Er sah aus wie Buddy Holly. »Guten Abend, wow, du bist also Karl«, sagte er, nickte heftig und lächelte mit den blanken Zähnen. Karl war schwindelig. Buddy Holly tauschte Blicke mit den anderen. Er fixierte Karls Augen und kam auf ihn zu. Karl konnte den Alkohol und die Kotze in seinem eigenen Atem riechen. Falls Buddy Holly sich ekelte, hatte er das gut im Griff. Er wollte Karl sogar umarmen. Aber Karl war schneller, er streckte seinen Arm aus und reichte Buddy die Hand. »Ich bin Torben«, sagte Buddy Holly und schüttelte Karls Hand. Der Typ hörte nicht auf zu nicken, er schüttelte und nickte. »Wir haben telefoniert. Möchtest du einen Kaffee?« Karl zuckte mit den Schultern und sagte: »Ja. Schwarz. Bitte.«

Auf der Anrichte lagen drei Ordner: *Anwalt, Finanzen, Versicherung*. Daneben eine Karte mit der Adresse des Bestattungsunternehmens: *Heimkehr.*

Darunter ein Blatt mit irgendwelchen Verfügungen. Das alles hatte der Vater zurechtgelegt, überlegte Karl, Vorkehrungen. Und einen Brief: *Karl* stand darauf. Er strich mit den Fingerkuppen darüber. Dann nahm er den Umschlag, faltete ihn in der Mitte und steckte ihn sich in die Hemdtasche.

Von hinten legte sich ihm eine Hand auf die Schulter. Karl zog den Nacken ein und drehte sich um. Es war Buddy Holly, in der anderen Hand hielt er den Kaffee, der Dampf hatte seine Brille ein bisschen beschlagen lassen. Hinter Buddy Holly standen wie bei einem Krippenspiel aufgereiht die Heimkehrmänner und die Polizistin und sagten nichts, aber offensichtlich wollten sie irgendwas, denn sie hatten ihre Mitleidsblicke fordernd auf Karl gerichtet. »Ich muss meine Freundin anrufen«, sagte er und trat hinaus auf die Terrasse, bevor ihm Buddy Holly den Rücken streicheln konnte.

Über dem See ging mit großer Geste die Sonne unter, aber wenigstens war Karl hier draußen allein. Und den Garten hatte er immer gemocht. Er zündete sich eine Zigarette an und ließ sein Handy die Berliner Nummer wählen. Mara war sofort am Telefon. Sie klang wie Schlagsahne. Das war nicht auszuhalten. Karl suchte nach etwas Hartem. »Die spielen hier Pyramus und Thisbe auf dem Lande«, sagte er, »meine Mutter ist gar nicht tot.«

Mara hatte alles organisiert. In der Galerie würden sie ohne ihn aufbauen, sie hatte ihnen noch einmal gesagt, dass die Vakuumarbeiten nicht zu eng gruppiert werden dürften. Es werde schon laufen, er solle sich deswegen keinen Kopf machen, der Raiken und sie hätten alles im Griff. Karl müsse dann einfach nur noch auf der Vernissage auftauchen. Alle ließen ganz herzlich grüßen, Beileid und so weiter. »Mara«, sagte Karl. Sie habe auch mit Gramisch gesprochen, das Große und Ganze sei eigentlich klar, Nina könne sie im Theater vertreten. Wenn er wolle, komme sie. »Komm zur Beerdigung.«

Karl steckte das Handy ein und schnippte die Kippe in den Garten. Die Bäume waren gar nicht so sehr gewachsen. Der Kirschbaum am ehesten. Aber vielleicht sah das auch nur so aus, weil er als Einziger mitten auf der Wiese stand. Die Bäume am Rand des Grundstücks mussten auch größer geworden sein. Ein paar Blüten hingen traurig an den Zweigen. Sieben Jahre. Karl zündete sich noch eine Zigarette an. Das Bootshaus sah frisch angemalt aus, aber sonst: wie früher. Rasen, Bäume, der Weg aus roten Sandsteinplatten, und am Ufer rauschte wie immer schon das Schilf.

»Herr Stiegenhauer?« Das war jetzt er, der Vater war tot, es lebe der König. Die Polizistin bat ihn hereinzukommen, man habe vorhin schon unter Strafandrohung die Presse aus dem Garten vertreiben müssen. Die Klingel habe man auch abgestellt, das Telefon aus der Dose gezogen und die Fenster nach vorn verhängt, am besten, man zöge auch die Vorhänge zur Seeseite zu. Besser sei besser, nicht?

Er sollte alles Mögliche ausfüllen und unterschreiben. Sie erklärten ihm irgendetwas. Er trank seinen Kaffee, er rauchte seine Zigarette, er füllte aus und unterschrieb.

Mit einem Elastikband, das sich alle paar Atemzüge zusammenzog, war Karls rechter Augenwinkel an die Leiche gebunden. Das Laken, mit dem sie den Vater bedeckt hatten, trug rechtwinklige Linien, wo es gefaltet gewesen war, ein schöner Kontrast zu der unregelmäßigen Form darunter, fand Karl. Er hatte das Laken eigentlich noch wegziehen wollen, um das Gesicht zu sehen, aber jetzt hatten die Heimkehrmänner den Vater schon auf ihrer Bahre und trugen ihn weg. Karl sah hinterher, bis das Band riss und ihm ins Auge schlug.

Die Polizistin und die Rechtsmedizinerin hatten irgendetwas gesagt, er hatte nicht hingehört, aber es mussten Abschiedsfloskeln gewesen sein, denn sie gaben ihm jetzt die Hand. Karl nickte, und dann war da nur noch Buddy Holly.

Was wollte der? Hatte er den schon mal gesehen?

Der Typ kam ihm bekannt vor. Karl würde später darüber nachdenken. Ein andermal. Er wollte jetzt einen Sessel und einen Whisky. Die Eltern hatten doch bestimmt Whisky im Haus. Er fragte Buddy Holly danach, der brachte ihm ein Glas, legte ihm die Hand auf die Schulter, blieb stehen und sah auf ihn herab, so dass Karl genötigt war, ihn ebenfalls anzusehen. Buddy Holly hatte die Unterlippe vor-geschoben, wahrscheinlich zu Karls Erbauung. Karl sah schnell wieder weg. »Ich bin müde. Mein Vater hat mir einen Brief geschrieben. Morgen muss ich ins Krankenhaus. Ich will allein sein. Bitte.« – »Gut«, sagte Buddy Holly und schob sich seine Brille zurecht, »versuch, etwas zu schlafen. Ich komme morgen wieder.« Karl wollte ihm antwor-ten. Er wollte diesen Buddy fragen, wer er über-haupt war, dass er sich hier so aufspielte. Nein, Karl wollte ihm sagen, dass es ganz egal war, wer er war, dass er nicht wiederkommen sollte, morgen nicht und überhaupt nicht. Mit diesen Augen hinter Glas und diesen Zähnen. Solche großen, blanken, nassen Adeligenzähne. Aber das war zu anstrengend. Also nickte Karl und schloss die Augen und wartete, bis er die Tür ins Schloss fallen hörte. Er atmete aus, rollte sich in den Sessel und trank. Er hielt die Augen geschlossen, befühlte das Papier in seiner Hemdta-sche und ließ sich vom Raum hin- und herwiegen.

Als er aufwachte, war alles schwarz und ruhig. Alles war gut, nur Schmerzen in Rücken und Bauch, das würde weggehen. Es dauerte einige Atemzüge, bis es ihm wieder einfiel. Es fiel ihm in den Magen und blieb dort liegen wie eine Billardkugel. Karl ächzte und richtete sich auf, tastete sich bis zur Wand und dann weiter, bis er den Lichtschalter fand. Neben der Lampe hing das orangefarbene Seil. Karl starrte eine Weile darauf und schaltete das Licht ein paarmal aus und wieder an. Schließlich nahm er Anlauf, sprang hoch, griff nach dem Seil und hielt es fest. Es trug ihn. Er schaukelte ein bisschen, dann ließ er los.

Er landete auf den Füßen und streckte Rücken und Arme zu einer Turnerpose. Dann sah er sich um. Die Teichfolie hatten sie mitgenommen. Auf dem Tisch stand die Whiskyflasche. Er nahm einen Zug und behielt sie in der Hand, während er durch das Haus und das Atelier wanderte.

Als kleiner Junge hatte Karl sich manchmal in den Vorraum des Ateliers geschlichen. Wahrscheinlich war das gar nicht verboten gewesen, er war aber trotzdem am liebsten heimlich hergekommen. Der Vorraum war das Materiallager. Hier wurden die Dinge aufbewahrt, die die Eltern später in ihren Plastiken verarbeiten würden. Riesengroße Figuren aus Harz, die August und Ada Stiegenhauer berühmt gemacht hatten, durchsichtige, verzweigte

Formen, Bäume oder Wälder oder Dickichte oder Geschwüre, in denen Dinge eingeschlossen wurden wie zusammengeklebte, halbverdaute Insekten.

Das Lager sah aus wie früher. In raumhohen Regalen war alles sortiert und beschriftet: *Abzeichen wk i, Abzeichen wk ii, Asche Zeugnisse, Asche Tagebücher, Asche Zeichnungen, Haare A & A, Kleidung Hr. Z., Scherben Geschirr Fr. G., Asche Fotos, Schmuck Fr. D.* und so weiter. Lauter Sachen, die in einem vergangenen Zusammenhang einmal etwas bedeutet hatten. Als Kind war Karl oft an den Regalen entlang auf und ab gestrichen, war die Leiter hochgeklettert, hatte vorsichtig Kartons geöffnet und Gläser aufgeschraubt, hatte die Sachen befühlt und an ihnen gerochen. Manchmal hatte er es nicht ausgehalten, die Dinge wieder zurückzulegen. Was er zurücklegte, würde früher oder später zerhackt oder zermahlen werden und im Harz enden. Eine Brosche mit roten Steinen, eine Feder, einen Brautschleier, ein Vogelei, manche Sachen hatte er gestohlen und versteckt. Er hatte gewusst, dass das falsch war und gegen die Kunst, er hatte sich geschämt dafür, aber er hatte nicht anders gekonnt. Bis heute war Karl sich im Unklaren darüber, ob die Eltern diese Diebstähle bemerkt hatten. Oft hatten sie ihn lange ernst und stumm angesehen, der Vater hatte die Augen zusammengekniffen, die Mutter hatte die Brauen hochgezogen, so lange, bis Karl sich sicher gewesen war: Sie wussten alles. Andererseits hatten sie ihn nie zur Rede gestellt, vielleicht war er also doch davongekommen. Keine Ahnung. Manchmal hatte Karl gedacht, das Internat sei die Strafe für seine Beutezüge gewesen. Aber das war wahrscheinlich albern, wahrscheinlich wäre er so oder so dort gelandet.

Erst im Internat hatte er angefangen, darüber nachzudenken, wie sich das angefühlt hatte, in Leinsee dazuzugehören. Aber im Rückblick ließ sich so etwas nicht sagen. Wahrscheinlich war es erst nachträglich zu etwas Besonderem geworden. Das Zuhause war gar keine große Sache gewesen, solange es da gewesen war. Er hatte einfach hierher gehört, in dieses Haus und zu diesen Eltern.

Und jetzt? Keine Ahnung. Wahrscheinlich sollte er gar nicht hier sein. Er nahm noch einen Schluck aus seiner Flasche und öffnete einen Karton: Heiligenbildchen. Dann den nächsten: präparierte Schmetterlinge, hunderte. Hier nahm er einen heraus. Es war ein besonders schöner, kleiner, blauer Schmetterling in einem Kästchen mit Glasfenster, Karl konnte die Härchen auf den Flügeln einzeln schimmern sehen. Er starrte eine Weile darauf. Dann legte er ihn zurück und ging weiter.

Nebenan stand immer noch die große Rührmaschine. Das Atelier sah aus, als würden Ada und August Stiegenhauer jeden Moment zurückkommen, um hier weiterzuarbeiten. Auf dem großen Tisch lag ein Bogen Papier mit einer unfertigen Entwurfszeichnung für eine Plastik, die Skizze sah aus wie ein dürrer Strauch. Neben dem Blatt standen eine leere Teetasse und ein volles Glas Rotwein, im großen Bottich war Harzmasse angemischt. Karl berührte die Oberfläche, sie war schon ausgehärtet, zu spät, um die Masse zu verarbeiten. Sie war völlig durchsichtig, ohne eingemengte Fremdkörper. Dazu waren die Eltern nicht mehr gekommen.

Neben der Rührmaschine stand eine eckige Blechdose von der Größe eines Bierkastens, darauf klebte ein Etikett mit der Aufschrift: 25-04-05. Karl kannte die Handschrift nicht. Wahrscheinlich wartete darin das Zeug, das Ada und August hatten verharzen wollen. Karl öffnete den Deckel. Was immer das mal gewesen war, die Sachen waren schon verbrannt, zermahlen oder zerhackt worden, viel Asche, dazwischen kleinere Blechstücke und Papierschnipselchen. Kein Teil war größer als ein Fingernagel. Karl wollte nicht hineinfassen und schloss den Deckel wieder.

Auf einem der Stühle lag ein gelber Seidenschal. Karl hob ihn auf und hielt ihn sich vors Gesicht. Er konnte nicht sagen, ob der Stoff nach Mutter oder Vater roch. Vielleicht eher nach der Mutter. Holz, ein bisschen Schweiß und so etwas Ähnliches wie Zimt. Er legte sich den Schal um den Hals und trank das Glas Rotwein in einem Zug aus. Als Nächstes wollte er zurück in die Villa und sich ansehen, wo seine Eltern gelebt hatten.

Auch hier sah es aus wie früher. Karl ging von Zimmer zu Zimmer und machte überall Licht. Im oberen Flur hing ein Foto seiner Eltern, das er noch nicht kannte. Der Vater hielt die Mutter im Arm, sie schaute ihn an, der Blick des Vaters ging in die Kamera. Das war also das Gesicht. Karl versuchte, es sich einzuprägen, aber als er weiterging, verlor er es sofort wieder. Er lief herum, berührte Stoffe und Wände und roch am Holz. Hier und da war etwas umgerückt worden, aber eigentlich war alles wie immer. Was hatte er denn erwartet? So etwas veränderte sich nicht, wenn jemand sich erhängte.

Den Möbeln waren sieben Jahre und ein toter Vater egal. Den Möbeln war die Raumforderung egal. Den Möbeln war egal, wer auf ihnen saß und in ihnen schlief. Den Möbeln war egal, ob sie Karl gehörten oder nicht, ob er hier war oder nicht. Die standen einfach da, provozierend und stoisch, und glotzten. Vielleicht lag es auch am Whisky, aber das hier ging beim besten Willen nicht.

»Das geht nicht, das geht nicht«, flüsterte Karl.

Er lief treppauf, treppab, immer wieder, vielleicht war es wirklich der Whisky, vielleicht war er nur müde. Eins nach dem anderen. Er musste jetzt einfach ein Bett finden, in dem er schlafen konnte, oder wenigstens irgendeine Ecke zum Hinlegen, morgen würde er weitersehen.

Aber nein, nein, nein, das ging nicht, wie sollte das gehen, er konnte sich ja nicht einfach in ein Gästezimmer legen, er war kein Gast und wollte auch keiner sein, sein Kinderzimmer gab es längst nicht mehr, das Bett der Eltern kam überhaupt nicht in Frage, das stand da, groß und grau wie tausend Jahre und starrte ihn an, und im Salon hing das Seil, das war wirklich zu viel, das ging einfach nicht, er musste hier raus. Er musste schlafen. Er stieß die Terrassentür auf und rannte in den Garten, ein gutes Stück den Hang hinab, fast bis zum See. Er atmete zwanzigmal ein und aus. Dann erst drehte er sich um.

Besser. Von hier betrachtet, sah die Villa richtig gut aus, fand Karl, er hatte überall das Licht angelassen, richtig gut. Sie leuchtete wie ein Halloweenkürbis. Er stellte erfreut fest, dass er die Flasche noch in der Hand hatte, und nahm einen feierlichen Schluck. Dabei tastete er auf seiner Brust nach dem Brief, er war auch noch da, gut. Karl würde ihn morgen lesen. Er setzte sich unter den Kirschbaum, lehnte seinen Rücken gegen den Stamm, trank gemächlich aus seiner Flasche, rauchte eine Zigarette und sah zu, wie die Kürbislaternenvilla im Nebel aufweichte.

Als er aufwachte, war der Himmel greller Morgen und das Gras nass vom Tau. Um ihn herum stand ein Halbkreis aus Kindern. Karl riss die Augen auf und rechnete: Der Radius betrug etwa vier Meter, Karl war der Mittelpunkt. Es waren acht Kinder, alle etwa neun oder zehn oder elf Jahre alt, alle mit Schulranzen, alle starrten ihn an.

Okay, überlegte Karl, hier hat sich einer erhängt, und ein anderer sieht gefährlich aus und liegt im Garten, das ist eine Mutprobe.

Sie waren durch die Hecke gekommen, alle Achtung, das hatten sich die Fotografen nicht getraut. Karl schwankte nur kurz, dann war er auf den Füßen, den Kirschbaum im Rücken, die Flasche in der Hand. Die Kinder wichen einen Schritt zurück und tauschten Blicke. Karl hob die Flasche wie eine Keule und zischte: »Haut ab! Hier spukt es!« Sie zögerten und starrten, dann rannte das erste Kind, dann das zweite, und Karl zischte und zischte, bis das letzte durch die Hecke verschwunden war: »Hier spukt es! Hier spukt es!«

Gottweiß

Herr Stiegenhauer, gut.« Das musste der Telefonarzt sein, er war jünger, als Karl gedacht hatte, und auf unmögliche Weise blond. Karl hatte sich gewaschen und gekämmt. Er hatte eine Flasche Wasser getrunken, zwei Tassen Kaffee und nur einen Wodka. Er hatte eine Streuselschnecke gegessen und einen Apfel. Er hatte sich die Zähne geputzt. Er hatte den Vaterbrief in ein frisches Hemd gesteckt und das Hemd in eine frische Hose. Im Garten hatte er ein Bündel Tulpen abgeknickt, das hielt er jetzt im Arm. Der Arzt fasste Karl am Ellenbogen und ging mit ihm den Flur entlang.

Er sei persönlich für die Betreuung der Frau Stiegenhauer zuständig und bleibe das auch, solange sie hier sei. Sie habe die Operation so weit gut überstanden. Sie atme selbständig und sei auch nicht mehr komatös. Man habe leider nicht den gesamten Tumor entfernen können, aber wenigstens bestehe nun keine akute Lebensgefahr mehr. Für eine Strahlentherapie sei sie im Moment noch zu

geschwächt, man müsse abwarten und dann weitersehen. Dass sie überhaupt noch lebe, grenze an ein
Wunder. Allerdings könne sie noch nicht wieder
sprechen. Und dass sie ihrerseits verstünde, was
man ihr sagte, sei sehr unwahrscheinlich. »Globale
Aphasie«, sagte der Arzt, die Blumen dürfe er nicht
mit auf die Intensivstation nehmen, und das hier
solle er bitte anziehen, Schwester Alexandra werde
ihm alles zeigen, auf Wiedersehen.

Schwester Alexandra lächelte ihn an. Sie hatte
einen langen schwarzen Pferdeschwanz, der sich
verzögert bewegte, wenn sie ging oder den Kopf
drehte. Das sah gut aus, fand Karl. Er tat, was sie
sagte, er gab ihr die Blumen, er wusch sich die
Hände. Sie zog ihm etwas Grünes über Schuhe,
Körper und Mund. Karl sah ihr in die Augen und
versuchte, sich die Farbe zu merken. Es gelang ihm
nicht, aber er lächelte ihr zu unter dem Zellstoff,
und das schien sie zu freuen. Alexandra bewegte
sich vor ihm den Gang entlang und öffnete eine Tür.
»Hier«, sagte sie.

Die Mutter lag allein in dem Zimmer und war
verkabelt. Er konnte ihren freundlich fiepsenden
Puls hören. Sie wandte den Kopf und starrte ihn
an. Die Haare auf der linken Seite waren noch da.
Karl stand in der Tür und rührte sich nicht. Alexandra streifte ihn, als sie an ihm vorbei in den Raum

trat. »Frau Stiegenhauer, Ihr Sohn ist gekommen!«
Sie zog die Vorhänge auf, schraubte irgendwas am
Infusionsbehälter herum, stellte mit Schwung einen
Stuhl neben das Bett und tätschelte die Sitzfläche.
»Jetzt kommen Sie!« Er tat, was sie sagte. Die Mutter starrte ihn an und dann Alexandra und dann
wieder ihn. Spitz sah seine Mutter aus und alt. Nase
und Zähne waren ihm fremd, die Lippen offen und
vertrocknet. »Hallo«, sagte Karl und wusste nicht,
was tun. Die Mutter starrte. Er nahm ihre Hand, die
war ganz weich, da ließ er sie wieder los.

»Reden Sie ruhig mit ihr, das kann nicht schaden«,
sagte Alexandra. Karl fiel nichts ein. »Erzählen Sie
ihr doch eine Geschichte!« Karl wusste keine Geschichte. Seine Mutter hatte sich früher manchmal
welche für ihn ausgedacht, daran erinnerte er sich
noch, aber jetzt fiel ihm keine einzige ein, er hatte
sie alle verloren. Alexandra sah nebelig aus. Jetzt
wurde er also auch noch weinerlich. Scheiße. Sie
zog eine Grimasse, schüttelte den Kopf und sagte:
»Warten Sie mal.« Als sie zurückkam, hatte sie ein
Buch in der Hand, das gab sie ihm und sagte: »Dann
lesen Sie ihr eben was vor. Kommen Sie, das kriegen
Sie schon hin.« Sie nickte ihm zu, und dann ging sie
durch die Tür.

Es war ein Märchenbuch. Karl blätterte darin
herum. Hier und da las er einen Satz oder einen

Abschnitt vor. Kinder, Könige. Wälder, Brunnen. Die Mutter riss die Augen auf. Vielleicht hörte sie ja zu. *»Der Junge ging auch seines Wegs und fing wieder an, vor sich hin zu reden: ›ach, wenn mir's nur gruselte! Ach, wenn mir's nur gruselte!‹ Das hörte ein Fuhrmann, der hinter ihm herschritt, und fragte: ›wer bist du?‹ – ›Ich weiß nicht‹, antwortete der Junge. Der Fuhrmann fragte weiter: ›wo bist du her?‹ – ›Ich weiß nicht.‹ – ›Wer ist dein Vater?‹ – ›Das darf ich nicht sagen.‹ – ›Was brummst du beständig in den Bart hinein?‹ – ›Ei‹, antwortete der Junge, ›ich wollte, daß mir's gruselte, aber niemand kann mich's lehren.‹«* Die Mutter sah ihn an, und Karl hielt ihren Blick. Wahrscheinlich erkannte sie ihn nicht, aber es war schön, ihr so lange in die Augen zu sehen. Das hatte es noch nie gegeben. Zumindest erinnerte Karl sich nicht daran. Er saß einfach da, sie waren allein und sahen einander an. Das einzige Geräusch war das Fiepsen des Mutterpulses. Karl fühlte seinen eigenen Puls, er schlug fast synchron. So saß er ein Weilchen. Dann stand er auf und ging.

Alexandra bestellte ihm ein Taxi und zeigte Karl einen Schleichweg zum Hinterausgang, wegen der Presse. Aber als Karl aus der Tür trat, stand da kein Taxi im Hof. Da stand das Schiff und wartete auf ihn.

Das Schiff war der alte, riesengroße, schwarze

Cadillac, den es schon vor Karls Geburt gegeben hatte. Wenn die Familiengeschichte stimmte, war Karl in diesem Cabrio gezeugt worden. Natürlich hatten die Eltern in der Zwischenzeit neue Autos angeschafft. Das Schiff hatten sie trotzdem behalten. Es war der Wagen für besondere Fahrten. Am Steuer saß Buddy Holly und winkte blöd durchs Fenster. Wenigstens war das Verdeck geschlossen. Karl kniff die Augen zusammen, zündete sich eine Zigarette an und blieb auf der Treppe stehen. Er rauchte die Zigarette in größtmöglicher Ruhe zu Ende, drückte sie am Geländer aus, schnippte die Kippe in einem flachen, weiten Bogen in den Hof und zählte dann noch bis fünfzehn, bevor er auf das Auto zuging. Buddy Holly beugte sich über den Beifahrersitz und öffnete Karl die Tür. »Ich habe das Taxi weggeschickt«, sagte er, »ich kann dich ja auch fahren, und dann können wir gleich die nächsten Schritte besprechen.« Karl zog die Augenbrauen zusammen, er hatte keine Lust, mit Buddy im Auto zu sitzen, aber er wollte ihn auch nicht mit dem Schiff davonfahren lassen, also stieg er ein.

Während der Fahrt redete Buddy Holly die ganze Zeit. Karl hörte nicht richtig hin, aber es reichte, um die groben Zusammenhänge zu verstehen. Buddy war offenbar seit drei Jahren der Assistent der Eltern. Wahrscheinlich hatte Karl ihn auf irgendeiner Aufnahme im Fernsehen oder in der Zeitung hinter ihnen hergehen sehen, und deshalb war Buddy ihm bekannt vorgekommen. Er war sechsundzwanzig Jahre alt, genau wie Karl, selber Jahrgang sogar, er hatte die Stiegenhauers irrsinnig bewundert und war wahnsinnig glücklich gewesen, so eng mit ihnen zusammenarbeiten zu dürfen. Jetzt war er total außer sich, wegen der total tragischen Situation, so was Schreckliches, so ein tolles Paar, und dann so was. Er fühlte sich selbst auch total verwaist und wusste gar nicht, wohin mit seiner Trauer. Echt jetzt. Und darum freute er sich umso mehr, ganz irrsinnig, Karl endlich mal kennenzulernen, er hatte schon immer wissen wollen, wie Karl so drauf sei. Der Sohn von Ada und August, wow. Dazu nickte er wieder heftig. »Über dich war ja fast nichts rauszukriegen, total inkognito, das war ja echt ganz streng.« – »Hm«, machte Karl. »Und du, wie heißt du noch mal?« – »Torben«, sagte Buddy Holly, »Torben Behning.« Wieder dieses Nicken und dazu die blitzblanken Zähne. Karl wollte ihm in die Fresse hauen. Total irrsinnig gern.

Buddy würde Karl nach Kräften unterstützen. So, wie er sich Karls Eltern verbunden gefühlt hatte, so fühlte er sich jetzt Karl verbunden. Verpflichtet fühlte er sich außerdem. Er wollte mit Karl jetzt erst mal die Beerdigung besprechen. Tragisch oder nicht tragisch, das musste ja jetzt geregelt werden, nicht? Ada war wohl nicht ansprechbar, die Ärmste? So eine Frau und so ein Ende! Er war am Morgen schon da gewesen, aber man hatte ihn nicht zu ihr gelassen und ihn auch nur teilweise informiert. Vielleicht könnte Karl da ein gutes Wort für ihn einlegen? Und was stand denn eigentlich in dem Brief? August hatte ja sicher Vorstellungen geäußert, nicht?

Karl schluckte, er würde jetzt nicht anfangen zu weinen, nicht neben diesem Jahrgangsarschloch. »Ich habe den Brief noch nicht gelesen«, murmelte er. Buddy glotzte ihn an. »Du hast ihn noch nicht gelesen?« – »Ich habe ihn noch nicht gelesen.« Buddy sagte nichts, hatte aber den Mund offen. »Das steht dir nicht«, sagte Karl. Buddy japste ein bisschen nach Luft und schob sich die Brille zurecht. Den Rest der Fahrt verbrachten sie schweigend.

Die Pressetraube vor der Einfahrt war schon kleiner geworden, jemand rief: »Herr Stiegenhauer!«, aber das war's schon, nichts Schlimmes. Als sich das große Tor hinter ihnen schloss, war Ruhe. Buddy parkte das Schiff in der Garage und ging dann neben Karl her bis zur Tür. Offensichtlich wollte er mit reinkommen. »Danke fürs Fahren«, sagte Karl, »ich bräuchte dann den Schlüssel.« Buddy öffnete und schloss den Mund. »Für das Schiff«, sagte Karl.

»Ah, okay«, sagte Buddy, gab ihm den Schlüssel und stand immer noch da. Karl schüttelte ihm die Hand, ging ins Haus, schloss die Tür hinter sich und atmete aus. Gut. Er würde den Brief jetzt trotzdem lesen. Am besten ging er wieder in den Garten, da war es am erträglichsten.

Aber als er auf der Terrasse stand und den Garten sah, war da wieder der Kinderhalbkreis. Karl war sich ziemlich sicher, dass es dieselbe Gruppe war wie am Morgen. Wieder acht, wieder mit Schulranzen, jetzt wahrscheinlich auf dem Heimweg. Sie standen in Formation aufgereiht auf halber Strecke zum See, den Blick in Richtung Haus, und sahen aus, als hätten sie auf ihn gewartet. Mutprobe, dachte Karl wieder, na gut, das könnt ihr haben, *mein Vater war ein Jägersmann, und mir steckt's auch im Blut.* Dann musste er eben noch einmal hineingehen.

Die Kellertreppe knarzte wie immer schon. Die Eltern hatten im Sommer manchmal mit Gästen unten am Ufer ein Tontaubenschießen veranstaltet. Die Ausrüstung war noch da. Er griff sich das Gewehr, lud es und ging wieder nach oben. Offensichtlich machte er Eindruck. Sechzehn Augen aufgerissenes Entsetzen. Keiner rührte sich. Karl schoss zweimal in den Himmel. Das reichte.

Er lachte ein bisschen, sog die Luft ein und ging

langsam über den Rasen bis zum See hinunter. Dort setzte er sich auf den Steg, das Gewehr legte er neben sich. Er sah aufs Wasser, zündete sich eine Zigarette an und rauchte sie langsam bis zum Ende. Dann nahm er den Umschlag aus der Brusttasche und sah ihn ein Weilchen an. *Karl.* Er sah aufs Wasser, holte Atem, als wollte er hineinspringen, und riss den Umschlag auf.

Karl.

Wenn du das liest, werden Ada und ich gegangen sein. Ich bin in Eile. Ich will nicht mehr länger warten, jede Minute fällt mir schwer. Sie stirbt, und ich bin noch hier, das sollte nicht sein. Dennoch: Du bist unser Sohn, und ich will diese Welt nicht verlassen, ohne dir zu schreiben.

Ada und ich, wir sind eins, unsere Leben sind verknüpft und verwachsen, sie haben einander getragen, sie haben am selben Tag begonnen, und so sollen sie auch am selben Tag enden. Ich hatte ein gutes Leben mit Ada, es war das einzige Leben, das ich hätte haben wollen, auch jetzt will ich kein anderes. Ich habe mich schon vor langer Zeit entschieden, keinen Tag ohne sie zu sein. Ich bin vorbereitet, und ich bin ganz ruhig, auch wenn dieser Tag früher und plötzlicher gekommen ist, als ich es mir gewünscht hätte. Bitte sorge dafür, dass sie und ich eingeäschert werden und unsere Asche gemeinsam im Leinsee verstreut wird, ich weiß, dass auch Ada es so gewollt hätte.

Was unseren künstlerischen Nachlass angeht, so weiß ich sämtliche Angelegenheiten in den besten Händen. Unser Assistent Torben ist über alles Wichtige informiert, wir vertrauen ihm völlig. Ich bin sicher, er wird die Dinge nach unserem Willen regeln. Das muss dich also nicht belasten. Lass die Verantwortung bei ihm, und geh du deinen eigenen Weg.

Du sollst wissen, dass ich in Frieden gehe und ohne Groll. Gott weiß, was die Gründe für dein Schweigen sein mögen. Was immer es sei, ich habe dir verziehen. Ich verstehe dich nicht, aber ich verzeihe dir.

Lebe wohl.

Dein Vater, August Stiegenhauer,

am 25. April 2005

»Gott weiß«, das hatte der Vater schon immer gesagt. Immer schon, obwohl er überhaupt nicht religiös gewesen war. Als Kind hatte Karl geglaubt, das sei eine Farbe: allerweißestes Weiß, die Bartfarbe Gottes oder so. Karl griff nach dem Gewehr, er wollte es abfeuern, aber das war ja albern, wohin wollte er denn bitte schießen? Also ließ er es wieder sinken und sah aufs Wasser. Die Wellen glitzerten, das Glitzern verschwamm. Karl wusste auch nicht, warum er ausgerechnet jetzt weinte. Dieser See war auch keine Hilfe. Er zündete sich eine neue Zigarette an. Vielleicht sollte er Mara anrufen. Vielleicht würde das helfen.

Er nahm das Gewehr, stand auf, drehte sich um und fuhr zusammen. Diesmal war es keine Gruppe, diesmal war es ein einzelnes Kind. Es saß im Kirschbaum und sah ihn an. Karl schloss die Augen und öffnete sie wieder. Es war wirklich da, und es schaute immer noch. Und Karl stand da, mit seinem Gewehr und seiner Zigarette, und schaute auch. Das Kind saß sehr hoch in einer Astgabel, ein Bein links, ein Bein rechts, die Hände frei. Vielleicht acht oder neun Jahre alt. Kurze dunkle Haare, vollkommen zerzaust. Blaues T-Shirt, Shorts, Sandalen. Auf den ersten Blick war das nicht zu erkennen gewesen, aber es war ein Mädchen, das sah er jetzt. Ihre Brauen, ihre Wimpern und ihre Augen waren braun. Sie sah nicht erschrocken aus, sie lächelte auch nicht, sie schaute ihn nur an, ganz ruhig. Und Karl hielt das aus, er wollte das aushalten, er stand ganz still und sah sie an und ließ sich ansehen. Lange. Und dann ging er ins Haus, langsam und ohne sich umzudrehen. Er stellte sich ihren Blick vor auf seinem Rücken, und er wunderte sich, denn ihr Blick war ein Trost.

Im Haus rief er Mara an. Sie klang erleichtert, er höre sich schon besser an, als habe er sich ein bisschen gesammelt. Karl saß auf der Fensterbank im oberen Flur und sah hinaus in den Garten. Das Kind saß immer noch im Baum. Es schaute auf den See und baumelte mit den Beinen. »Ja«, sagte er, »vielleicht.«

Er legte seine Hand auf die Fensterscheibe, so dass sie das Mädchen verdeckte. Er fühlte das Glas und seinen Puls, er zwang sich, zwei Herzschläge lang zu warten, bevor er die Hand von der Scheibe nahm. Das Kind war noch da. Karl fuhr den Umriss mit der Kuppe seines Zeigefingers nach.

»Karl? Bist du noch da?«

»Ja.«

»Hier hat so ein Torben angerufen. Er sagt, du sollst dich bei ihm melden, er macht sich Sorgen, hat er gesagt, ich soll dir seine Nummer geben.«

Karl blieb auf der Fensterbank sitzen und wählte. Buddy Holly war total froh über den Anruf, aber echt total. »Ich habe den Brief jetzt gelesen«, sagte Karl. »Und?«, fragte Buddy. »Er lässt dich grüßen: Wir sollen beide verbrennen und die Asche dann zu einer Harzplastik verarbeiten, Skizzen hat er auch beigefügt. Titel: *Die Unvollendete*.« Karl sah in den Garten und wartete Buddy Hollys Reaktion ab. Das Mädchen im Baum hatte sich in seiner Astgabel zurückgelehnt und schaute in den Himmel. »Echt?«, fragte Buddy. »Jepp«, machte Karl. »Total krass«, sagte Buddy. Das Mädchen sah jetzt Richtung Haus, es hatte Karl im Fenster entdeckt. Karl legte auf und winkte, das Mädchen winkte zurück. Karl wunderte sich, wie ihn das freute. Er riss sich vom Fenster los und klatschte in die Hände vor lauter Energie. Er würde sich jetzt hier einrichten. Noch eine Nacht würde er nicht im Garten verbringen.

Sein altes Kinderzimmer gab es natürlich nicht mehr. Karl untersuchte es jetzt genauer. Bett, Schrank und Schreibtisch: langweilige Gästezimmermöbel. Aber es lag ziemlich viel persönliches Zeug herum, es sah so aus, als hätte jemand hier längere Zeit regelmäßig übernachtet. Über der Stuhllehne hing ein Jackett, unterm Tisch glänzte ein Paar Herrenschuhe, auf dem Nachttisch stand ein halbes Glas Wasser, daneben lagen ein paar blaue Bonbons. *Gletscher* stand auf der Folie. Karl wickelte eins aus und steckte es sich in den Mund. Dann öffnete er den Schrank. Jacketts, Jacketts, Jacketts, Hemden, Hemden, Hemden, Jeans, Jeans, Jeans, Pullover, Pullover, Pullover, Boxershorts, Boxershorts, Boxershorts. Polohemden. V-Ausschnitte. Alles klar. Das waren Buddy Hollys Sachen. Dieser Zahnputzwichser wohnte in Karls Kinderzimmer.

Karl zerkaute das Bonbon und starrte auf die

Hemden. Sie waren sortiert, hellblaue, weiße, karierte, ziemlich viele karierte. Von den Karos wurde ihm schlecht. Das ging nicht. Die Karos mussten weg. Das ganze Zeug musste weg. Auf dem Schrank lag ein Koffer, der war leer, Karl füllte ihn mit Buddys Sachen, die karierten Hemden legte er ganz nach unten. Als der Koffer voll war, holte er Plastiktüten aus der Küche und stopfte den Rest hinein, Papiere, Bücher, Schuhe und so weiter. Und dann trug er das ganze Zeug in den Keller. Auf dem Rückweg fand er in der Küche eine Packung Butterkekse und eine Flasche Wodka. Er nahm beides mit nach oben, setzte sich aufs Bett, aß die Kekse, nippte an dem Wodka und sah sich um. Nein. Immer noch nicht. Das ging nicht. Er konnte sich nicht die ganze Nacht von diesen Gästezimmermöbeln anstarren lassen. Erst als er die Möbel auf den Flur geschoben hatte, war es besser.

Karl trug seine Tasche nach oben und packte aus. Aus seinen Kleidern und dem gelben Seidenschal baute er sich in einer Ecke des Raumes ein Nest. Er kroch probeweise hinein. Ja, das war besser. Es war nicht sein Zimmer, aber es würde gehen. Am Anfang im Internat war es vielleicht sogar schlimmer gewesen.

Geranienrot

Das Internat, auf dem Karl neun Jahre verbracht hatte, war ein berühmtes Elitegymnasium. Schon zu Karls Einschulung in Leinsee hatten ihm die Eltern angekündigt, ihn später, wenn er groß genug wäre, dorthin zu schicken. Oder besser: Sie hatten es ihm versprochen. Sie hatten es ihm versprochen, so, wie man einem Kind etwas versprach, nach dem es sich lange gesehnt und worum es lange gebettelt hat. Sie hatten ihm Bilder gezeigt von einem Schloss in den Bergen, im Hintergrund Gletscher und ein unmöglicher Himmel. Sie hatten ihn angelächelt dabei, hatten ihm zugenickt und ihm auf die Schulter geklopft.

Mit zehn Jahren war Karl einen Meter zweiundvierzig groß, und offenbar war das groß genug. Er durfte zwei Koffer mitnehmen, einen sollte er selbst packen, den anderen packten die Eltern. Karl holte seine Schätze, die er vor der Verharzung gerettet hatte, aus ihren Verstecken. Er konnte sie ja unmöglich zurücklassen. Also füllte er seinen ganzen Koffer nur damit, er hatte Mühe, ihn zu schließen, so voll war er. Und dann stiegen sie alle in den alten schwarzen Cadillac, das Schiff, das es schon vor Karls Geburt gegeben hatte. Sie fuhren vierhundert Kilometer, ohne anzuhalten, zu dem Eliteinternat. Der Vater saß am Steuer, die Mutter hielt die Karte auf den Knien, manchmal drehte sie sich zu Karl um und lächelte. »Jetzt geht es los«, sagte sie, »das wird jetzt dein eigenes Leben, Karl.« Und Karl saß auf dem Rücksitz und versuchte, sich das Gesicht seiner Mutter einzuprägen. Er vermisste sie jetzt schon.

Das Internat sah genau so aus wie auf den Bildern. Schon etwa fünf Kilometer bevor sie ankamen, war das Schloss in Sicht. Selbst wenn man die Fotos nicht gekannt hätte, wäre einem der Anblick postkartenmäßig vorgekommen. Geranien in den Fenstern, umrahmt von Bergen, am Himmel heitere Wölkchen. Diese letzten Kilometer waren die schlimmsten. Karl hielt die Luft an, vergebens, er wünschte sich eine rote Ampel, einen Stau, einen Unfall, irgendetwas, das die Zeit, die ihnen zu dritt im Auto blieb, verlängerte. Denn er wusste, was jetzt kam.

Sie wurden schon erwartet. Man hatte hier Erfahrung mit Prominenten, trotzdem herrschte bei ihrer Ankunft Aufregung. Ada und August Stiegenhauer, das war etwas anderes als die Staatschefs, Diktatoren und Industriellen, die hier üblicherweise ihre Kinder abluden. – Die Stiegenhauers hatten Fans. Schüler, Lehrer und andere Eltern drückten sich auf den Fluren, auf den Treppen und an den Fenstern herum und versuchten mehr oder weniger unauffällig, einen Blick auf das Künstlerpaar zu werfen.

Die Direktorin kam ihnen schon auf dem Parkplatz mit weit ausgestreckter Hand entgegen und führte sie persönlich überall herum, wer sich traute, folgte ihnen, so dass sie die ganze Zeit ein kleines Grüppchen Bewunderer hinter sich herzogen.

Die Mutter hatte ihre große Sonnenbrille aufgesetzt, die sie für solche Situationen immer dabeihatte. Der Vater hatte seinen Arm um ihre Taille gelegt. Sie schlenderten mit der Direktorin voraus, Karl ging eine Schrittlänge dahinter, und hinter ihm folgte der aufgeregte Hofstaat. Ab und zu drehte der Vater sich zu Karl um, grinste ihn an und zwinkerte ihm zu.

Nach drei Stunden war der Rummel vorbei, die Eltern hatten ihn zum Abschied jeweils einmal auf die Stirn geküsst und waren dann abgereist. Nach vier Minuten war das Schiff nicht mehr zu sehen gewesen, und nach weiteren dreiundzwanzig Minuten saß Karl allein in einem Zweibettzimmer. *Karl Sund* stand an der Tür.

Das mit der Namensänderung hatten ihm die Eltern erklärt. Erst viel später merkte Karl, dass er es nicht richtig verstanden hatte. Er hatte gedacht, »Kognito« sei der Name des Internats. Er hatte gedacht, um in Kognito sein zu können, müsse jeder Schüler als Aufnahmeritual seinen Nachnamen ändern. Der Gedanke hatte ihm gefallen, es war etwas sehr Indianerhaftes daran.

Einerseits war es natürlich dumm gewesen anzunehmen, Karl würde durch eine so lächerliche Maßnahme unerkannt bleiben, wenn schon bei seinem Einzug ein solcher Jahrmarkt veranstaltet worden war. Natürlich wussten alle, dass er der Sohn der Stiegenhauers war. Andererseits entfaltete der neue Name tatsächlich eine Art Zauberwirkung: Die Lehrer und Mitschüler vergaßen zwar nicht, wer seine Eltern waren, aber sie dachten seltener und seltener daran, Karls Herkunft verschwamm, und irgendwann war es wie eine Geschichte, die man sich ab und zu erzählte: nicht mehr richtig wahr.

Die Eltern schrieben Karl regelmäßig Briefe, aber sie achteten streng darauf, seine Anonymität nicht zu sehr zu beschädigen. Sie wollten ihm ein normales Leben ermöglichen, sagten sie, einen eigenen Weg außerhalb ihrer Berühmtheit. Deshalb besuchten sie ihn nie. Auch zu seinen Geburtstagen nicht, auch zur Abiturfeier nicht. Keine Ausnahme. Karl fuhr zu Weihnachten und am Anfang auch in den Sommerferien nach Leinsee. Wenn die Zeit mit seinen Eltern anstand, war Karl schon Wochen vorher in Aufregung. Er versuchte, vernünftig zu sein und nicht zu hohe Erwartungen zu haben, aber er konnte gar nicht anders. Die Vorfreude verbreitete sich vom Brustbein aus nach und nach im ganzen Körper, nachts rauschte sie in seinen Ohren und ließ ihn nicht schlafen. Er wälzte sich im Bett, allein in seinem Doppelzimmer, und verbot sich, sich auszumalen, wie es sein würde. Vielleicht würden sie ihn in die Mitte nehmen beim Spazierengehen, sich über seinen Kopf hinweg zuzwinkern und ihn dann gleichzeitig mit ihren Ellenbogen anschubsen, bis er kichern musste. Vielleicht hatten sie ja auch eine Überraschung für ihn, ein Geschenk, ein Zeichen, um ihm zu zeigen, dass sie ihn insgeheim vermissten. Aber nein, er wollte sich kein Bild machen, das war nicht gut.

Wenn die Tage mit den Eltern dann da waren, versuchte Karl immer, sie mit aller Kraft zu genießen. »Jetzt ist es endlich so weit«, sagte er sich. Es funktionierte nie. Ständig musste er daran denken, dass die gemeinsame Zeit, auf die er sich so gefreut hatte, jetzt ablief und bald zu Ende sein würde. Es war nie genug. Am Anfang, als Karl noch jünger war, nahmen sich die Eltern viel Zeit für ihn, wenn er in Leinsee zu Besuch war. Zu Weihnachten schmückten sie in den ersten Jahren tatsächlich einen Baum und backten Plätzchen, so etwas Seltsames hatte es nie gegeben, solange Karl noch zu Hause gewohnt hatte. Allen war ja klar, wie albern und kitschig das war, aber er freute sich. Vor allem freute er sich, weil sie geahnt hatten, dass ihm das gefallen würde, obwohl er nie darum gebeten hatte. In den Sommerferien segelten sie mit ihm über den See und grillten im Garten, oder sie zeigten ihm, was sie im Atelier gemacht hatten. Karl merkte, wie viel Mühe sie sich gaben, und er fühlte sich schuldig, weil er es nicht genießen konnte. Vielleicht waren die Eltern deswegen von ihm enttäuscht, jedenfalls hatten sie mit den Jahren weniger und weniger Zeit für ihn übrig, wenn er zu Besuch kam. Sie holten ihn vom Bahnhof ab, umarmten ihn und sagten, dass er gewachsen sei, wie gut er aussehe, ein richtig hübscher junger Mann, und wie froh sie seien, dass er da war. Am ersten Abend aßen sie alle zusammen im Salon und erzählten sich, was es Neues gab. Aber schon am nächsten Tag waren die Eltern wieder im Atelier verschwunden und in ihre Arbeit vertieft. Karl tigerte dann durch Haus und Garten, oder er versteckte sich im Bootshaus und probierte, ob er im Sitzen mit den Zehenspitzen das Wasser erreichen konnte, aber er war jedes Mal zu klein dafür.

Wenn er wieder fahren musste, gelang es Karl am Bahnhof meistens noch, sich gerade zu halten und keinen peinlichen Abschiedsauftritt hinzulegen. Er heulte nicht rum, er ließ sich umarmen und nickte. Aber sobald er im Zug saß, sackte er jedes Mal zusammen. Manchmal brauchte er nach so einem Besuch Wochen, um sich wieder halbwegs aufzurichten.

Natürlich wusste er das alles immer vorher schon, aber das half ja nichts.

Nach dem Abitur brach Karl den Kontakt zu seinen Eltern ab. Obwohl, abbrechen konnte man das nicht nennen. Eigentlich war es so, dass er sich nach dem Auszug aus dem Internat einfach nicht mehr bei ihnen meldete. Das war alles. Wahrscheinlich hatte er gedacht, sie würden irgendwann vor seiner Tür stehen. Natürlich standen sie da nie.

Vielleicht wollten sie ihn in seiner Unabhängigkeit unterstützen. Vielleicht meinten sie es gut.

Obwohl Karls Eltern sich wünschten, ihr Sohn solle eigene Wege gehen, statt in ihre Fußstapfen zu treten, hatten Lehrer und Mitschüler im Internat Karls künstlerische Versuche beobachtet und gefördert, weil sie hier sein Talent vermuteten. Karl hatte während seiner Schulzeit vor allem bei Mädchen ziemlichen Erfolg mit seinen Zeichnungen. Zuerst tat er das Naheliegende und portraitierte die Menschen in seiner Umgebung. Später zeichnete er isolierte Gegenstände, die ihm gefielen und die er festhalten wollte. Was er da machte, war eher ein Dingesammeln als Kunst, wenn er ehrlich war. Manchmal, wenn er etwas gut gelungen fand, schickte er den Eltern trotzdem ein Blatt. Aber in ihren Briefen reagierten sie nicht darauf, und irgendwann gab er es auf, erst die Briefe, dann die Illusion, Künstler zu sein. Er zeichnete zwar nach wie vor, er sammelte weiter, und irgendwann kam er auf die Idee, eine Vakuummaschine zu benutzen, um Gegenstände seiner Sammlung isoliert zu verpacken. Ihm gefielen die Formen, die dabei entstanden: Die Dinge waren versteckt und von ihrer Umgebung getrennt, aber trotzdem durch ihren Umriss sichtbar. Es war mehr ein Spleen als ein Werk. Als er sich als Karl Sund mit seinen Vakuumarbeiten bei Galerien bewarb, fühlte es sich an wie ein Witz. Als er sich damit an der Universität der Künste bewarb, fühlte es sich an wie ein Witz. Als er auf Anhieb angenommen wurde und drei verschiedene Galerien seine Sachen ausstellen wollten, fühlte es sich immer noch an wie ein Witz, aber Karl investierte in eine große Profivakuummaschine und machte weiter.

Niemand wusste, wer er war. Manchmal fragte er sich, ob die Eltern mitbekamen, was er machte, ob sie ihn im Auge behalten hatten. Aber das schien ihm unwahrscheinlich, wenn er darüber nachdachte. Sie waren zu zweit, und das war genug.

Türkisblau und fast schwarz

Ada und August Stiegenhauer kamen am selben Tag desselben Jahres auf entgegengesetzten Seiten der Alpen zur Welt. Das große Gebirge zwischen sich, wussten sie nichts voneinander. Sie wuchsen heran, jeder für sich, Ada im Süden, August im Norden. Zwanzig Jahre vergingen, blasse Jahre, in denen beide eine ziehende Leere spürten. Dann, im einundzwanzigsten Jahr, trafen sie endlich aufeinander. Es war ein sonniger Herbsttag. Ada trat, eine Zeichenmappe unter dem Arm, aus dem Hauptgebäude der Akademie der Bildenden Künste. Draußen hielt sie inne, ließ den warmen Münchner Wind durch ihre Locken fahren, sog die Luft tief ein und sprang dann, leicht und elegant zwei Stufen auf einmal nehmend, die Treppe hinunter. Es sah aus, als flöge sie. In diesem Moment wandte August am Fuß der Treppe den Kopf und sah sie an. Er hatte das fliegende Mädchen aus dem Augenwinkel heraus wahrgenommen, es lag etwas in der Bewegung, das ihn stillstehen und hinsehen ließ. Er wandte sich Ada zu und sollte sich nie wieder abwenden. Am Fuß der Treppe stellte er sich in ihren Weg. Er sagte seinen Namen, sie sagte ihren, ihre Augen waren fast schwarz, seine Augen waren türkisblau, er sagte ihren Namen, sie sagte seinen, und noch am selben Tag wurden sie ein Paar.

Kurze Zeit später schmissen beide die Akademie. Die Kurse, die Lehrer, die Institution, die Diskussionen und Kämpfe, das alles schien ihnen falsch, unbedeutend, lähmend und verkopft. Sie waren Ada und August, August und Ada, und das war größer als alles andere. Sie wollten voneinander lernen und miteinander arbeiten.

Ada stammte aus einer wohlhabenden Familie, und obwohl ihre Eltern ihr Treiben argwöhnisch beobachteten, war Geld kein Problem. Ada und August kauften eine stillgelegte, heruntergekommene Tapetenfabrik und richteten sich dort ein. Das Gebäude sah aus wie eine kleine Burg aus rotem Backstein. Es war von Mauern umschlossen, dahinter gab es einen Hof, eine große Halle zum Arbeiten und eine kleinere Halle zum Leben. Draußen wucherten Brombeeren. Wilder Wein und Efeu rankten die Mauern empor, und drinnen feierten August und Ada ihr Königreich. Sie lebten in einem goldenen Taumel, alles war Liebe, alles war Kunst, alles war fruchtbar. Sie bauten große Plastiken aus

Harz, in die sie Dinge einschlossen wie Fossilien. Stapelweise verbrannten sie alte Zeichnungen und vermengten die Asche mit toten Insekten, eigenen Haaren und Hautschuppen zu einer Masse, die sie dann in Harz gossen und in verzweigte, ausfransende Formen zogen. Sie besuchten Wohnungsauflösungen, kauften den Besitz Verstorbener auf, zerkleinerten die Habseligkeiten und verarbeiteten auch sie. Sie trafen einen Nerv. Sammler kauften ihre Werke, Galerien rissen sich um sie, und die Tapetenfabrik wurde zum Zentrum einer wachsenden Gemeinde aus Bewunderern, Freunden und Mitarbeitern. Zeitweise lebten zwei Dutzend Menschen in der Burg. Ada und August bildeten das magnetische Zentrum, sie hielten die anderen in ihren Bahnen. Der Erfolg verunsicherte sie nicht, er schien ihnen natürlich. Die Menschen, die sich um sie scharten, nannten sie Familie, die wechselnden Liebschaften, Arbeitsgemeinschaften und Streitigkeiten innerhalb dieser Familie aber beobachteten sie mit Gleichmut und Distanz. Nie beteiligten sie sich, nie ergriffen sie Partei. Ada und August waren der Kern. Was um sie herum geschah, nahmen sie wahr, aber es berührte sie nicht.

Sie verließen die Tapetenfabrik, als sie sich zu langweilen begannen. Die Familie behinderte sie. Die Inspiration, die die anderen aus ihnen zogen, schien ihnen zunehmend auf Kosten der eigenen Inspiration zu gehen. Sie waren Ada und August, August und Ada, das war alles, und alles andere war zu viel. Sie überschrieben die Burg an zwei der ältesten Mitarbeiter, heirateten, feierten ein letztes großes Fest im Hof und ließen dann die verblüffte Familie zurück, ohne zu verraten, wohin sie gehen würden. Sie wussten es selbst nicht.

Mittlerweile hatten sie so viel Geld, dass sie es kaum überblicken konnten. Ihre Plastiken standen in Tokio, London und New York. Längst waren sie nicht mehr auf Adas Verwandtschaft angewiesen. Sie konnten gehen, wohin sie wollten, sie konnten kaufen, was sie wollten. Einen ganzen Sommer lang tingelten sie herum auf der Suche nach einem Ort, den sie Zuhause nennen könnten. Es war ihre Hochzeitsreise. Sie hatten dafür einen großen schwarzen Cadillac gekauft. Sie fuhren abwechselnd, kleine Landstraßen und Nebenwege. Wenn August am Steuer saß, ließ Ada ihr Haar im Wind flattern. Wenn Ada fuhr, sah August sie an und prägte sich das Bild ein. Bei Sonnenuntergang hielten sie, wo sie waren, sie schliefen in Landgasthöfen und tranken den Wein der jeweiligen Region. Sie wussten nicht, was sie suchten. Aber als sie es gefunden hatten, wussten sie es sofort. Es war der einhundertachte Tag ihrer Reise. Sie waren im

Tessin gewesen, in der Toskana, in der Provence, in der Steiermark. Zweimal hatten sie die Alpen überquert, jetzt waren sie zurück im deutschen Wald. Auf einem Parkplatz unter Bäumen hielten sie an, um sich zu lieben, sie sahen sich in die Augen dabei, ihre waren fast schwarz, seine türkisblau. Sonnenstrahlen tanzten durch die Blätter. Danach fuhren sie weiter das Waldsträßchen entlang. Ada saß am Steuer, August summte eine Melodie, sie hielten sich an den Händen. Auch wenn Ada schaltete, ließen sie einander nicht los. Der Wind wehte warm. Sie waren glücklich. Als sich der Wald auftat und das Panorama auf den See freigab, hielt Ada den Wagen an. Ada sah August an, August sah Ada an, sie nickten beide, alles war klar, alles war gut, sie waren zu Hause.

Taubenblau

Vielleicht roch es ein bisschen nach Karls Mutter. Ja, das musste der gelbe Schal sein. Es roch aber auch nach Mara, es roch gut, nach einem anderen Leben, vielleicht nach Berlin. Karl hatte sich zwischen seinen Sachen zusammengerollt und war in seinem Nest bald eingeschlafen.

Irgendwo klingelte sein Telefon, vielleicht träumte er das auch nur, egal, in seinem Traum gab es einen Wald und so etwas Ähnliches wie Milch, die aber wie Luft war, oder eher wie ein Lebewesen, das sich einatmen ließ, oder so, und dahin ging er zurück.

Das Geräusch, das ihn schließlich wirklich aufwachen ließ, war das Prasseln des Regens an der Fensterscheibe. Karl lag und lauschte. Es war ein gutes Geräusch, fand er. Ansonsten war es still. Ansonsten war es dunkel.

Karl lag mit offenen Augen und starrte im Raum herum. Die Wände waren weit weg und kaum zu erkennen, vielleicht waren sie auch gar nicht zu erkennen, und Karl nahm sie nur wahr, weil er die

Maße des Zimmers spüren konnte, es war ja einmal seins gewesen. Wäre Karl die Leere des Raumes nicht so bewusst gewesen, hätte er jetzt in der Dunkelheit sicher auch seine Möbel erkennen können, die es nicht mehr gab. Regal, Schrank, Schreibtisch, Stuhl, Sessel. Sein Kinderbett hatte an derselben Stelle gestanden, an der er auch jetzt lag. Links das Fenster. Es war raumhoch, er würde Himmel, See und Garten sehen können, wenn es hell würde. Karl griff nach seiner Flasche, fand sie, trank, drehte seinen Kopf nach links, hörte auf das Prasseln und wartete.

Als die Helligkeit endlich über die Fensterkante gekrochen kam, war sie grau. Draußen war alles zu einer einzigen Fläche verwischt. Es regnete noch immer, gleichmäßig, kein Ende in Sicht.

Der Tag schlich sich nur zögernd ins Zimmer, es dauerte unwahrscheinlich lange, bis er den Raum gefüllt hatte. Im Licht war jetzt an der Wand, rechts oben neben dem Fenster, ein Fleck zu sehen, der gestern noch nicht da gewesen war, eine dunkle Stelle, die sich rasch ausbreitete. Das musste ein Wasserfleck sein. Karl beobachtete, wie er wuchs und immer dunkler wurde.

Wenn er nur lange genug wartete und es lange genug regnete, würde er früher oder später mitsamt dem Zimmer, mitsamt der Villa und allem weggeschwemmt, dachte Karl, trank seine Flasche aus und schloss die Augen.

Aber als er wieder aufwachte, regnete es schon nicht mehr, und Karl war selbstverständlich nicht weggeschwemmt worden, der Himmel hatte schon wieder hellblaue Stellen, und durchs Fenster schien unverschämt die Sonne. Es musste schon Nachmittag sein. Der Garten glitzerte und sah fett und satt und zufrieden aus, und in der Mitte saß tatsächlich auf dem Baum das Mädchen. Zu allem Überfluss sangen da draußen auch noch Amseln. Unglaublich. Wenigstens gab es keinen Regenbogen.

Karl drehte sich auf den Rücken und streckte sich probeweise ein bisschen. Es ging, er war noch da, und wenn er den Kopf ein wenig hob, fand er sich weitgehend unverändert. Der Fleck an der Wand allerdings war mittlerweile enorm. Vielleicht verstopfte irgendetwas die Regenrinne. Wenn er ohnehin nicht weggeschwemmt würde, konnte er genauso gut etwas dagegen unternehmen, dachte Karl, wickelte sich den gelben Schal wieder um den Hals und gefiel sich ganz gut in seiner Tatkraft. Außerdem war der Wodka alle, da musste er sowieso aufstehen.

Mit einem Kaffee, einer Zigarette und einem gewaschenen Gesicht trat Karl in den Garten hinaus. Er prostete dem Mädchen im Baum zu, es nickte. Karl drehte sich zum Haus um, bevor er zu grinsen begann, er achtete auf eine aufrechte Körperhaltung und machte sich ein Bild der Lage. Die Regenrinne verlief neben dem Fenster, wie er vermutet hatte. Er würde eine Leiter brauchen. Nichts leichter als das, im Lager war schließlich alles noch da.

Vom Kirschbaum aus beobachtete das Mädchen interessiert, wie Karl die Leiter auf die Terrasse wuchtete, sie zur vollen Länge auszog und am Haus aufstellte. Sie hatte sich in der Astgabel zurückgelehnt und sah freundlich aus und ein bisschen amüsiert. Karl grinste ihr zu. Wirst schon sehen, dachte er.

Erst als er ganz oben auf der Leiter stand, bemerkte er, dass ihm ein gutes Stück bis zur Dachrinne fehlte. Um zu sehen, was die Regenrinne verstopfte, hätte er von oben in das Rohr schauen müssen, und dafür war die Leiter nicht lang genug. Blöd. Er stand noch eine ganze Weile da oben und überlegte, aber es half ja alles nichts. Er musste wieder runtersteigen, Mädchenblick hin oder her.

Unten drehte er sich in Richtung Baum, stemmte die Hände in die Hüften und sah sie an. Und sie sah ihn an, legte den Kopf gegen den Stamm, ließ die Arme hängen und grinste. Und Karl grinste auch und dachte: Na gut. »Ey, du«, rief er, »du kannst doch klettern!«

Sie hieß Tanja, Karl sprach es nach: »Tanja.« Sie war acht Jahre alt, sie roch wie Basilikum. Sie schüttelte seine Hand und stieg dann mühelos bis aufs Dach, das letzte Stück hangelte sie sich über die Regenrinne nach oben. Karl stand unten, hielt die Leiter, betrachtete einen Mückenstich auf ihrem Bein und dachte: Um Gottes willen. Aber dafür war es zu spät, das Kind war schon oben und hatte seinen dünnen Arm bis zur Achsel in das Fallrohr gesteckt. »Pass bloß auf«, rief Karl trotzdem, hielt nutzlos die leere Leiter, betrachtete das Mädchen auf seinem Dach, er spürte ein Ziehen unterm Brustbein, er hatte Angst um das Kind da oben. Aber gleich daneben spürte er auch ein Glucksen, er konnte gar nicht anders, er fühlte sich wohl.

Tanja biss sich auf die Unterlippe, zog ihren Arm aus dem Loch, hob die Hand, hielt etwas Blaugraues in die Luft und strahlte. Sie kletterte langsam herunter und legte es ihm feierlich in die Hände. Es war eine tote Taube, nass und schwer. Karl hielt den Vogel in den Händen, betrachtete ihn und überlegte, was jetzt zu tun wäre. Er strich das Gefieder glatt, die Taube sah fast unversehrt aus, nur eben nass und tot. Kein Blut, keine Verformungen, noch nicht verwest. Die Füße rot und schön gespreizt, das Gefieder glatt und blaugrau, an den Flügelspitzen dunkler, an der Kehle braun. Die Flügel lagen am Körper an. Die Augen waren geschlossen, der

Schnabel spitz und auf rührende Weise klein. Karl musste lächeln. »Ich weiß was«, sagte er.

Eine kleinere Vakuumpumpe hatte er immer dabei, für alle Fälle. Sie bauten sie auf dem Couchtisch im Salon auf. »Hast du wirklich auf die andern geschossen?«, fragte Tanja. »Na ja«, sagte Karl, »ich hab nur in die Luft geschossen, da sind sie schon weggerannt.« Er sah sie an. »Bist du deshalb gekommen, um zu sehen, ob ich schieße?« Tanja antwortete nicht, stattdessen erwiderte sie seinen Blick, lange und ernst, bis Karl es nicht mehr aushielt und sich der Maschine zuwandte.

»Siehst du, durch diese Öffnung wird nachher die Luft abgesaugt. Wir müssen die Taube in eine Plastikhülle stecken, ich würde sagen, am besten nehmen wir eine schwarze, dann sieht man nachher nur noch die Form, was meinst du?« Tanja nickte und reichte ihm eine schwarze Hülle aus seiner Tasche. »Zuerst legen wir einen ganz dünnen Stahlrahmen in die Hülle, damit sich das Plastik beim Vakuumieren straff spannt und sich am Rand nicht so wellt und damit das Objekt richtig Abstand hat zu den Seiten, siehst du, so einen«, sagte Karl, und Tanja gab ihm, worauf er zeigte. Karl schob den Rahmen in die Hülle. »Dabei muss man ein bisschen aufpassen, damit es nicht reißt«, sagte er, »jetzt kommt die Taube.« Tanja reichte ihm die Taube, und beide sahen sich den Vogel noch einmal von allen Seiten an, bevor Karl ihn in die Hülle schob. Er probierte verschiedene Positionen aus, Tanja sah zu und sagte: »So seitlich, mit angelegten Flügeln und ganz einfach gerade finde ich es am besten.« Das fand Karl auch. »Jetzt klemmen wir die Hülle mit der Öffnung hier unter der Klappe fest, ganz knapp an der Rahmenlinie«, sagte er, »am Anfang muss man die Klappe ein bisschen nach unten pressen, dann geht es von allein. Willst du den Knopf drücken?« Tanja wollte, und dann sahen sie zu, wie die Maschine arbeitete.

Die Plastikhülle zog sich sanft zusammen. »Das ist erst der Unterdruck«, sagte Karl, »das Vakuum kommt gleich.« – »Jetzt!«, rief Tanja, als die Hülle sich mit einem Zischen schlagartig fest um ihren Inhalt schloss.

Karl löste das Objekt aus der Maschine, schnitt den Rand hinter der Schweißnaht ab und überreichte es Tanja. Ein schwarzes Quadrat, in dem sich nach vorn und hinten mittig das Relief der Taube wölbte. Schnabel, Füße, Leib. »Ein Souvenir. Für dich«, sagte er. Tanja hielt es in den Händen, sah es von beiden Seiten an, dann sah sie Karl an, strahlte und nickte, und dann rannte sie in den Garten hinaus.

Karl ging ihr hinterher bis auf die Terrasse und

sah ihr von dort aus nach. Unterm Kirschbaum blieb Tanja stehen, drehte sich zu ihm um und rief: »Ich kann achtundvierzig Sekunden lang die Luft anhalten!«

Salamirot

Ein perfekter kleiner Hintern in einem perfekten kleinen Schwarzen. Pietät und Sexappeal. Maras Arsch ging Karl auf die Nerven. Mara war am Vormittag erst angekommen, sie hatte die ganze Verwandtschaft noch nie gesehen, aber sie schwamm in dem neuen Wasser wie ein Fisch. Karl schwamm wie eine Boje. Immerhin. Er stand an der Theke und sah wahrscheinlich unpassend aus mit seinem gelben Schal. Er nippte an seinem Whisky und sah zu, wie Mara sich bewegte. Sie ging hin und her und organisierte. Ständig beugte sie sich vor, um irgendwen zu umarmen. Jeden, mit dem sie länger sprach, fasste sie mit so einer überheblichen Sanftheit am Oberarm an. Im Moment war es Buddy Holly. Er nickte und sagte etwas zu Mara. Sie nickte auch, drehte sich zu Karl um, sah seinen Blick, neigte ihren Kopf zur Seite, tätschelte den Jackettarm als Abschiedssignal und kam auf Karl zu.

»Du siehst aus wie Audrey Hepburn.« Karl hatte

das geknurrt, aber Mara verstand es falsch, oder sie tat so, jedenfalls streichelte sie ihm über die Wange und küsste ihn. »Und du siehst aus wie Iggy Pop.« Sie fuhr ihm durchs Haar. »Komm, iss mal was.«

Das Buffet war gar nicht schlecht. Es gab allen möglichen Firlefanz, und jemand hatte auch Bouletten bestellt. Die mochte er. Karl lud sich einen Teller voll und setzte sich an seinen Platz. Mara beobachtete ihn beim Essen, Karl konnte sehen, wie sie sich über seinen Appetit freute. Das rührte ihn dann doch irgendwie.

Rundherum saß die ganze verstoßene Familie in Schwarz und kaute. Wenn sie alle den Mund voll hatten, ging es. Was nicht ging, waren die Gespräche. Die Eltern hatten keinen, der jetzt hier saß, als Teil ihres Lebens betrachtet, da war Karl sich sicher. Ada und August waren ihr eigenes Universum gewesen. Trotzdem schmückte sich jetzt die Hälfte der Verwandtschaft mit Erinnerungen an die beiden Berühmtheiten: Immer schon habe man geahnt, dass in der Cousine, Schwester, Nichte, dass in dem Bruder etwas Großes stecke. Schon zu Jugendzeiten habe es einen ganz besonderen Draht gegeben. Vor drei Sommern habe man sich auf einer Ausstellungseröffnung getroffen und alte Geschichten ausgegraben, später noch zusammen Musik gehört. Dazu wurde bedeutsam genickt und geseufzt. Karl ekelte sich. Aber noch ekelhafter war, wie die andere Hälfte der Sippschaft versuchte, sich mit Karl zu solidarisieren. »Na, Karlchen, von dir haben sie ja auch nichts wissen wollen.« Das war seine Tante Inge. Was wollte die denn? Die hatte er seit mindestens zehn Jahren nicht mehr gesehen. Sie zog eine Mitleidsgrimasse und legte ihre Hand auf seine. »Aber gut siehst du aus! Mensch! So ein gutaussehender Mann! Ganz der Vater, nicht?« Sie blickte in die Runde. Allgemeines Nicken. »Und so eine hübsche, nette Freundin hast du!« Mara lächelte und legte ihren Arm um Karls Schultern. Er schluckte, wand sich aus der Umarmung und aus dem Stuhl, konnte gerade noch Buddy Holly ausweichen, der sich von hinten angeschlichen hatte, murmelte irgendwas und rettete sich zurück an die Bar.

Sollte Tante Inge doch mit Buddy Holly reden. Der war hier ja wohl in seinem Element, schließlich hatte er die ganze Show organisiert. August Stiegenhauer tatsächlich zu verharzen, hatte Buddy Holly sich dann doch nicht getraut. Feigling. Eine ganz normale Beisetzung war es geworden, mit Pfarrer und Sarg, Gesang und allem Drum und Dran. Karl hatte sich gewünscht, den Rahmen möglichst klein zu halten, und ansonsten nicht reingeredet. Nur bei der Traueranzeige hatte er es versucht.

Zwei Stunden lang hatte Karl mit Buddy über die Annonce diskutiert. Das sei das absolute Minimum, hatte Buddy gesagt. *Wir werden ihn nicht vergessen*, das sei das Minimum. Karl hatte den Satz nicht gewollt. Seine Mutter hatte eine Faust oder ein Loch oder so im Kopf, die hatte bestimmt alles und jeden vergessen. Und er hatte die Leiche des Vaters nicht mehr sehen dürfen, er suchte immer noch nach dem Gesicht. »Das geht doch nicht«, hatte Karl gesagt, »das stimmt doch nicht.« Er hatte versucht, es Buddy zu erklären, aber der hatte es nicht verstanden, also war der Satz stehengeblieben.

Buddy hatte für viel mehr Text plädiert, zuletzt zumindest für ein *Dich* in dem Einzeiler: *Wir werden Dich nicht vergessen*. Aber Karl hatte geknurrt, wenn das da schon stehen müsse, dann werde er nicht auch noch anfangen, mit Toten zu reden, er sei ja nicht verrückt.

68

Das mit dem Tierchen hatte Karl auch nicht erklären können. Da war so ein Tierchen gewesen, zwischen den Kränzen am Grab. Mit Flügeln und Bauch. Es sah ein bisschen so aus wie ein Kolibri. Aber es war kein Kolibri, es hatte Fühler und einen langen Rüssel, es war ein dickes Insekt. Die Familie hatte um das Loch gestanden, der Sarg war schon unten gewesen. »Du weißt den Weg, Gott, auch wenn wir dich nicht immer verstehen«, hatte der Pfarrer gesagt, und das Insekt war zwischen den Blüten herumgeflattert. Ein großer Haufen Kränze, Blumen und Schleifen, Gerbera mit Gold auf Brautweiß: *In ewiger Dankbarkeit,* Lilien mit Gold auf Salamirot: *Unvergessen,* Rosen mit Gold auf Eidottergelb: *Karin und Paul.* Und dazwischen das Tierchen, ein grauer Leib mit weichem Flaum, ein Kopf mit weißen Augen und schnelle Flügel in Orange. »Es ist der Weg nach Hause«, hatte der Pfarrer gesagt, und das Tierchen war weggeflogen. Karl hätte jetzt Erde in das Loch werfen sollen, aber das war einfach nicht gegangen, das Tierchen war weggeflogen, und Karl hatte es suchen müssen. Er hatte Maras Hand losgelassen und war dem Insekt hinterhergelaufen, erst zwischen den Grabsteinen entlang, dann durch die Sträucher, dann hatte er es verloren, es war irgendwo zwischen den Blättern verschwunden. Karl hatte eine Weile gewartet, aber das Insekt war nicht wieder aufgetaucht. So ein kleines Tierchen, klein und schnell und längst weit weg, zu weit, um es zu suchen. Als Karl das klargeworden war, hatte er geweint. Das war natürlich albern gewesen, aber er hatte nicht anders gekonnt.

Am Grab war es also nicht gegangen. Eigentlich schon in der Kirche nicht. Eigentlich schon vor der Kirche nicht, aber da hatte Karl sich zusammengerissen, da hatte es Presse gegeben, Blitze und Rufe, und Karl hatte es geschafft, sich gerade zu halten und Maras Hand nicht loszulassen.

Er sah zurück zum Tisch. Mara war noch da, sie nickte ihm zu.

Später, in der Villa, im Flur, als die Sonne untergegangen, die Trauergesellschaft verabschiedet, die Tür ins Schloss gefallen und die Presse ausgesperrt war, legte Mara ihm eine Hand in den Nacken, die andere auf seinen Rücken. Sie stand vor ihm, ganz nah, er konnte den Kranz um ihre Pupille sehen, wie er sich zusammenzog und wieder weitete. »Geschafft«, flüsterte sie, »das Schlimmste ist jetzt geschafft.« Sie küsste ihn. Karl stand erst still, einige Sekunden lang, dann holte er Luft, küsste sie auch, schob ihr Kleid hoch und drückte sie zwischen die Mäntel an der Garderobe. Mara lachte, und Karl grub seine Nase in ihr Haar und in die Mäntel, er schloss die Augen, die Gerüche türmten sich auf und brachen wie Wellen, er konnte es rauschen hören. Er hob Mara hoch, es wunderte ihn immer, wie leicht sie war, er nahm sie auf beide Arme, sie zog die Brauen hoch, aber dann lächelte sie ihn an und ließ sich die Treppe hinauftragen, in sein Zimmer, in sein Nest.

Dort war es weich, die Gerüche schwappten jetzt sanfter, es roch nach Mara und nach ihm, Schweiß und Sperma. Sie hatten sich zugedeckt, lagen seitlich, Brust an Brust, Bauch an Bauch, Arme und Beine verschlungen. So war es gut.

Er wachte auf, als Mara mit den Fingerspitzen an seine Schulter tippte. Es war stockdunkel. »Komm, wir gehen ins Bett«, flüsterte sie. Sie streichelte seinen Kopf, nahm seine Hand und war schon dabei, ihn nach oben zu ziehen. Karl war noch halb im Traum, er musste sich sehr anstrengen, um einen Satz auf die Zunge zu bekommen. »Hier ist es doch gut«, murmelte er. Das hatte er ihr doch schon erklärt, er wollte nicht im Bett seiner Eltern schlafen.

»Ach, Karl, komm, jetzt hör aber mal auf!« Maras Stimme klang viel zu laut und viel zu logisch. »Ich bin mitten in der Nacht aufgestanden, ich bin heute früh sechs Stunden Auto gefahren und habe dann den ganzen Tag in diesen Schuhen zwischen deinen Verwandten und den Fotografen zugebracht und aufgepasst, dass du mir nicht umkippst. Ich möchte jetzt in einem ganz normalen Bett schlafen. Basta.« Sie war aufgestanden und hatte das Licht angeschaltet, viel zu schnell, viel zu hell. Karl setzte sich auf, mit der einen Hand hielt er sich an seinen T-Shirts fest, und mit der anderen schirmte er die Augen gegen die Grelle ab. Mara stand da, groß, nackt und schön, sah ihn an und seufzte. Sie kam auf ihn zu, hockte sich neben ihn und streckte ihre Hand aus. »Komm, Karl«, sagte sie. »Ich bin's. Wir sind's doch. Wir sind erwachsen, ich habe alles frisch bezogen, das ist das bequemste und größte Bett im ganzen Haus, da legen wir uns jetzt rein und schlafen, und morgen fahren wir nach Hause, und alles wird gut. Komm.« Als er sich nicht rührte, griff sie ganz einfach seine Hand und nahm ihn mit, den Flur entlang, ins Schlafzimmer, unter die Decke, in ihre Arme. Ganz einfach.

»Siehst du, es geht«, flüsterte Mara und schlief sofort ein. Karl konnte sie atmen hören. Wenn Mara schlief, klang ihr Atmen anders. Das Einatmen war kaum zu hören, das Ausatmen dafür stark und regelmäßig. Karl hatte das immer gefallen. Auf diesen Rhythmus konnte man sich drauflegen. Sie hatte ja recht, er musste einfach nur schlafen, und morgen wäre es dann nur noch ein Bett. Er schloss die Augen und wartete. Es würde schon gehen. Alles andere wäre ja albern. Und Mara war hier, das würde helfen. Er drehte sich zu ihr und umarmte sie. Sie presste sich an ihn und murmelte irgendetwas, ohne aufzuwachen. Mara hatte recht, und Karl war ihr dankbar. Der Schlaf würde schon kommen. Karl legte sich auf Maras Atmen und wartete.

Er musste einfach nur warten.

Einfach mitatmen und die Augen geschlossen halten.

Atmen, Augen zulassen, schwarz, Augen zulassen, schwarz lassen, mitatmen, es roch nach Waschmittel, Staub, egal, weiter, einfach weiter, einfach warten.

Karl versuchte es eine Weile, dann öffnete er die Augen wieder, stützte sich auf den Ellenbogen und sah Mara an. Es war nicht ganz dunkel, ihre Konturen konnte er erkennen, Stirn, Ohr, Wange, der Kiefer bewegte sich ein bisschen. Sie sah auf einmal so klein aus, um sie herum bauschten sich die Decken, und das Betthaupt fasste alles ein wie ein Klemmrahmen. Dazu noch die Wände. Der Putz hatte ihm schon als Kind Angst gemacht, wenn man zu lange draufstarrte, sah man Ungeheuer, und dann konnte man nicht mehr wegschauen, weil sie sich sonst bewegten. Karl zog vorsichtig seinen Arm zurück, deckte Mara zu und schlich sich hinaus.

In der Küche goss er sich einen Wodka ein, den hatte er sich verdient, er setzte sich auf den Tisch, baumelte mit den Beinen und trank das Glas langsam aus. Er dachte an das Mädchen auf der Leiter. Das Wodkabrennen im Rachen tat gut, es half beim Atmen und beim Denken. So ein seltsames Kind. In den letzten Tagen hatte er sich manchmal gefragt, ob das Mädchen vielleicht nur eine Einbildung gewesen war. Ein kleines, freundliches Gespenst. Aber sie hatte ja mit ihm gesprochen. Sie hatte auf den Knopf der Vakuummaschine gedrückt. Sie hatte gelacht und gewinkt und mit den Beinen gebaumelt. Sie hatte die Taube mitgenommen. Er hatte ihren Namen gesagt. Tanja.

Als das Glas leer war, ging Karl zurück in sein Zimmer und kroch in sein Nest. Er deckte sich zu bis über den Kopf und rollte sich zusammen wie irgendein Pelztier. Im Halbschlaf überlegte er, ob er möglicherweise selbst nur eine Einbildung war. Vielleicht existierte er nur in Tanjas Kopf. Ihm war klar, dass der Gedanke irgendwie schief war, aber gleichzeitig schien etwas sehr Plausibles daran zu sein, und das beruhigte ihn. Vielleicht bin ich ja nur der erfundene Freund eines verrückten Kindes, dachte er. Er spürte noch sein eigenes Lächeln, bevor er einschlief.

Porzellanweiß

Am nächsten Morgen saß Mara auf der Terrasse am Frühstückstisch, sah toll aus und tat, als ob nichts gewesen wäre. Als Karl nach draußen geschlurft kam, blätterte sie in einer Zeitung, neben ihr auf einem der Stühle lag ein ganzer Haufen davon, *Süddeutsche*, FAZ, *taz, Tagesspiegel, Rhein-Neckar-Zeitung, Leinseer Post, Neue Zürcher Zeitung,* alles da. Mara hatte Brötchen geholt, Kaffee gekocht, den Gartentisch abgewischt und Kissen auf die Stühle gelegt. Es gab Butter, Schinken, Käse und Marmelade, Trauben und Saft. Die Sonne schien. »Guten Morgen«, sagte Mara und ließ die Zeitung sinken, »es ist ganz glimpflich abgelaufen, viele Mutmaßungen, aber das war ja zu erwarten, und es gibt keine schlimmen Bilder. Die meisten haben den Trauerzug mit dem Sarg abgedruckt. Natürlich ist deine Tarnung jetzt aufgeflogen. Du bist jetzt offiziell Karl Stiegenhauer.« Sie sah ihn an, lächelte, und der Wind bewegte ihre Haare wie für ein Coverfoto. »Vielleicht ist es ja gut, dass es endlich raus ist. Überall gibt es Hinweise auf deine Vakuumsachen und die Vernissage. Die werden dir die Bude einrennen!«

Karl setzte sich und sah sich um. Kein Mädchen im Garten. Er nahm sich ein Brötchen, biss hinein und schnitt es dann auf. Die beiden Hälften sahen aus wie schiefe Halbmonde, er bestrich sie mit Butter und Marmelade und schob sie so auf seinem Teller zurecht, dass sie sich nicht berührten. »Danke«, sagte er und sah Mara an. Sie nickte.

Manchmal wusste Karl, schon bevor er etwas aussprach, was Mara antworten würde. Manchmal antwortete sie sogar, bevor er ausgeredet hatte. Ein Stichwort genügte, und alles lief vollautomatisch.

Karl goss sich einen Kaffee ein, nahm einen Marmeladenhalbmond vom Teller, biss ein Stück ab, kaute und schluckte. Mara lächelte schon wieder ihr Coverfotolächeln. Er biss sich durch seine Brötchenhälfte, bis sie weg war. Dann schob er die zweite Hälfte in die Mitte des Tellers, leckte seine Zeigefingerkuppe an, sammelte damit die Krümel vom Porzellan und schob sie sich in den Mund, bis der Mond auf einem sauberen weißen Grund lag.

Karl zeigte auf das Frühstück. »Du hättest das nicht –«, sagte er. »Einer muss es machen«, sagte Mara.

Er sollte ihren Text einfach mitsprechen, dachte

Karl. Oder sie seinen. Sie könnten sich ja abwechseln, er könnte an geraden und sie an ungeraden Tagen reden. So hätte einer immer frei. Karl versuchte zu grinsen bei dem Gedanken, aber es war eher ein Zähneknirschen. Er trank einen Schluck Kaffee und blinzelte Mara über den Rand der Tasse hinweg an. Er versuchte, sich vorzustellen, wie ihr Gesicht ausgesehen hatte, bevor sie sich kennengelernt hatten. Es war gut möglich, dass sie sich schon einmal begegnet waren, vor dem Abend vor vier Jahren. Das war sogar ziemlich wahrscheinlich. Auf Ausstellungseröffnungen standen ja meistens dieselben Leute herum. Sie hatten später versucht, das herauszufinden, aber es war ihnen nicht gelungen.

An dem Abend vor vier Jahren jedenfalls war ihm Mara zum ersten Mal aufgefallen, zuerst aus der Entfernung. In einer neuen Galerie gab es eine ziemlich beachtete Vernissage. Karl war allein gekommen, ein Freund hatte irgendeine langweilige, flackernde Installation aufgebaut und ihn eingeladen. Es war voll, die Luft war feucht, von den Wänden bröckelte der Putz, es roch nach Moder, Musik dröhnte, Menschen schoben sich die Gänge und Treppen entlang, Gläser in den Händen. Mara trug ein eckiges rotes Kleid und hielt sich sehr gerade. Sie bewegte sich in einer kleinen Gruppe, besah die ausgestellten Werke mit knappen Blicken und lächelte nicht. Eine geometrische rote Frau. Sie strahlte Eleganz ohne Lieblichkeit aus und wirkte autark. Das gefiel ihm.

Als er sie ansprach, musterte sie ihn von oben bis unten, dann gab sie ihm die Hand. Nach einem halben Glas Wein lachte sie über etwas, das er gesagt hatte, und als das Glas leer war, hatten sie die Leute, mit denen sie da war, im Gewimmel abgehängt. Sie sprach, als ob sie etwas druckreif diktieren würde, und hatte keine Angst, zu urteilen. Im Gegenteil, Mara hatte eine trockene Freude an ihren eigenen Scharfsinnigkeiten, die sie schnell und präzise setzte. Wenn sie etwas gesagt hatte, kniff sie die Augen zusammen und wartete auf Karls Reaktion. Er hatte das Gefühl, sich sehr konzentrieren zu müssen, er spürte die Spannung physisch, ein Prickeln hinter der Stirn und im Magen, das war neu und angenehm.

Als sie sich zum ersten Mal küssten, griff sie ihm in den Nacken und biss ihn ein wenig in die Unterlippe.

Jahre später erzählte Mara ihm, sie habe ihn frech gefunden damals. »Was hast du dir eigentlich gedacht?« – »Aber ich habe dir doch auch gefallen.« – »Ja, du warst unerschrocken und enthusiastisch. Und jung.« Karl war zweiundzwanzig Jahre alt, als sie sich kennenlernten, Mara war damals gerade dreißig geworden.

Karl erinnerte sich dunkel an die Inszenierung, an der sie zu dieser Zeit gearbeitet hatte, es war eine *Antigone*-Bearbeitung mit einem Bühnenbild aus zitternden Papierbahnen, dazwischen eine dünne, glühende Schauspielerin mit rauer Stimme. Er holte Mara oft von den Proben ab damals. Er beobachtete sie gern bei der Arbeit, beim Nachdenken, Gestikulieren und Reden. Wenn sie ihn sah, nickte sie ihm zu. Irgendwann begrüßten ihn die anderen, und er gehörte dazu. Manchmal zeichnete Karl während der Proben, wenn er warten musste. Er skizzierte Mara, ihren Nacken, den Haaransatz, ihre geöffneten Finger. Er zeichnete die Bewegungen auf der Bühne, zeichnete das dünne Mädchen in der Hauptrolle, das ihn groß ansah und ihn zweimal hastig unter der Treppe küsste. Er zeichnete und freute sich. Und danach ging er mit Mara durch die Straßen, oder sie blieben in der Gruppe und tranken zusammen.

Mara kannte tausend Leute, Schriftsteller, Professorinnen, Schauspieler, alles und jeden. Karl tauchte in ihren Freundeskreis ein wie in einen Fluss. Vor Mara hatte er noch nie so etwas wie eine Clique gehabt. Gruppen waren ihm immer suspekt gewesen, er war selbst erstaunt, wie ihm das auf einmal gefiel. Er saß da, um ihn herum die Leute, und es war schön. Er musste nicht reden, er konnte zwischen den anderen untertauchen, wenn er wollte, oder er ließ sich nach oben spülen und tragen. Natürlich schmeichelte ihm auch, wie diese klugen Leute seine Arbeiten betrachteten und lobten. Sie schienen ihn zu mögen, vor allem mochten sie Mara und ihn als Idee: ein schönes Bild, ein cooles Paar.

Er hatte eine ganze Zeit lang gezögert, Mara zu erzählen, wer seine Eltern waren. Als er damit herausrückte, reagierte sie anders, als er erwartet hatte. Mara wurde auf einmal ganz still und vorsichtig. Sie nahm die Information zur Kenntnis, versprach ihm, sein Geheimnis zu wahren, und dann wich sie seinem Blick aus und wechselte das Thema. Auch später kam sie nie wieder darauf zurück. Er hatte zuerst angenommen, das sei die übliche Ehrfurcht vor seinen Eltern. Aber nach und nach gewann er den Eindruck, dass Mara sich so zurücknahm, weil sie nicht viel von Ada und August Stiegenhauer hielt. Sie wollte nichts Schlechtes sagen, und sie wollte nicht lügen. Er fragte nicht nach, aber sein Eindruck verfestigte und verwuchs sich immer mehr zu einem Glücksklumpen, den er als Wärmequelle unterm Brustbein spüren konnte. Auf ihn war Mara nämlich stolz, das merkte Karl, und das konnte auch sonst jeder sehen.

»Was denkst du?«, fragte Mara jetzt. »Ach, du weißt schon«, sagte Karl. Sie kniff die Augen zusammen und musterte ihn. Karl fing ihren Blick, kniff auch die Augen zusammen, dann schloss er sie ganz, drehte den Kopf um neunzig Grad in Richtung Garten, atmete ein und öffnete die Augen wieder. Alles leer, keine Tanja.

Mara hatte sich im Stuhl zurückgelehnt, die Hände im Schoß, den Blick immer noch auf Karl. Sie beugte sich vor, nahm einen eleganten Schluck aus ihrer Kaffeetasse, setzte sie ab und schüttelte den Kopf. »Du musst mit mir reden, Karl.«

Mara hatte recht. Aber seine Synapsen waren verklebt, er suchte nach irgendetwas, das er hätte sagen können. Er wollte gerade seine Hand nach ihrer ausstrecken, wollte lächeln, irgendwas murmeln, zumindest sagen, dass sie recht hatte, das ging, das konnte er sagen. – Da bemerkte er etwas im Garten. Zuerst konnte Karl nicht erkennen, was es war, aber etwas hatte sich verändert. Aufregung kroch seine Wirbelsäule hoch, wie eine Ameisenstraße, in den Nacken und dann in den Kopf hinein, bis an die Schädeldecke. Karl stand auf, tat ein paar Schritte ins Gras und suchte mit den Augen die Fläche bis zum See ab. Alles war unbewegt, keine Tanja. Aber dann sah er, was es war, und lachte leise.

Die roten Sandsteinplatten, die sich in geschwungener Linie als Weg von der Terrasse bis zum Boots-haus gezogen hatten, lagen jetzt zu Flächen versammelt in der Mitte des Gartens auf dem Rasen. Karl ging hinunter, er ließ sich Zeit dabei, streifte seine Schuhe unterwegs ab. Bei jedem Schritt grub er Zehen und Ballen ins Gras. Hinter sich hörte er Mara rufen, erst leise, dann lauter, dann wütend, dann nicht mehr. Er wollte später mit ihr reden. Erst musste er sich das hier ansehen.

Er umrundete die Steinformation. Es sah aus wie eine große Landkarte. Das konnte nur Tanja gewesen sein. Das Kind musste schwer und lange geschuftet haben, um die Platten zu bewegen. Sie waren zu Kontinenten geordnet, Landmassen eines fremden Planeten. Vorsichtig betrat Karl die erste Platte und balancierte bis ins Zentrum der Anordnung. Dort setzte er sich und sah sich um. Karl merkte, wie er lächelte, ganz breit, er merkte es in den Mundwinkeln und im Kiefer, es tat weh, aber er konnte nicht anders. Das hier war für ihn. Das hier war gut. Darauf würde er antworten können.

Es dauerte lange, bis ihm in den Sinn kam, Mara zu suchen. Er fand sie im Salon auf dem Sofa. Sie saß kerzengerade, die Füße nebeneinander auf dem Boden, die Hände auf den Oberschenkeln. Eine unmögliche Grelle fiel durchs Fenster und ließ Mara aussehen wie eine sehr symmetrische Phantasie. Als er hereinkam, starrte sie ihn an, er war barfuß, hielt seine Schuhe in den Händen. Sein Schatten fiel auf sie und bedeckte ihr Gesicht. Das tat ihm leid. »Das tut mir leid«, sagte Karl und trat zur Seite, so dass sie wieder im Licht war.

Er schloss die Augen und hob seine Hände mit den Schuhen auf halbe Höhe, um sich zu konzentrieren. Er musste es ihr sagen. Er konnte jetzt nicht mit ihr zurückfahren. Er holte Luft. Aber Mara war schneller: »Karl, jetzt mach keinen Mist, übermorgen ist deine Eröffnung. Wir frühstücken jetzt zu Ende, dann sehen wir nach deiner Mutter, und dann fahren wir heim.« Karl schüttelte den Kopf. Mara hob die Arme und ließ sie wieder fallen.

Ja, er wusste, dass sie einen Affentanz aufgeführt hatte, um alles so schnell organisiert zu kriegen, und alles nur für ihn. Und es war ja nicht so, als hätte sie nicht genug zu tun mit ihrer eigenen Inszenierung. Ja. Ihr stand die Arbeit bis zum Hals, und trotzdem hatte sie ihm die Kastanien aus dem Feuer geholt. Ja, und alle warteten auf ihn in Berlin, ja. Sein ganz großer Tag. Einzelausstellung. Riesending. Er wusste das. »Ich weiß das, Mara.«

Er setzte sich neben sie ins Licht, er nahm ihre Hand, ganz sanft, wie in Zeitlupe, er war ganz ruhig. Aber Mara riss sich los, trat ans Fenster und drehte ihm den Rücken zu. Sie sah so schön aus, wie im Schattentheater, er rutschte in den dunklen Marafleck auf dem Sofa, zog die Füße an und versuchte, ganz in ihren Schatten zu kriechen. Aber bevor er es schaffte, drehte sie sich um, und die Kontur änderte sich. Karl riss sich zusammen, streckte den Rücken und sah sie an.

»Du willst also hierbleiben.« – »Ja.« – »In diesem Spukschloss, in dem du nicht mal normal schlafen kannst.« – »Ja.« – »Allein.« Karl nickte. Maras Gesicht war im Gegenlicht schwer zu erkennen. Sie rieb sich die Augenlider mit den Fingerspitzen. »Wegen deiner Mutter?«

Vielleicht konnte er es erklären, wenn er sich Mühe gab. Er holte Luft. Mara atmete scharf aus. »Das hier ist nicht gut, Karl, das tut dir nicht gut, das kann ich doch sehen. Und deine Mutter ist nicht ansprechbar. Das wird sich so bald nicht ändern, hast du gesagt. Wenn sich da was tut, können wir sofort herfahren. Aber bis dahin – außerdem warst du nur einmal im Krankenhaus, oder? Den Rest der Zeit bist du hier gewesen, oder? Das hat dir nicht gutgetan. Und in Berlin hast du ein Leben. In Berlin geht gerade so viel los für dich. Wenn du es richtig anstellst, wird das durch die Decke gehen! Mann, Karl. Was willst du hier? Was willst du denn? Das ist doch nicht gut.«

Als Karl nichts geantwortet hatte, war sie weggefahren. Sie hatte ihm in den Nacken gegriffen, seinen Mund geküsst, fest und warm, hatte ihm in die Augen gesehen, und dann war sie gefahren. Karl hatte ein bisschen geweint, aber das war ihm dann falsch vorgekommen.

Um sich zu beruhigen, war er noch einmal barfuß auf Tanjas Sandsteinkontinenten herumbalanciert. Er hatte jede Platte mit jedem Fuß einmal betreten. Das hatte geholfen. Er hatte sogar Appetit bekommen. Jetzt saß er allein auf der Terrasse, in der Sonne und aß. Er wunderte sich, wie es ihm auf einmal schmeckte. Wirklich gute Brötchen, schöne Kruste, weicher Kern, nicht zu viel Luft. Das nächste belegte er mit Käse. Karl streckte sich, kaute, zog einen zweiten Stuhl zu sich heran und legte die Beine darauf. Er griff sich die erste Zeitung vom Stapel, kaute weiter und fing an zu lesen.

Die meisten Artikel ähnelten sich. *Tragisch* stand da immer wieder. Karl konzentrierte sich auf die Bilder. Schwarzweißfotos, meistens Paaraufnahmen von August und Ada. Bei manchen war die Mutter abgeschnitten worden. Einige Fotos mussten kürzlich erst aufgenommen worden sein, mehrere Zeitungen hatten das gleiche Bild abgedruckt. Karl stand auf, holte eine Schere aus der Küche und schnitt die Bilder aus. Viermal das gleiche Foto, nur die Größe unterschied sich. Ada und August, Kopf an Kopf, doppeltes Lächeln mit Zähnen. Karl konnte sich das Gesicht seines Vaters wieder nicht einprägen, sobald er wegsah, war es verwischt. Er legte die Vierecke auf einen Stapel, beschwerte ihn mit dem Deckel der Zuckerdose und schnitt dann die anderen Fotos aus. Immer wieder war der Trauerzug zu sehen. Er besah sich die Aufnahmen und suchte sich selbst darauf. Bei einem Bild war er sich nicht ganz sicher, aber Mara erkannte er, das daneben musste also er sein. Gut. Mit dem Zeigefinger zeichnete er seine Umrisse auf den Fotos nach.

Jetzt brauchte er eine weiße Fläche und einen Stift. Karl nahm die Zeitungsausschnitte und ging ins Haus. Dort fand er nach einigem Suchen einen Becher mit Stiften und einen Stapel dünnes Schreibpapier. Er legte einen Bogen probeweise über die Zeitung. Das ging. Er setzte sich in den Salon auf den Boden vor dem Couchtisch ins Licht. Mit einem roten Filzstift zeichnete Karl die Umrisslinien auf das weiße Papier durch, eine Figur pro Bogen. Am interessantesten sah es dort aus, wo die Karlfigur von irgendetwas oder irgendjemandem überlappt gewesen war und deshalb von einer fremden Linie begrenzt wurde, von der geraden Kante des Sarges, der Umrisslinie eines Armes, der Form eines Kopfes oder so. Am spannendsten wurde es, wenn mehrere solcher Fremdlinien auftauchten. Er legte die Blätter übereinander, schnitt sie zurecht, und flippte sie durch wie ein Daumenkino. Die Karlfigur sprang hin und her. Karl lachte leise. Er hatte große Lust, etwas zu bauen.

Regentageblau

Wenn er so weitermachte, würde er noch eine Senke in den Granitboden treten. Bescheuert. Im Salon vor der Glasfront auf und ab zu tigern nützte nichts, aber er konnte auch nicht damit aufhören. Geduld, Geduld. Sie würde schon auftauchen. Ab und zu zwang Karl sich aufs Sofa, nahm eine Zeitung, einen Drink, ein Buch, eine Zigarette, eine andere Zeitung, ein Stück gelben Käse, noch eine Zigarette; er holte einen Tacker aus dem Büro, heftete sein Daumenkino zusammen, flippte es durch und versuchte, sich auf seine rot umrandete, hin und her springende Silhouette zu konzentrieren; er schloss die Augen und zählte bis hundert. Alles umsonst. Er hielt es nicht aus. Er musste aufstehen, musste schauen und tigern. Zu wissen, dass es bescheuert war, was er hier machte, nützte nämlich auch nichts.

Sie würde schon kommen. Der Kirschbaum sah jedenfalls großartig aus. Karl hatte ihn für das Kind geschmückt. Auf einer Expedition durch das Haus hatte er neun Gegenstände dafür ausgewählt.

Erstens: den schimmernden, blauen Schmetterling aus dem Lager im Atelier. Karl hatte den Rahmen weit unten in einen Ast gehängt, damit Tanja ihn würde betrachten können, ohne zu klettern.

Zweitens: ebenfalls aus dem Lager einen Strohhut mit schwarzem Band. Er wehte weit oben im Baum. Karl hatte eine ganze Weile mit der Leiter herumprobiert, um dort hinzukommen. Er hatte geschwitzt und geflucht, aber es hatte sich gelohnt. Wie der Hut dort im Wind tanzte, das sah aus, als wäre es erfunden, als ginge das gar nicht.

Drittens: eine Kette, die er aus fünfzehn aufgebogenen Büroklammern, zwei verschieden großen dänischen Münzen mit Loch in der Mitte und einem kleinen, verwaisten Schneckenhaus gebastelt hatte. Die hatte er auch weit unten hingehängt, Tanja würde sie abpflücken können, wenn sie wollte.

Viertens: einen goldenen Fächer mit weißen Streifen aus Spitze, den er im Elternschlafzimmer in der Kommode gefunden hatte. Seine Mutter hatte ihn irgendwann mal aus Madrid mitgebracht. Karl erinnerte sich, wie sie eine Zeitlang ständig damit herumgelaufen war, wie sie das Ding auf- und zugeklappt hatte, mit großer Geste, sehr ironisch. Aber Karl war es so vorgekommen, als habe der Fächer ihr wirklich gefallen. Am Griff hing ein Faden mit kleinen Glasperlen, meergrün und kornblumenblau. Am rechten oberen Rand hatte der Stoff einen kleinen Riss, den kannte Karl noch nicht. Der Fächer drehte sich jetzt etwa auf Höhe der Astgabel, in der Tanja gesessen hatte.

Fünftens: einen altmodischen Kleiderbügel, den Karl noch nie gesehen hatte. Er hatte merkwürdig fremd zwischen den Holzbügeln im Schrank des Vaters gehangen. Der Haken war aus Kupfer, der Bügel mit Stoff überzogen, und auf dem Stoff blühten überlebensgroße Maiglöckchen auf dunkelgrünem Grund. Unerklärlich, wie das Ding in dieses Haus gekommen war, vielleicht war es auf der Flucht, war hier eingebrochen, hatte sich versteckt und dann nicht mehr hinausgefunden.

Sechstens: aus der Küche eine dickwandige Espressotasse, wahrscheinlich ein Werbegeschenk. Das Logo: ein roter Kreis, darin ein weißer, fünfzackiger Stern, darin ein rotes T. Tanja.

Siebtens: einen unglaublichen Staubwedel mit Federn in Kirschrot, Himbeerrot und Erdbeerrot, den Karl aus dem Küchenschrank befreit hatte. Er leuchtete zwischen den Blättern hervor wie ein Tropenvogel.

Achtens: eine silbern glänzende Gugelhupf-Form, ebenfalls aus der Küche. Wie sie jetzt so taumelte an ihrem Band, sah sie mal aus wie ein Ufo, mal wie ein Ritterhelm, mal wie der Mond.

Neuntens: ein T-Shirt aus seiner Tasche. Er hatte es wegen der Farbe ausgesucht – regentageblau, ohne Druck. Karl hatte einen der oberen Äste durch die Ärmel gezogen. Es zappelte, der Wind blähte lebhaft den Stoff. Hoffentlich flog es nicht weg, bevor Tanja da war.

Beim Aufhängen der Sachen hatte er die ganze Zeit gehofft, das Kind würde nicht zu früh kommen, erst sollte alles fertig sein. Er hatte sich so beeilt. Langsam fragte er sich allerdings, wie er so sicher davon hatte ausgehen können, dass Tanja heute wiederkommen würde. Oder überhaupt jemals. Jetzt war es schon nach fünf. Wann mussten denn solche Kinder zu Hause sein? Um acht? Um sieben? Um sechs? Viel Zeit hatte sie nicht mehr.

Und wie war er darauf gekommen, dass einem Kind so ein Schrottbaum gefallen würde? So etwas Albernes. Karl Stiegenhauer, der Mann, der Kleiderbügel und Espressotassen in Bäume hängt. Der Irre im Kirschgarten. Er sollte sich die Filmrechte sichern. Der Idiot und das Mädchen. Wenn dieses Kind halbwegs bei Trost war, würde es ihn auslachen. Ein tanzender Hut. Erbärmlich. Dieses Kind würde ihn auslachen und nie wiederkommen. Am besten, er sammelte das ganze Zeug wieder ein.

Nur die Ruhe, Karl, Geduld, eine Zigarette noch,

dann taucht sie bestimmt auf, und dann wirst du ja sehen, ob sie dich auslacht oder nicht.

Als Karl nach seinem Feuerzeug griff, klopfte es. Die Klingel war immer noch abgestellt, aber Karl musste das Tor zur Einfahrt offen gelassen haben. Wieso achtete er nicht auf so etwas? Vielleicht war es Buddy Holly. Karl hatte keine Lust nachzusehen. Es klopfte lauter. Vielleicht waren es Reporter. Er zog an seiner Zigarette. Es trommelte. Die sollten verschwinden. »Ich bin nicht da!«, schrie Karl. »Polizei!«, schrie es zurück.

Karl zögerte, das konnte ja auch ein Trick sein. Er war fast überrascht, dass vor der Tür tatsächlich zwei Leute in Uniform standen, ein Mann und eine Frau. Den Mann kannte er nicht, die Frau war die Polizistin, die schon bei Karls Ankunft im Haus gewesen war. Sie hielten ihm ihre Ausweise vors Gesicht wie im Fernsehen, aber Karl sah nicht richtig hin. Was wollten die denn? »Was wollen Sie denn?« Sie wollten reinkommen. Karl machte den Weg frei und schlurfte hinter ihnen her in den Salon. Beide trugen eine Pistole an der Hüfte. Hatte die Polizistin letztes Mal auch eine getragen? Wenn, dann war es ihm nicht aufgefallen. Karl überlegte, ob er ihnen etwas anbieten sollte. Machte man das so mit der Polizei? Keine Ahnung. »Kaffee?«

Nein, danke sehr. Sie waren nicht zum Kaffeetrinken da. Sie mussten einer Sache nachgehen. War es richtig, dass er am vergangenen Dienstag im Garten eine Schusswaffe auf Kinder abgefeuert hatte?

Nein, das war nicht richtig.

Die Kinder hätten aber übereinstimmend angegeben, er habe die Schusswaffe abgefeuert. Auch Anwohner hätten bestätigt, in kurzem Abstand zwei Schüsse gehört zu haben. Was er dazu zu sagen habe.

»Ja, klar habe ich geschossen. Aber nicht auf Kinder.« Die Polizistin sah ihn schräg an. »Aber Sie haben eine Schusswaffe abgefeuert.«

Karl nickte. »Wirklich keinen Kaffee?«

»Herr Stiegenhauer«, das war jetzt der Mann. »Herr Stiegenhauer, hören Sie, wir sind hergekommen, um das für Sie so angenehm wie möglich zu machen. Es ist in Ihrem Interesse, uns die Angelegenheit schnell und schlüssig zu erklären. Wir können Sie sonst auch vorladen.«

Karl atmete einmal ein und einmal aus, dann hatte er es. Eine Lösung, eine Geschichte. Manchmal war er selbst erstaunt, wenn sein Gehirn so gut funktionierte.

»Ich bin Künstler«, sagte er. »Das war Kunst. Dass Kinder da waren, habe ich erst gemerkt, als sie weggerannt sind. Sie hatten sich versteckt.

Ich wusste nicht, dass die da rumschleichen. Das konnte ich ja auch gar nicht wissen.«

Die beiden schauten ihn an, dann einander, dann wieder ihn. Die Polizistin lächelte schief, ihr Kollege kratzte sich am Ohr. Sie glaubten ihm nicht. Aber das würden sie schon noch, er hatte einen Lauf, das merkte er. Immerhin waren sie schon mal neugierig, ihre Mienen zwei große Fragezeichen. »Kommen Sie«, sagte er, »ich zeige es Ihnen. Es ist ein ganz neues Konzept. Ich knüpfe damit an die Arbeit meiner Eltern an. Ada und August Stiegenhauer.« Das zog. Sie nickten, zögernd, aber sie nickten.

Als sie erst mal im Atelier standen, half die Aura der Umgebung. Die beiden wurden ganz feierlich. Sie sahen sich mit großen Augen um, die Frau verschränkte die Arme hinter dem Rücken, als wäre sie im Museum. Der Mann nahm seine Mütze ab und pfiff leise durch die Zähne. »Den Kessel da brauchen wir.« Karl musste nur darauf zeigen und »Wären Sie so freundlich?« sagen, und die Polizistin und ihr Kollege schleppten mit vereinten Kräften den Bottich mit der ausgehärteten Harzmasse nach draußen. Karl hatte das Gewehr geschultert, schlenderte hinter ihnen her und dirigierte sie. »Nein, nicht auf die Steine! Nicht auf die Platten treten! Bitte! Einfach hier oben auf die Terrasse, bitte, das reicht schon. Ja, hier ist es gut, hier vor der Wand.

Die Öffnung nach vorn, bitte. Ja, so. Vielen Dank.«
Die beiden schnauften, als sie das Ding absetzten.
Sie stemmten die Hände in die Seiten und schauten
ihn erwartungsvoll an. Jetzt wollten sie was geboten
bekommen. Nichts leichter als das.

»Sehen Sie«, sagte Karl, »mich interessiert die Verletzung des Materials.« Er ging auf die Polizistin zu,
nahm ihre Hand, sanft, und legte sie auf die Oberfläche des Harzes. »Wie fühlt sich das an?«, fragte er.

»Na – äh, ganz glatt?«

»Eine glatte Oberfläche?«

»Ja.«

»Unversehrt?«

»Ja.«

»Sehen Sie«, sagte Karl und sah jetzt den Mann
an, tief und lange, »diese Masse ist das Letzte, was
meine Eltern gemeinsam angerührt haben in ihrem
Atelier. Das hätte ihr gemeinsames Werk werden
sollen.« Der Polizist nickte und hielt die Luft an.
Karl wandte sich wieder der Frau zu. »Sie wollten
das Material formen, aber jetzt ist es zu spät. Man
hätte die Masse modellieren müssen, solange sie
warm war. Jetzt ist sie kalt und hart. Das kann nicht
rückgängig gemacht werden.« Sie nickte ebenfalls,
biss sich auf die Unterlippe, betreten.

Der Polizist kam näher, berührte das Harz, legte
seine großen Hände beide ganz auf und ging in die

Knie, um sich das Material anzusehen. »Spiegelglatt«, bestätigte er. »Was sollte denn daraus werden?« Karl wiegte den Kopf. »Genau weiß ich das auch nicht«, sagte er, »eine Plastik mit vermengten Partikeln innendrin. Aber wie sie ausgesehen hätte, werden wir nie erfahren.« – »Hm«, machte der Polizist. »Und jetzt?«

»Was ist der Unterschied zwischen einer Plastik und einer Skulptur?«, fragte Karl. Der Mann sah ratlos aus, aber die Frau nickte aufgeregt. Es fehlte nur noch, dass sie sich meldete wie eine Schülerin. »Ja?«, fragte Karl freundlich.

»Additiv und subtraktiv!« Sie lächelte stolz, fuhr mit den Daumen in ihre Gürtelschlaufen, streckte sich, wippte sogar ein bisschen auf den Fußballen. »Das habe ich gerade erst irgendwo gelesen.«

»Ja, genau, super!«, lobte Karl und schenkte ihr ein Lächeln. Wann hatte er denn zum letzten Mal *super* gesagt? Hatte er das überhaupt schon mal gesagt? Egal, weiter. Karl breitete seine Arme ein wenig aus. »Für eine Plastik bringt man Material zusammen, man baut etwas auf. Und für eine Skulptur nimmt man von einem Körper etwas weg. Man verletzt das Material, wenn Sie so wollen.«

Die beiden nickten.

»Das geht natürlich nicht nur mit einem Meißel oder einem Schnitzeisen. Das geht auch mit einem

Gewehr. So erzielt man eine zufällige, aber starke Form.«

Die beiden sahen ihn an. Die Frau holte Luft, sie wollte etwas sagen. »Ja?«, fragte Karl.

»Wenn ich Sie richtig verstehe«, sagte die Polizistin, »also, wenn ich mir das richtig denke, also, dann geht es auch darum, die erstarrte Masse, also die – tote – Masse, doch noch zu verändern? Es geht um Gewalt und Verletzung, aber auch um Veränderung. Und um Unkontrollierbarkeit. Ein Ende der Erstarrung. Ja? Ist das so? Ich finde das sehr schön. Sehr, also, philosophisch.«

»Sie sind super«, knurrte Karl. Er entsicherte das Gewehr. »Wollen wir?«

Die drei postierten sich zehn Schritte vom Ziel entfernt, die Distanz waren sie abgeschritten und hatten mitgezählt. Bevor er schoss, schaute Karl die Frau an. Sie nickte. Er legte an, fixierte das Ziel. Luft anhalten. Er feuerte zweimal. Ausatmen. Zwei Treffer. Karl sicherte die Waffe und überreichte sie der Polizistin. Zu dritt inspizierten sie das Objekt. Die Schrotkugeln hatten mehrere verschieden tiefe Krater gerissen, links unten war aus einer Ansammlung Einschüsse eine blumige Form entstanden, an manchen Stellen war das Material muschelförmig abgesplittert. Fast gleichzeitig gingen sie in die Hocke und streckten ihre Hände aus, um die Oberfläche zu befühlen. Der Polizist lachte und legte den Kopf schräg, die Polizistin fuhr mit ihren Fingerkuppen die Ränder der Kreise ab. Keiner sagte etwas. Es war ein Schweigen wie nach einem Festessen.

Der Mann stand als Erster wieder auf. Die Frau verharrte in der Hocke, und Karl entschied sich, lieber bei ihr zu bleiben. »Es wäre auch interessant, das mal mit Ihrer Waffe zu probieren«, schlug Karl vor. »Das gibt bestimmt auch tolle Formen.« Hinter ihnen räusperte sich der Kollege. Karl ignorierte es.

»Im Baum«, sagte der Polizist. »Ja«, murmelte Karl, ohne sich umzudrehen, »die Sachen. Das habe ich gemacht, es wird die Stare abhalten, wenn die Kirschen reif sind.« – »Nein«, sagte der Polizist, »das meine ich nicht, da sitzt wer.«

In ihrer Astgabel thronte die Königin des Schrottbaums. In ihrer Rechten hielt sie den goldenen Fächer, den sie zu seiner vollen Pracht ausgefaltet hatte. Damit winkte sie ihnen huldvoll zu. In ihrer Linken hielt sie wie ein Zepter die Kaffeetasse. Um den Hals trug sie Karls Kette. Sie sah höchst vergnügt aus und baumelte mit den Beinen. »Was ist das denn?«, rief die Polizistin.

Karl merkte, wie er grinste. Das musste irre aussehen. Er fasste sich. »Das ist eine Verwandte.«

Klirrsilbern

Echt, du, die überschlagen sich!« Mara klang aufgedreht, sie las ihm übers Telefon aus den Rezensionen vor, die Stellen, die sie wählte, schienen zufällig zu sein. *»Zur unverhofften Sensation geriet gestern die Eröffnung der Karl-Sund-Ausstellung in der Galerie Raiken. – Sunds Zeichnungen von Alltagsgegenständen, die er aus ihren ursprünglichen Zusammenhängen löst und isoliert oder in neuer Umgebung gleichsam portraitiert, entfalten eine beklemmende Eindringlichkeit, die von seinen Vakuumarbeiten noch übertroffen wird. Auch hier geht es um die Isolierung oder Dekontextualisierung einzelner Objekte, die mittels einer Pumpe in Plastik vakuumiert werden. – Karl Sund, oder richtiger: Karl Stiegenhauer darf als die Entdeckung des Jahrzehnts gelten.«*

Buddy Holly hatte auch schon dreimal angerufen. Alle waren in Aufruhr.

»Du musst wirklich herkommen, Karl«, sagte Mara. »Du hättest mal sehen sollen, was da gestern los war, der Raiken war richtig außer sich, sogar Ina

99

Lasser war da. Ina Lasser! Und sie war begeistert. Begeistert!« Eine Zugverbindung hatte Mara auch schon rausgesucht.

»Jetzt sag nicht, du kannst nicht!« Karl knirschte mit den Zähnen. Er sagte es nicht. Er sagte: »Lies die Stellen vor, die du ausgelassen hast.«

Mara seufzte ins Telefon. »Ja, natürlich ging es auch um deine Eltern. Natürlich haben die sich da draufgestürzt. Ist doch klar, dass das eine Sensation ist, ein dritter Stiegenhauer, und das gerade jetzt. Natürlich hat der Name geholfen. Aber das ist doch egal. Letztendlich ist es doch egal. Alle. Sind. Begeistert. Die finden dich gut. Du musst das nutzen.«

Einen Scheiß musste er. Hinter ihrem Enthusiasmus wusste Mara ganz genau, dass es eben nicht egal war. Karl fand seine Vakuumarbeiten sowieso schon zweifelhaft genug. Aber mit diesem Stiegenhauerlabel wurde das Ganze endgültig zum Witz. Mit diesem Label wurde alles, was er machte, zum Witz. Und Mara wusste das ganz genau. Sie wusste ganz genau, was für eine scheiß Situation das war. Und trotzdem machte sie hier einen auf Animateurin. Es würde sich alles verkaufen lassen, ja, toll, danke. Dabei gefielen Mara doch die Sachen seiner Eltern gar nicht. Das war nicht auszuhalten. »Hoch! Die! Internationale! Popularität! – Hey! Ho! Beachvolleyball!«, sang Karl ins Telefon.

»Manchmal bist du so ein Arschloch«, sagte Mara und legte auf.

Karl zog die Nase hoch. Am liebsten hätte er auf irgendwas geschossen, aber die Munition war von der Polizistin beschlagnahmt worden. Das ungeladene Gewehr hatte er behalten dürfen. Als Erbe habe er vier Wochen Zeit, dafür eine Waffenbesitzkarte zu beantragen. Bei Fragen könne er sie gern anrufen, jederzeit. Sie hatte ihm ihre Karte in die Hand gedrückt und ihm dabei zugezwinkert. Vielleicht war das Zwinkern aber auch nur eingebildet gewesen. Karl hatte die Polizistin und ihren Kollegen schnell ins Haus und dann aus der Tür komplimentiert, obwohl sie nach dem Kunstschießen augenscheinlich doch noch gern auf einen Kaffee geblieben wären. »Sie sehen ja, ich habe gerade Besuch«, hatte Karl mit Hinweis auf Tanja im Baum gesagt und mit aller Kraft gehofft, sie würde da noch sitzen, wenn er die Polizei losgeworden wäre. Und tatsächlich hatte sie auf ihn gewartet.

Sie hatte unterm Baum gestanden wie auf einer Bühne, hatte gewinkt, den Rahmen mit dem Schmetterling hochgehalten, mittig über dem Kopf, dann den Fächer, dann die Kette, dann die Tasse, dann hatte sie sich majestätisch verneigt und war mit ihren Schätzen abgezogen. Die anderen Sachen hingen noch im Baum.

Karl merkte, wie sich sein Nacken entkrampfte. Der Gedanke an dieses Kind half jedes Mal. Bescheuert, aber es half. Er atmete durch, ging in die Küche zum Kühlschrank, nahm sich ein Bier und trank drei große, kalte Züge im Stehen. Karl Stiegenhauer. Er hatte länger ohne diesen Namen gelebt als mit ihm, und jetzt hatte er ihn also zurück. Jetzt wollten sie alle, dass er etwas daraus machte, dass er zurückkam und Interviews gab. Raiken quatschte ihm die Mailbox voll. Buddy Holly hatte allen Ernstes vorgeschlagen, Karl nach Berlin zu begleiten. Alle sehr geschäftstüchtig. Karl drehte die Bierflasche in seiner Hand, riss das Etikett in mehreren Fetzen herunter und klebte die Stücke an den Kühlschrank. Er sollte den Leuten so etwas nicht vorwerfen. Raiken war ein guter Galerist, er machte nur seinen Job, und Karl hatte ihn gern. Und Buddy, der Goldjunge, musste eben sehen, wo er jetzt blieb. Karl strich die Papierstücke mit dem Daumennagel auf der Kühlschrankoberfläche glatt. Es sah aus wie die Landkarte einer Inselgruppe.

Raiken und Buddy Holly, okay. Aber Mara. So über ihn drüberzureden, so an ihm herumzuorganisieren. So ging das nicht. Karl trank sein Bier aus und nahm sich ein neues.

Wenn er schon der neue Stiegenhauer sein musste, dann machte er das doch am besten hier, in Leinsee. Leinsee, die Stiegenhauerstadt, Segeln, Wandern, Wein und Kunst, *Kultur und Natur aufs Beste vereint,* das zog doch Touristen an. Sollten sie ihn doch hierlassen, das konnten sie dann seinetwegen vermarkten, wie sie wollten. *Vakuumieren und Skulpturales Schießen nach Karl Stiegenhauer* als Volkshochschulkurs, Ermäßigungen für Rentner. Auf dem Prospekt Karl im Lucky-Luke-Kostüm, mit Kippe im Mundwinkel und Flinte in der Hand, dazu sein Schatten mit einem Loch drin. Vielleicht sollte er Buddy Holly anrufen und ihm das vorschlagen. Karl schnippte den Kronkorken an die Decke. Er prallte ab, landete silbern klirrend auf dem Boden, schlingerte leise nach und war dann still.

Das Telefon klingelte schon wieder. Gutes Timing. Wenn das Buddy Holly war, würde Karl ihm sein Volkshochschulkonzept unterbreiten. Er kickte den Kronkorken unter den Küchenschrank und nahm den Anruf an.

Es war nicht Buddy Holly. Es war das Krankenhaus, der VIP-Telefonarzt. »Herr Stiegenhauer, gut.« Das hatte er schon letztes Mal gesagt. Was war denn dieses Mal gut? Oh, nun ja, dieses Mal sei es allerdings wirklich eine außerordentlich gute Nachricht. Ada Stiegenhauer war ansprechbar. Karl schob die Schultern nach hinten und schloss den

Mund. Niemand habe das zu hoffen gewagt, aber Ada Stiegenhauer spreche, wenig zwar, aber artikuliert und sinnvoll, sie habe auf ihren Namen reagiert und einfache Fragen beantwortet. Am besten, der Herr Stiegenhauer komme sofort vorbei, er werde ihn persönlich erwarten.

In Karls Ohren rauschte es. Die Wände krümmten sich absurd, er schwitzte. Sein Puls war eine dröhnende Zumutung, ein Presslufthammer. Atmen. Einmal, zweimal, zwanzigmal. Alles okay. Das war doch eine gute Nachricht. »Herr Stiegenhauer? Sind Sie noch da?« Karl fror. »Ja. Es ist gut. Ich komme.«

Flaschengrün

Zuerst hatte Karl sich ein Taxi rufen wollen, aber dann hatte er entschieden, selbst zu fahren. Seine Mutter lebte und sprach. Das war ein besonderes Ereignis. Also nahm er das Schiff. Er fuhr langsam, wegen des Presslufthammers in seinem Kopf, wegen des Schwindels und weil er Angst davor hatte anzukommen.

Der blonde Arzt wartete am Hintereingang, griff Karl auch diesmal wieder sanft am Ellenbogen und führte ihn die Flure entlang. Solche Worte verwende er nur mit Vorsicht, aber es sei schon eine echtes Wunder, dass Ada Stiegenhauer wieder spreche. Damit habe niemand gerechnet. Offenbar wisse sie, wer sie sei, und habe auch Vorlieben geäußert, als man sie zum Beispiel nach Essenswünschen gefragt habe. Fragen nach dem aktuellen Datum habe sie nicht beantworten können, das sei aber erst einmal kein Grund zur Sorge. Inwieweit eine Persönlichkeitsveränderung stattgefunden habe, könne man noch nicht beurteilen, da hoffe man auch auf seine

Einschätzung als Sohn, der sie ja besser kenne. »Was waren denn ihre Essenswünsche?«, fragte Karl. »Pellkartoffeln mit Quark.« Karl musste lachen. »Und? Hat Salz gefehlt?« Der Arzt sah ihn verblüfft an und nickte. Karl wollte wieder lachen, aber dann öffnete der Arzt schon eine Tür, viel zu schnell und ohne Vorwarnung.

Sie befanden sich auf einer anderen Station, so hatte Karl nicht gemerkt, gar nicht merken können, dass sie schon da waren. Und wo war eigentlich diese Schwester Alexandra? Letztes Mal hatte sie ihn doch ins Zimmer gebracht. Er brauchte noch einen Moment, nur bis das Rauschen und Pochen sich beruhigte. Bitte. Aber der Arzt schob ihn einfach in den Raum. Einfach so. Zack, drin. »Frau Stiegenhauer, Sie haben Besuch!«

Die Pulsmaschine piepste diesmal nicht, die meisten Kabel waren weg, und die Mutter lagerte etwas aufrechter als beim letzten Mal, mit zwei großen weißen Kissen im Rücken. Sie blickte ihm freundlich und neugierig entgegen. Der Kopf sah immer noch asymmetrisch aus, es gab eine lockige Seite und eine mit Verband. Karl machte drei Schritte in Richtung Bett, zwischen seinen Schulterblättern spürte er als unangenehmes Kratzen den Blick des Arztes. Als Karl näher trat, hellte sich etwas im Gesicht seiner Mutter auf. Es sah aus wie ein Erkennen. Sie strahlte und leuchtete ihn an. »Wie schön, dass du da bist«, sagte sie und klopfte neben sich auf die Bettkante. »Komm, mein Schatz, setz dich doch.«

Ihr Blick war so warm, dass irgendetwas in Karl verrutschte und zu surren begann. Wie ein Märchen, das von so vielen Stimmen gleichzeitig vorgelesen wird, dass man nichts mehr versteht und nur noch der Rhythmus bleibt. So hatte sie ihn noch nie angeschaut. Karl rang um Haltung, um Fassung, Vorsicht. Heinrich, der Wagen bricht. Aber das nützte ja nichts, er hörte den Märchenchor und tausend sehnende Geigen, und ihm wurde so weich, so eidotterweich, und alles andere war egal. Der ganze Planet kippte weg, das Weltall schwappte über, und er sah nur noch seine Mutter und hörte das Märchensummen. Zwei Schritte, und er saß auf der Bettkante und hielt ihre Hand und weinte wie ein Kind.

Die Mutter drückte seine Hand, griff seinen Arm und zog ihn zu sich. Karl grub seinen Kopf zwischen die Decken und ihre Achselhöhle, er schluchzte, er konnte nicht aufhören. Die Bettwäsche schmiegte sich weich und schön gewebt an seine Wange. Seine Mutter fuhr ihm durchs Haar, sie streichelte seinen Rücken, seinen Nacken. Es roch so gut. Es roch wie vergessen, nach Zimt und Waschmittel und Pflaumen. Sie zog ihn noch fester an sich, sie küsste seine Stirn. »Es ist gut, mein Schatz«, flüsterte sie und wiegte ihn sanft hin und her. »Es ist gut. Es ist doch alles gut. Solange wir zusammen sind, kann doch nichts passieren.«

Rückblickend würde Karl finden, dass das der Moment gewesen war, in dem ihm hätte auffallen müssen, dass etwas nicht stimmte. Der Moment, in dem sie das sagte. Solange wir zusammen sind und so weiter. Spätestens da hätte er es merken müssen. Aber wie gesagt, tausend Geigen, Pflaumen und Zimt, die Hand der Mutter im Haar und alle Vorsicht über Bord. Er hielt sich an der Bettdecke fest und wollte nichts merken. Er wollte, dass es weiterging, alles wogte gerade so schön. Nicht nachdenken. Das hier, das wünschte er sich seit, ach, keine Ahnung, seit immer, und jetzt war es da, da wollte er es verdammt noch mal genießen und nicht nachdenken müssen.

Vielleicht war es wie in einem dieser Träume, in denen einem irgendwann auffällt, dass man träumt. In dem Moment, in dem man den Traum als Traum erkennt, weiß man auch schon, dass er gleich vorbei ist, aber es bleibt noch eine kurze Zeitspanne, in der man sich weiter im Traum bewegen kann, bevor man aufwacht. Vielleicht war es so. Keine Ahnung. Vielleicht stellte es sich auch erst im Nachhinein so dar. Jetzt jedenfalls lag er noch dort und war glücklich.

Ein bisschen noch.

»Ich hab dich so vermisst«, flüsterte Karl. Und die Mutter summte irgendeine Melodie in sein Ohr, die er nicht kannte. Karl hielt die Augen geschlossen. Er hörte auf zu weinen, er wurde ganz ruhig. Er fühlte, wie die Sonne auf sein Gesicht fiel. »Geht es dir gut, mein Schatz?«, flüsterte die Mutter. »Ist es jetzt gut?«

Dass alles ein Irrtum, alles gar nicht echt war, die Worte, die Gerüche, die Hand im Haar gar nicht für ihn, merkte er erst wirklich und wahrhaftig, als sie ihn beim Namen nannte. Also nicht ihn. Nicht Karl. Sie sagte nicht »Karl«. Sie sagte: »August.«

Sie sagte: »August, mein Schatz, es ist gut. Ich liebe dich.« Und als Karl auffuhr, sagte sie: »Ja. So ist es besser, setz dich hin, ich will dich doch anschauen.«

Sie leuchtete, ihr Gesicht leuchtete.

»Gut siehst du aus«, sagte sie und strich ihm eine Strähne aus der Stirn. »Das steht dir gut, diese Frisur.« Und als er sich wegdrehen wollte, weil ihm schlecht war, weil er mit seinen Gedanken gar nicht nachkam, da nahm sie sein Gesicht in ihre Hände und sagte: »Weißt du, das habe ich immer so gern, in deine Augen zu schauen. Dann werde ich immer ganz ruhig. Weißt du noch, in München? Ich weiß das alles noch. Ich bin ganz bei dir, August. Alles wird gut, August. Das Wichtigste, das sind wir zwei. Das kann uns keiner nehmen.«

Karl würgte und schluckte. In seinem Brustkorb brannte es. Und es stach, als würde sich ein zusammengerollter Igel darin drehen.

Er wand sich aus ihrem Griff und sah sich nach dem Arzt um, aber der hatte wohl schon längst das Zimmer verlassen. Keine Hilfe in Sicht. Der eiserne Igel grub sich vom Brustkorb bis in den Magen. Karl wäre am liebsten in Ohnmacht gefallen. Aber er saß hier, war wach und musste sich irgendwie verhalten.

Er nahm die Hand seiner Mutter, er drückte sie. Er sah ihr in die Augen, das war nicht auszuhalten, er sah wieder weg, er holte Luft – aber was? Sollte er sagen: »Ich bin es, Karl«? Sollte er sagen: »August ist tot«? Das ging nicht. Er sagte: »Entschuldige bitte, mir ist nicht gut, ich muss gehen.« – »Alles ein bisschen viel, hm?«, fragte sie. Karl hörte sein eigenes Lachen. Es klang irre. Er wollte auch gar nicht lachen, aber es ließ sich nicht so einfach abstellen. Er hielt die Luft an. Er zog die Nase hoch. Er stand auf. Und schon in der Tür sagte er: »Ich komme dann wieder. Bis bald.« – »Bis bald, mein Schatz!«, rief sie ihm hinterher. »Alles wird gut!«

Karl schaffte es, die Tür ganz leise hinter sich zu schließen. Er schaffte sieben Schritte den Flur entlang, dann setzte er sich auf den Boden. Es war ja auch ganz egal, wie das aussah. Es war egal, ob er noch weinte. Er brauchte jetzt eine Pause. Er brauchte eine Zigarette. Er klopfte seine Jacke danach ab, fand die Packung, nahm sich eine und schob sie zwischen die Lippen. Gut. Jetzt das Feuerzeug, eins nach dem andern. Ein paar Beine kamen den Flur entlang und blieben vor ihm stehen. Weiße Gesundheitsschuhe, weiße Hose. Karl sah daran hoch. Es war ein Arzt, oder vielleicht war es auch ein Pfleger, weißer Kittel, braune Haare, hohe Stirn, rote Wangen, Brille. »Kann ich Ihnen helfen?«, fragte er. Karl zuckte mit den Schultern. Der weiße Mann ging in die Hocke und legte Karl die Hand auf die Schulter. »Sie dürfen hier nicht rauchen.« – »Ich rauche ja gar nicht«, sagte Karl. Der Mann lachte. »Stimmt. Aber Sie sind mir ein bisschen blass, Sie sehen aus, als könnten Sie Hilfe brauchen. Soll ich jemanden für Sie anrufen?« Karl überlegte. »Ist Schwester Alexandra da?«

Schwester Alexandra ging nicht in die Hocke. Sie reichte ihm die Hand und zog ihn zu sich hoch. Dann nahm sie ihm die Zigarette aus dem Mund und steckte sie sich hinters Ohr. Das stand ihr gut, fand Karl. »Raucherpause?«, fragte sie. »Raucherpause«, sagte Karl, ging ihr hinterher und fühlte sich schon etwas gerader als eben noch.

Sie setzten sich nebeneinander auf die Treppe

vor dem Hintereingang. Karl fand sein Feuerzeug und zündete erst Alexandras Zigarette an und dann seine eigene. Sie schwiegen, sogen den Rauch ein, bliesen den Rauch aus und blickten auf den Hof, als wäre er das Meer. Ihre Knie berührten sich, das war angenehm. »Alles ein bisschen viel, hm?«, sagte Alexandra. Karl verschluckte sich an seinem Lachen. »Ja, das hat meine Mutter auch gesagt. Sie spricht jetzt.« Alexandra nickte. »Das ist doch gut.« – »Hm«, machte Karl. »Kompliziert?«, fragte Alexandra. Karl nickte. Sie drückte ihre Zigarette aus, zog ihren Pferdeschwanz fest und sah auf die Uhr. »In einer Dreiviertelstunde habe ich Feierabend. Wenn du willst, können wir dann irgendwas machen.« Karl freute sich. Sie hatte ihn geduzt. »Gut, ich warte«, sagte er. »Ich bin mit dem Auto da«, setzte er hinzu und deutete mit dem Kopf in Richtung des Schiffes. »Cool«, sagte Alexandra.

Karl wartete im Wagen und hörte seinem eigenen Puls zu. Zweimal wollte er wegfahren, aber dann überlegte er es sich anders. Er hatte keine Lust, zur Villa zu fahren. Er hatte keine Lust, Mara anzurufen. Nicht nach dem letzten Gespräch. Er hatte keine Lust, ihr zu erklären, was ihm gerade mit seiner Mutter passiert war. Vor allem hatte er keine Lust, ihre Beurteilung zu hören. Und er wollte auch nicht zurück zu seiner Mutter, nicht heute. Also blieb er und wartete auf Alexandra. Das war ihm wenigstens nicht zuwider.

Als sie zurückkam, hielt er ihr die Autotür auf und verbeugte sich, sie lachte und stieg ein. »Wohin willst du?«, fragte Karl. Sie wollte erst mal nach Hause, sich umziehen. Dort gab sie ihm ein Glas Wasser und ein Glas Rotwein. Karl setzte sich, wartete, bis Alexandra fertig war, er trank und sah sich um. Es war eine kleine, helle Wohnung ohne Bilder an den Wänden. Stattdessen gab es viele Pflanzen und viele Kissen. Es war ein bisschen unordentlich und auch ein bisschen staubig. Das freute ihn.

Alexandra war barfuß, als sie wiederkam, sie trug ein flaschengrünes Sommerkleid, und ihre Haare fielen jetzt offen über die Schultern. Sie roch nach Zitronen und Rauch. Sie stellte sich dicht vor ihn, ihre Brüste unter dem dünnen Stoff auf der Höhe seines Gesichts. Sie nahm ihm das Weinglas aus der Hand und trank einen Schluck. »Willst du mir erzählen, was los war?«, fragte sie. Karl nickte, dann schüttelte er den Kopf. »Später.« Sie kam noch näher und fuhr ihm durchs Haar. Karl schluckte, aber dann war es gut, das hier war etwas anderes, und es galt ihm. Und warum nicht? Es war sowieso alles absurd, und es wäre bestimmt schön, sie zu küssen. Ihre Lippen waren viel fester, als er gedacht hätte.

»Du gefällst mir«, sagte sie. Sie flüsterte nicht,

sie sagte es. »Warum denn?«, fragte Karl. Alexandra
ging eine Armlänge auf Abstand, sah ihn an, zuckte
mit den Schultern, warf ihr Haar zur Seite und kniff
die Augen zusammen. »Keine Ahnung«, sagte sie,
»ehrlich. Keine Ahnung. Das macht aber nichts,
oder?« Sie trat wieder näher, zog ihn ein bisschen
zu sich, stand jetzt zwischen seinen Schenkeln. Und
wieder die Brüste unter dem Stoff.

Das Gute an einer Erektion ist, dass es ein Ziel
gibt, dachte Karl, und es ist eine ehrliche, unmiss-
verständliche Äußerung.

Trotzdem hatte er irgendwie erwartet, mit Alexandra zu schlafen würde alles nur noch komplizierter machen. Er hatte erwartet, danach noch
ratloser zu sein. Aber das war nicht so. Sie lagen
ausgestreckt auf ihrem Bett, ihr Kopf in seiner
Armbeuge, und teilten sich eine Zigarette. Es ging
ihm nicht unbedingt besser, aber es war auch nicht
schlimmer geworden. Er war nicht verrückt geworden und nicht mit dem Kopf gegen eine Wand
gerannt.

»Danke«, sagte Karl. Alexandra prustete los,
boxte ihn in die Seite und warf sich auf ihn. »Danke,
gleichfalls, du Freak!« Ihre Haare fielen wie ein
Zelt um sein Gesicht herum. »Willst du's mir jetzt
erzählen?« Karl dachte kurz nach. Warum nicht?
Alexandra war okay, und sie mochte ihn.

»Oh, Scheiße«, sagte Alexandra nur. »Ja«, sagte Karl. Sie erklärte nichts, sie bemitleidete ihn nicht, sie hatte keine Lösung. Stattdessen wollte sie noch mal mit ihm schlafen. Danach wollte sie rauchen, und dann wollte sie Pizza essen, und auch das tat gut. Und dann gab sie ihm einen Kuss und schickte ihn nach Hause. »Bis bald«, sagte sie, »du machst das schon.«

Puddinggelb

Karl saß unter einer Kastanie an einem Biergartentisch mit grünkarierter Wachstischdecke im *Restaurant-Café Seeterrassen* und bestellte sich den zweiten Kaffee. In seinen Knochen saß noch die Kälte und strahlte nach außen. Das war ein sehr angenehmes Gefühl.

Karl war in absurder Frühe aufgewacht, war sofort aufgestanden und ohne Umweg durch den Garten auf den Bootssteg gerannt und in den See gesprungen. Einfach so, einfach rein, ohne nachzudenken, nackt mit Kopf und Haaren und allem.

Das Wasser war eisig, es verursachte einen guten, gleichmäßigen Schmerz, der sich über Karls gesamte Oberfläche verteilte. Er schwamm in langen, ruhigen Zügen, bei jedem Zug tauchte er den Kopf unter. Wie das Wasser über seinem Schädel zusammenschlug, das war das Beste. Karl schwamm und schwamm, beim Auftauchen und Einatmen sah er Himmel, Wolken, Vögel, ein Segel, er hörte den Wind, entfernte Stimmen. Unter Wasser war es ruhig und grün. Als Karl sich irgendwann umdrehte, hatte er sich viel weiter vom Ufer entfernt, als er für möglich gehalten hätte, er musste eine ganze Weile suchen, bis er die Villa, den Garten, den Kirschbaum identifizieren konnte. Er drehte sich auf den Rücken, streckte sich, pumpte Luft in seinen Bauch und ließ sich treiben, er blinzelte in die Sonne und staunte, dass es ihm keine Sorgen bereitete, ob er es schaffen würde zurückzuschwimmen. Er hatte genug Kraft, das wusste er, keine Ahnung, woher, aber er wusste es, er fühlte sich ganz sicher.

Nach dem Schwimmen lag er ausgestreckt auf dem Bootssteg, sah in den Himmel, fühlte seine Lunge. Die Sonne wärmte, ein leichter Wind ging. Ein Schwarm Vögel vollführte tollkühne Choreographien, im Ort läuteten Glocken, in der Ferne lachte jemand. Es war gut.

Karl zog sich sorgfältig an, sauberes Hemd, saubere Hose, er legte seinen gelben Schal um, kämmte sich und trank dann einen Kaffee auf Tanjas Steinkontinenten. Was für ein perfekter Platz, wenn es noch wärmer würde, würden vielleicht Eidechsen die Platten für sich entdecken.

Am Vormittag dann wanderte er durch Leinsee. Marktplatz mit Kopfsteinpflaster, Maibaum und Brunnen, Rathaus mit Geranien, in der Eingangshalle eine Stiegenhauerplastik, aber die schaute er sich nicht an. Zwei Kirchen, eine aus rotem Sandstein, eine aus Beton, ein Sportplatz. Um den Friedhof machte er einen Bogen. In der entsetzlichen Fußgängerzone erstand er beim Optiker Meyer eine sehr große, sehr dunkle Sonnenbrille. Damit sah alles gleich besser aus. Bei Tabak-Werner kaufte er ein silbernes Feuerzeug, das er vielleicht Alexandra würde schenken können. Danach gönnte er sich beim Bäcker Graf ein Stück Kirschstreuselkuchen und aß es im Gehen. Vor der Schule blieb er stehen. Sie sah aus wie früher. Es war ein freundliches puddinggelbes Gebäude. In den Fenstern hingen bunte Blumen und Vögel aus Papier, vielleicht hatte Tanja einen davon gemacht. Über dem Eingang eine Uhr: zwölf Uhr dreiundzwanzig, eine gute Zeit, um irgendwo einzukehren.

Die *Seeterrassen* waren okay, ziemlich gut sogar. Es gab zwei dänische Butterkekse zu jedem Kaffee, die Kellnerin trug eine blitzweiße Schürze, war nett und ließ ihn in Ruhe. Außer ihm saß hier nur noch ein altes klischeebeiges Pärchen, das ihn kurz gemustert hatte, als er in den Biergarten getreten war, und sich dann wieder auf den Kuchen konzentrierte. Angenehme Leute hier, das Wachstuch war sauber und mit Klemmen am Tisch befestigt, vor ihm glitzerte der See, alles gut.

Zwischen Biergarten und See verlief ein schmaler

Uferweg. Unten gab es einen kleinen Ruderbootverleih, der aber geschlossen war, und eine winzige, verwaiste Badestelle. Nur selten kreuzten Spaziergänger sein Blickfeld, die meisten hatten Hunde dabei, die sich an der Badestelle ins Wasser warfen. Die Enten flatterten jedes Mal entrüstet auf.

Gegen halb zwei kam eine Gruppe bunter Schulkinder den Uferweg entlang. Die Ranzen hingen schwer an ihren Rücken, die Kinder trödelten, suchten im Gebüsch nach irgendetwas, schönen Beeren, Blättern oder so, und stopften sich ihre Fundstücke nach kurzem Betrachten in die Taschen. Fünf langsame bunte Kinder auf Schatzsuche. Nicht unsympathisch, fand Karl. Immerhin scheuchten sie keine Vögel auf, und sie glotzten auch nicht.

Die ersten drei Kinder stürmten jetzt mit plötzlichem Schwung und Ziel weiter, wahrscheinlich hatten sie außerhalb seines Blickfeldes etwas entdeckt. Zwei Jungs fielen zurück, sie schlenderten nebeneinander her und schienen gemeinsam über etwas nachzudenken, das wohl zu kompliziert war, um sich zu beeilen. Der eine war groß, blass und blond, er sagte etwas und zeigte auf den See hinaus. Der andere war kleiner und brauner und trug eine blaue Baseballmütze. Er folgte mit dem Blick dem ausgestreckten Arm seines Freundes, dann schüttelte er entschieden den Kopf und drehte sich zu dem blonden Jungen um, ein schlaues, heiteres Grinsen im Gesicht, dazu zwei blitzende Augen in Braun. Karls Puls schwappte zweimal heiß gegen seine Schädeldecke.

Einen Moment lang saß Karl nur verblüfft da, dann bezahlte er und ging den Kindern nach. Die drei, die vorausgehüpft waren, waren schon außer Sicht, als Karl auf den Uferweg einbog, aber Tanja und ihr blonder Freund spazierten in einiger Entfernung vor ihm her.

Die Schulranzen hatten sich seit Karls Kindheit offenbar weiterentwickelt. Sie sahen jetzt nicht mehr ganz so quadratisch aus, hatten etwas Eulenförmiges bekommen, die Schnallen saßen als Schnabel in der Mitte. Scheußlich waren die Ranzen aber immer noch, viel zu groß, und dieses Halsschmerzorange wurde auch noch verwendet. Tanjas Modell war wasserblau mit Halsschmerzorange, das des Jungen asphaltblau mit Halsschmerzorange.

Es war irritierend, Tanja mit einem Freund zu sehen. War er davon ausgegangen, dass sie keine Freunde hatte? Keine Ahnung. Wahrscheinlich war es überhaupt irritierend, diesem Kind in der echten Welt zu begegnen.

Bisher schien Tanja ihn nicht bemerkt zu haben. Er war sich nicht sicher, ob er wollte, dass sie ihn sah. Aus dem Bauch heraus hatte er Lust, ihren Namen zu rufen und zu winken. Aber es war schwer zu sagen, wie sie reagieren würde. Vielleicht sollte er einfach in die andere Richtung gehen, bevor er ihr noch auffiel. Wie würde er es denn finden, wenn sie ihn so verfolgte? Karl musste lächeln: Er würde das gut finden. Aber er war kein Maßstab. Nein, er war überhaupt kein Maßstab für irgendwas, und er sollte jetzt wirklich in die andere Richtung gehen und dieses Kind in Ruhe lassen. Andererseits: Dieses Kind war ja auch einfach so auf seinen Kirschbaum gestiegen und hatte ihn beobachtet. Dieses Kind hatte ihn auch nicht in Ruhe gelassen.

Okay, Karl, du darfst ihr noch ein Stückchen hinterhergehen. Aber du wirst sie nicht rufen, und du wirst ihr nicht nach Hause folgen. Sobald die beiden vom Uferweg abbiegen und in Richtung Ort gehen, ist Schluss, okay? Okay.

Also weiter. Der Junge ging links, Tanja ging rechts. Sie wirkte jetzt irgendwie anders als noch vor ein paar Minuten, sie ging aufrechter, machte größere, geradere Schritte. Es sah aus wie ein Tanz oder als würde sie etwas abmessen. Im Gehen kramte sie in ihrer rechten Jackentasche, holte etwas heraus, schien es aus dem Augenwinkel zu begutachten und ließ es dann auf den Weg hinter sich fallen. Ein Stückchen weiter wiederholte sie das Ganze. Kramen, Blinzeln, Fallenlassen. Tanja vollführte diese Prozedur sehr unauffällig, wie einen Zaubertrick, den der blonde Junge wohl nicht bemerken sollte. Aus Karls Position jedoch war es nicht zu übersehen. Er zählte mit: Alle zwanzig Schritte ließ Tanja einen ihrer Schätze zurück. Eine zerknautschte rosafarbene Kleeblüte, einen runden hellen Kiesel mit einem dunklen Streifen, die bunte Feder eines Eichelhähers, eine gelbe Butterblume. Karl hob die Dinge auf, trug sie in der hohlen Hand, zählte seine eigenen Schritte von einem Ding zum nächsten, fünfzehn, achtzehn, dann schaffte er es, seine Schritte anzugleichen: zwanzig. Er hob die Butterblume auf.

Tanja und ihr Freund waren jetzt an einer Weggabelung angekommen, links ging es Richtung Ort, rechts weiter am See entlang. Sie blieben stehen, als überlegten sie, welche Richtung sie nehmen sollten, dann rannte der Junge los, nach links. Tanja stand jetzt allein auf dem Weg, wie auf einer Bühne. Sie drehte eine schnelle Pirouette, eine Hand überm Kopf, eine zur Seite, wie eine Ballerina, eineinhalb Umdrehungen. Dann stand sie still und sah Karl eine ziehende Sekunde lang gerade an. Bevor sie dem blonden Jungen hinterherrannte, winkte sie.

Kunstdruckorange

Es hatte neun Tage gedauert, bis Karl es über sich gebracht hatte, wieder zu seiner Mutter zu gehen.

Letztendlich entschied er sich dafür, einfach mitzuspielen.

Vielleicht war sein Versuch sowieso nur halbherzig gewesen. Der Versuch, seiner Mutter plausibel zu machen, er sei ihr Sohn. Zum Beweis hatte er Fotos zusammengesucht und sie mit ins Krankenhaus genommen. Der sechsjährige Karl mit Schultüte zwischen seinen Eltern, in der Mitte geknickt. Der neugeborene Karl, schreiend mit aufgerissenen Augen. Der Siebzehnjährige, schief in einem Liegestuhl. Er hatte sich alles Mögliche ausgemalt, hatte sich Erkennen, Reue und Versöhnung vorgestellt. Tränen. Lachen. Frieden. Pflaumen. Aber schon in der Vorstellung war ihm klar gewesen, dass es nicht so kommen würde.

Ada Stiegenhauer sah sich die Fotos an, tippte mit den Fingerspitzen darauf herum, hörte sich Karls Geschichte an, und dabei lachte sie die ganze

Zeit in ihrem Bett. Sie hatte keinen blassen Schimmer, wer er war. Sie wusste nicht einmal, dass er existierte.

Am entsetzlichsten war, wie ihr Gesichtsausdruck dauernd hin und her kippte. Ihr lachender Blick kam ganz nah und wurde dann wieder fremd und kam dann wieder nah und immer so weiter. Augen, Lippen, Zähne, Brauen sortierten sich ständig um. Karl konnte nicht wegsehen.

Am Ende sagte sie: »August, es reicht jetzt, du hattest deinen Spaß.« Karl schluckte, spürte wieder den ganzen Scheiß auf einmal, Tränen hinter den Augäpfeln, den eisernen Igel im Bauch, verschwimmende Konturen und so weiter. Seine eigene Jämmerlichkeit nervte ihn so dermaßen, dass er sich entschied, einfach auch zu lachen und zu sagen: »Ja. Du hast recht.«

Sie nannte ihn weiter »August«, und er nickte dazu.

Der blonde Arzt wiegte den Kopf, als Karl ihm davon erzählte. Aber er hatte auch keine bessere Idee. Partielle Amnesie, das könne schon mal vorkommen. Dass Frau Stiegenhauer Karl später doch noch wiedererkennen werde, sei seiner Erfahrung nach äußerst unwahrscheinlich. Und Aufregung sei unter allen Umständen zu vermeiden. Das habe höchste Priorität.

Als Karl Alexandra die Sache erklärte, küsste sie ihn, hielt ihn dann an den Schultern von sich weg, sah ihn kurz und gerade an und sagte: »Du wirst schon wissen, was du da machst.«

Mara, nein, der hatte Karl erst gar nichts davon erzählt. Das war zu verrückt, um es ihr zu erklären.

Karl besuchte Ada jetzt regelmäßig. Sie hatten sie in die Psychiatrie im Ostflügel verlegt. Die Station war von internationalem Renommee und erinnerte Karl an ein Landschulheim: Kiefernholz, Linoleum und orangefarbene Kunstdrucke. Die Bewohner lächelten viel, bewegten sich in Zeitlupe und wollten dauernd bei irgendwas helfen. Wahrscheinlich tat ihnen das gut, also fragte Karl sie manchmal nach dem Weg und ließ sich zur Teeküche, zum Klo oder zu Ada Stiegenhauers Zimmer führen.

Dort saß er mit der Mutter am Fenster. Es ließ sich nicht öffnen. Durch das Glas blickten sie auf Dächer und Kirchtürme.

Oder er schob Ada im Rollstuhl im Innenhof des Krankenhauses herum. Manchmal konnte sie ein paar Schritte gehen, meistens klappte es nicht, da war irgendwas kaputtgegangen. Sie sprach wenig und wenn, dann oft das Gleiche. »Solange wir zusammen sind«, »August, mein Schatz« und so weiter. Manchmal gab es helle Momente, in denen Karl den Eindruck hatte, seine Mutter wache auf, in eine Klarheit hinein, aber das hielt nie lange. Wenn er etwas sagte, lachte sie darüber, also sprach er so wenig wie möglich, schob den Rollstuhl und konzentrierte sich auf ihren Hinterkopf, auf dem wieder Haare wuchsen. Keine Ahnung, was in diesem Kopf vorging, keine Ahnung, an welchem Ort oder in welchem Jahr, Jahrzehnt, Jahrhundert sie sich befand. Sie wusste nicht, wer er war, sie wusste nicht, was mit ihr los war, sie wunderte sich nicht einmal über das Krankenhaus, die freundlichen Verrückten und den Rollstuhl. Was sie noch wusste, hieß August und Ada, Ada und August, und das war ihr genug.

Oft zeigte sie auf irgendetwas, einen Baum, einen Riss im Putz, ein Plakat, eine Pfütze, und strahlte ihn dann an. Die Dinge hatten eine Bedeutung, eine gemeinsame Erinnerung, aber Karl kannte den Code nicht. August hätte gewusst, was gemeint war. Karl bekam Magenschmerzen von dem Gedanken. Trotzdem spielte er mit. Er nickte und sagte: »Ja.« Und Ada nickte dann auch und war zufrieden.

Irgendwann ließen Karls Magenschmerzen nach. Wenn er von seinen Gewissensbissen und von seiner Eifersucht absah, kam ihm diese Art der Kommunikation ja entgegen. Und je länger er mitspielte, desto einfacher wurde es. Er versuchte es selbst, und es funktionierte. Er zeigte einfach auf irgendwelche Sachen, die ihm gefielen. Ein loses Kabel, ein offenes Fenster, ein kaputtes Fahrrad – seine Mutter nickte und strahlte.

Als vielleicht Vierzehnjähriger war er mal in einem katholischen Gottesdienst gewesen, um ein katholisches Mädchen zu beeindrucken, das nicht hatte glauben wollen, dass er tatsächlich kommen würde. In diesem Gottesdienst war es so ähnlich gewesen wie jetzt mit Ada. Irgendwann hatte er raus, wann er aufstehen, wann er sich setzen, wann er murmeln musste. Er hatte keine Ahnung, was er da tat und was es bedeutete, aber es ging trotzdem, und er fiel nicht weiter auf. Am Ende hatte der Pfarrer ihm sogar die Hand gegeben.

Wahrscheinlich war es letztendlich völlig beliebig, dachte Karl. Wahrscheinlich wäre für Ada und August sowieso alles, was existierte, ein Beweis ihrer großen Liebe gewesen. Karl zeigte, Ada nickte, Ada zeigte, Karl nickte, und so verbrachten sie ganze Nachmittage.

Er war sich selbst nicht sicher, ob ihm diese Treffen gefielen. Er wunderte sich, wie sehr er sich darauf freute. Manchmal vergaß er sogar für einige Zeit, was für ein Hochstapler er war. Wenn es ihm dann wieder einfiel, grauste es ihn, und hinterher war ihm oft elend, und alles wankte. Aber immerhin brachten die Besuche Struktur in seinen

Alltag. Struktur war gut. Und sie waren ein Grund, in Leinsee zu bleiben. Ein Grund, den Mara verstehen musste, den Raiken verstehen musste, den alle verstehen mussten. Eine todkranke Mutter, die jetzt ansprechbar war, die nur noch ihn hatte, das mussten sie gelten lassen.

Manchmal hatte Karl den Eindruck, Mara und Buddy telefonierten hinter seinem Rücken miteinander und tauschten sich über Karls »Zustand« aus. Je länger er darüber nachdachte, desto wahrscheinlicher kam es ihm vor. Zuzutrauen war es ihnen jedenfalls.

Ins Krankenhaus zur Mutter durfte Buddy Holly zum Glück sowieso nicht. Karl hatte nicht einmal darauf bestehen müssen. Der blonde VIP-Arzt war von selbst darauf gekommen. »So wenig Aufregung wie möglich«, hatte er gesagt, und das schloss alle aus, die nicht zur engsten Verwandtschaft gehörten. Es schloss alle aus, bis auf Karl. Buddy hatte Karl gebeten, ein gutes Wort für ihn einzulegen, aber das wäre ja noch schöner gewesen.

Karl schwamm im See. Er zeichnete viel. Er sammelte, und manchmal vakuumierte er die Fundstücke. Er schleppte eine Matratze in sein Zimmer. Er trank. Er richtete sich im Haus ein. Er trank weniger. Er wanderte durch das Atelier. Er sah in alle Kisten im Materiallager und erlaubte sich, aus jeder ein Ding zu retten und in sein Zimmer zu tragen. Er schob seine Mutter im Rollstuhl herum. Er schlief mit Alexandra in ihrer Pflanzenwohnung, oder er fuhr sie mit dem Schiff, wohin sie wollte. Zwischendurch dachte er nicht oft an sie, und auch das gefiel ihm. Er starrte auf den Lampenhaken im Salon. Er flippte sein Daumenkino durch. Er baute sich eine Höhle um seine Matratze. Er wich dem Friedhof aus. Er wimmelte Buddy Holly ab. Er wimmelte Reporter ab. Er putzte das Haus, er ging einkaufen, er kochte, er brachte den Müll raus. Er telefonierte mit Mara und schaute dabei in den Garten. Er wartete auf das Kind.

Wenn er sich fragte, warum er immer noch in Leinsee war, war er sich nicht so sicher, ob es stimmte, was er Mara erzählte. Vielleicht war er wirklich hier, um bei seiner Mutter zu sein. Vielleicht war er aber auch hier, um Mara auszuweichen. Vielleicht war er wegen Alexandra geblieben, obwohl, nein, es war nicht wegen Alexandra. Vielleicht blieb er einfach, weil ihn jetzt niemand mehr daran hindern konnte, in seinem Elternhaus zu wohnen. Keine Ahnung. Vielleicht war es auch dieses Kind. Wenn das Kind da war, ging es ihm am besten.

Rosageblümt

Seit Karl bemerkt hatte, dass Tanja ihn beobachtete, fiel ihm alles, was er machte, leichter. Es fiel ihm leichter, überhaupt irgendetwas zu tun, wenn die Möglichkeit bestand, dass sie ihm zusah. Ihr Blick hielt seine Konturen stabil.

Karl unternahm lange Spaziergänge durch Leinsee, nur damit er irgendwann Tanjas Wege kreuzte. An Nachmittagen ging er die Straßen rund um den Rathausplatz hoch und runter, weil dort die Schulkinder herumtobten, bevor sie sich auf den Heimweg machten.

Heute hatte das *Rathaus-Café* seine grasgrünen Sonnenschirme aufgeklappt. Es war ein heißer, sirrender Tag. Zweiunddreißig Grad, keine Wolke am Himmel.

An Tischen mit rosageblümten Plastiktischdecken aßen aus türkisen Plastikglaskelchen Rentner und Touristen gemischtes Eis mit Sahne, Erdbeersoße und Krokant. Schon vom Zusehen fühlte Karl sich klebrig.

In der Mitte des Platzes jagten sich die Schulkinder mit wippenden Schulranzen in wechselnder Richtung um den großen Springbrunnen herum. Hin und her und immer im Kreis. Drei der Kinder hatten ihre Ranzen abgelegt, ihre Schuhe ausgezogen, waren über den Rand ins Becken hineingestiegen und spritzten die anderen nass. Alle kreischten und lachten. Die Eiscafémenschen betrachteten die Szene aus sicherer Entfernung und schmunzelten milde, Passanten blieben stehen und schauten verträumt zu, ihre Einkaufstüten in der Hand, vielleicht erinnerten sie sich an ihre eigene Kindheit. Karl blieb auch stehen, nahm seine Sonnenbrille ab und ließ den Blick schweifen.

Tanja war nicht dabei.

Er schob sich die Sonnenbrille wieder vor die Augen, wandte sich ab und spazierte weiter. Hauptstraße, Bergstraße und die Rathausstraße zurück.

Nach der dritten Runde war Tanja da. Schon bevor er richtig hinsah, erkannte er sie an ihren Bewegungen. Sie hüpfte mit ihrem blonden Freund durch die Pfützen, die sich um den Brunnen herum gebildet hatten, und lachte. Ab und zu sah sie sich um. Als sie Karl entdeckte, blieb sie kurz stehen. Karl nahm die Brille ab, hob die Hand, drehte sich um und setzte sich mit dem Rücken zum Brunnen an einen der Plastikblumentische. Er hörte auf das

Kreischen hinter sich und bestellte einen Kaffee. Er bewegte sich möglichst wenig und konzentrierte sich auf Tanjas Blick auf seiner Wirbelsäule.

Karl rührte in kleinen Kreisen seinen Kaffee, und hinter ihm jagte Tanja in großen Kreisen um den Brunnen. Er versuchte, ihre Schritte aus denen der anderen herauszuhören. Er hatte den Eindruck, dass sie jedes Mal bremste, wenn sie hinter ihm war. In seinem Nacken zitterte etwas. Das war Tanjas Blick. Er drehte sich nicht um. Der Fuchs geht um, dachte Karl. Ein freundlicher Fuchs, dachte Karl.

Er fasste sich nicht in den Nacken, um das Zittern wegzuwischen.

Er trank langsam seinen Kaffee aus und drehte sich nicht um. Er schob sich den winzigen Löffel in den Mund und drehte sich nicht um. Der Geschmack des Metalls war nicht von dem von Blut zu unterscheiden. Er rauchte eine Zigarette und drehte sich nicht um. Er bat um die Rechnung und drehte sich nicht um. Er zahlte und blieb noch drei Sekunden sitzen.

Einen Moment lang hatte er Angst, das Nackenzittern sei nur eingebildet gewesen. Einen Moment lang hatte er Angst, er müsste sich in Luft auflösen. Aber als er aufstand und sich umsah, war Tanja noch da. Sie blickte ihm ins Gesicht, bremste ihren Lauf und blieb stehen, noch schwankend vom vorherigen Tempo. Karl nickte, ging los und freute sich auf Tanjas Schritte in seinem Rücken.

Sie gab ihm immer einen kleinen Vorsprung, bevor sie ihm hinterherging. Sie wartete, bis eine Baumlänge Abstand zwischen ihnen lag, dann heftete sie sich für ein Weilchen an Karls Fersen. Sie verfolgte ihn wie ein Detektiv und sah ihm dabei zu, wie er ein Croissant im Gehen aß und mit dem Rest die Spatzen fütterte, wie er die Einkaufstüte in seiner Hand herumschwang oder beim Gehen die Fußspitzen abwechselnd nach außen und innen drehte.

Heute ging Karl langsam und möglichst normal, was gar nicht so einfach war, wenn man sich darauf konzentrierte. Er hielt sich gerade, aber nicht zu gerade, atmete in den Brustkorb und stellte sich vor, wie er wohl aussah, von hinten und aus einer Baumlänge Abstand. Beim Zebrastreifen an der Hauptstraße setzte Karl seine Füße exakt auf die weißen Streifen, und Tanja sprang ihm mit großen Sätzen hinterher. Am Sportplatz ratterte Karl mit seinen Fingern am Zaun entlang, und als er daran vorbei war, hörte er hinter sich Tanjas kleines Fingerzaunrattern.

Das Schönste aber waren die Spiegelmomente. In der Fußgängerzone blieb Karl vor einem Schaufenster stehen und wartete auf Tanja. Sie kam langsam heran und stellte sich neben ihn. Nicht zu dicht, vielleicht anderthalb Meter weit weg. Sie sahen einander nicht direkt an. Sie standen frontal zur Scheibe und betrachteten ihr gemeinsames Spiegelbild. Zwei Gestalten, eine große und eine kleine, die sich als durchsichtige Geister heimlich vor die Schaufensterpuppen geschoben hatten und atmeten. Karl war jedes Mal überrascht von dem Bild. Es sah aus wie eine schon tausendmal betrachtete Fotografie. Ein Foto, das man sich so oft angesehen hat, bis man glaubt, sich an die Situation zu erinnern, obwohl das gar nicht möglich ist.

Tanja neigte den Kopf, öffnete weit den Mund und schloss ihn wieder. Dann nickten sie beide, gleichzeitig, bevor sie wieder eine Baumlänge Abstand zwischen sich brachten. Karl ging zuerst weiter, dann Tanja. Zwischen den Bodenplatten trat Karl auf keine Ritze, und Tanja machte es ihm nach. Am Ende der Fußgängerzone drehte Karl sich zu Tanja um, bevor er nach rechts abbog. Tanja blieb stehen, lächelte mit nur einem Mundwinkel und wartete, bis Karl um die Kurve war. Dann hörte er, wie sie in die andere Richtung davonrannte.

Kaugummigrau

A ugust, mein Schatz?«
»Ja.«

Sie saßen im Hof des Krankenhauses unter einer Eiche, Ada im Rollstuhl, Karl auf einer Bank. Es war warm. Ein kleiner Wind ging.

Sonnenstrahlen zuckten durch die Blätter, so dass der ganze Hof zerflirrte, bald würde er sich auflösen. Erst der Hof, dann die Wände, dann die Stadt und dann alles. Karl spürte das gleiche Flirren im Magen, vielleicht kam es also von innen, vielleicht war Karl das Zentrum. Es war kein schlechtes Gefühl.

Er zerteilte Äpfel mit einem Schweizer Taschenmesser, das er beim Aufräumen im Atelier gefunden hatte, er konzentrierte sich auf die Schnittkanten. An den Kanten konnte er sich orientieren. Die Apfelstücke reichte er seiner Mutter hinüber, die sie sich in den Mund steckte und kaute. Sie schmatzte. Das wäre ihr früher nicht passiert, dachte Karl. Er hatte sie immer so elegant gefunden.

»August, mein Schatz, das ist so, so, ach.«

»Ja.«

»So, ach, so, schau doch nur!«

Die Mutter schmatzte und zeigte mit ihrem angebissenen Apfelstück auf einen Sonnenfleck auf dem Asphalt, der schärfer umrissen war als die anderen Lichtflecke. Er tanzte zwar, aber er behielt dabei seine Kontur, so als bestünde er aus etwas Festerem als aus Licht.

Karl nickte.

In seiner Bewegung überlappte der Fleck ein Sternbild, das in enger Nachbarschaft auf dem Asphalt festgetreten war. Fünf Kaugummis. Fixsterne im flirrenden Hof. Karl freute sich über ihre Unbewegtheit, er hielt seinen Blick daran fest, klappte sein Messer zu und zeigte Ada die Formation, auf jeden Kaugummistern wies er einzeln hin. Ada schob sich den Rest des Apfelstücks in den Mund, fasste klebrig nach seiner Hand und drückte sie. »August, mein Schatz, komm, gib mir Kohle und Papier, ich will das zeichnen!«

Karl zögerte. Die Mutter schien das nicht bemerkt zu haben bis jetzt, aber ihre Hände zitterten. Nicht stark, beim Essen ließ es sich ignorieren. Aber Zeichnen! »Sollen wir nicht lieber ein Foto machen?« Ein jämmerlicher Vorschlag, natürlich, sobald Karl ihn ausgesprochen hatte, war ihm das klar. »Lass den Quatsch, August!« Also ging er los und besorgte Material.

Zeichenkohle gab es natürlich nicht, der Bleistift, den er aufgetrieben hatte, war viel zu hart und das Papier nur dünnes Schreibpapier, aber etwas Besseres gab es nicht, und die Mutter sah das ein und war's zufrieden.

Er bemühte sich, nicht zu aufgeregt zuzuschauen, was sie da machte. Vielleicht schaffte sie es ja. Auf gar keinen Fall wollte Karl Ada mit so einem mitleidigen Kontrollblick ansehen. Er klappte sein Messer wieder auf, schnitt weiter Äpfel, aß sie jetzt selbst, lehnte sich in die tanzenden Auflösungserscheinungen hinein, streckte die Beine aus, legte den Kopf in den Nacken und schloss die Augen, so dass er Farbblasen hinter den Lidern wandern sah, gelb, violett und orange. Dann öffnete er die Augen wieder und blinzelte ins Licht.

Es war alles noch da, der Hof und darin Menschen. Eine Krankenschwester mit blondem Pagenkopf, ein Raucher mit Rollator und einer mit Tropf, jemand Schnelles mit Blumen. Wie in einem Film, dachte Karl, es sah schön aus und weit weg.

Er achtete darauf, nicht zu oft zu Ada hinüberzusehen. Sie war sehr konzentriert. Starrte auf ihren Sonnenfleck, auf den Schreibblock, auf den Stift, zog eine zittrige Linie, schüttelte den Kopf, riss das

Blatt aus, versuchte es noch einmal, starrte wieder auf den Fleck, holte Luft, zwang noch eine Linie auf das Blatt, fest und hart, den Stift mit der Faust umschlossen, sie seufzte dabei und zog die Brauen zusammen. Sie riss das Blatt aus, bewegte den Kiefer, setzte zu einer neuen Linie an und ließ den Stift dann sinken. Tränen und Verzweiflung. »August. Ich. August. Hast du das gewusst?«

Karl blinzelte, schluckte und hörte sich sagen: »Ja. Aber es ist nicht so schlimm. Ich kann das ja machen. Für uns beide.« Die Mutter bewegte die Lippen wie bei einer komplizierten Rechenaufgabe und nickte dann, als hätte er etwas sehr Einleuchtendes gesagt. Karl nahm den Stift, Ada zog die Nase hoch und reichte ihm den Block.

Gut. Karl wischte sich die Apfelfinger an seiner Hose ab, strich sich ein Haar oder irgendwas aus dem Gesicht und verscheuchte einen Gedanken. Denken half nicht. Er sah aufs Papier und wartete kurz, bis er vor sich sah, was er zeichnen wollte, dann setzte er den Stift an. Nasenrücken, Nasenflügel, Brauen, Stirn, Kinn, Blick, das Gesicht seiner Mutter als junge Frau. Schon nach ein paar Strichen schaute Ada Stiegenhauer vom Blatt aus an ihm vorbei.

Karl zeichnete schnell und leicht. Fast ein Viertel der Bildfläche nahm die Stirn ein. Dorthin legte er die scharfe Kontur des Sonnenflecks, um den es Ada gegangen war. Dieser Fleck blieb die hellste Stelle der Zeichnung. Den Rest schattierte Karl so aus, dass das Gesicht fast komplett im Dunkeln lag und sich kaum vom Hintergrund abhob.

Karl lehnte sich zurück, biss auf dem Bleistift herum, erst mit den Schneidezähnen, dann mit den Backenzähnen. Auf den ersten Blick hätte man denken können, es sei eine abstrakte Zeichnung, so flächig sah das Dunkel aus.

Er holte Luft und zeichnete noch das Kaugummisternbild ein. Fünf schwarze Punkte, davon drei in dem hellen Stirnfleck und zwei außerhalb des Gesichts. Zwischen den Fixsternpunkten zog Karl Linien, astrologische oder mathematische Verbindungen.

Ada wartete. Sie sah aus, als hätte sie Angst.

Hinter ihnen schleppte sich ein Mann mit Krücken und Zigarette den Weg entlang. Über den Rasen rannte ein Eichhörnchen vor einem kleinen kläffenden Hund davon und rettete sich auf den nächsten Baum.

Karl hatte auch Angst. Er reichte seiner Mutter den Block und zählte bis zehn, bevor er zu ihr hinsah.

Ada biss sich auf der Unterlippe herum und fuhr mit den Fingern über das Blatt wie damals im Krankenbett über Karls Kinderbeweisfotos. Er bereute jetzt, was er da gemacht hatte, und wappnete sich für den Fall, dass sie wieder so entsetzlich lachen würde. Aber sie lachte nicht. »Okay?«, fragte Karl. »Okay«, flüsterte die Mutter und nickte. Sie streichelte die Zeichnung, dann hob sie ihr Gesicht und sagte laut und fest: »Ja.« Karl schluckte, biss krachend in einen Apfel und nahm sich vor, sich später an diesen Moment zu erinnern.

Im Zimmer bestand die Mutter darauf, die Zeichnung so aufzuhängen, dass sie sie vom Bett aus sehen konnte. Sie nickte immerzu, und als der blonde Arzt kam, sagte sie: »Schauen Sie!« Und der Arzt schaute und lobte, sagte Sachen wie »Formensprache« und »Ausdruck«, und als er draußen war, zwinkerte die Mutter Karl zu, nannte den Arzt einen Idioten und warf ihrem Sohnmann zum Abschied eine Kusshand zu.

Plastikschildkrötengrün

Wenn Karl länger nicht in der Stadt gewesen war, kam Tanja irgendwann in den Garten und schaute nach, was er machte. Einige Zeit lang war sie jedes Mal aufgetaucht wie ein Wunder: Auf einmal saß sie in ihrer Astgabel im Kirschbaum und baumelte mit den Beinen, oder sie stand als Erscheinung im Gras, und wenn Karl sie bemerkte, schaute sie ihn an, schon lange wahrscheinlich.

Nie bekam Karl mit, wo sie so plötzlich hergekommen war. Er sah aus dem Fenster, sah von seiner Arbeit auf, von seiner Zeitung, seiner Skizze oder sonst was, und sie war da. Manchmal verschwand sie gleich wieder, wenn sich ihre Blicke getroffen hatten, als habe sie nur nachsehen wollen, ob er noch da war. Oder ob es ihn wirklich gab.

An anderen Tagen blieb sie und wartete darauf, dass etwas passierte. Karl ging dann langsam und gerade auf der Terrasse auf und ab und ließ sich anschauen. Er ging immer denselben Weg, hin und her, wie ein Tier im Zoo, das letzte seiner

Art. Oder er setzte sich auf die Steinkontinente zu den Eidechsen, die sich dort sonnten, in perfektem Schneidersitz, versuchte, so wenig Schatten wie möglich zu verursachen, und las. Er putzte die Fenster innen und außen. Er wässerte den Rasen. Er warf hundert Papierflieger aus dem Fenster im ersten Stock. Er stapelte die Stühle auf der Terrasse so hoch wie möglich, bis sie umfielen, damit Tanja was zu gucken hatte.

Manchmal spürte er Tanjas Blick, wenn er im See schwamm, dann drehte er sich auf den Rücken, sah zum Ufer, und – er irrte sich nie – da saß sie im Kirschbaum zwischen den baumelnden und flatternden Sachen, die er ihr hingehängt hatte. Karl winkte dann und wirbelte mit beiden Armen große Mengen Wasser auf, so dass es vom Ufer aussehen musste, als hätte er Flügel wie ein Schwan.

Erst nach Wochen sah Karl zum ersten Mal, an welcher Stelle Tanja durch die Hecke geklettert kam. Karl saß auf Tanjas Steinen und sah seine Zeichnungen durch. Eigentlich war der Tag ein bisschen zu kühl, um lange draußen zu sitzen, es gab auch keine Eidechsen heute, aber er hatte den Platz trotzdem so gern, dass er nicht darauf achten wollte. Rundherum wucherte die Wiese. Karl hatte den Gärtner abbestellt, mittlerweile stand das Gras hoch und duftete, dazwischen wuchsen Löwenzahn und Klee, die Steininsel war wie eine Lichtung darin. Wenn er sich dort auf den Rücken legte, verschwand er unter dem Grashorizont. Jetzt aber saß er aufrecht. Karl war unzufrieden mit der Skizze in seiner Hand, er hob den Blick, er wollte auf den See schauen, um sich zu konzentrieren, und da sah er links etwas wackeln.

Zuerst bewegte sich das Grün der Hecke. Das ist etwas Großes, dachte Karl noch, kein Vogel, keine Katze. Da tauchte schon ein Arm auf, dann ein zweiter, dann ein Bein, dann das ganze Kind.

Tanja schüttelte sich Blätter, Dreck und kleine Zweige aus dem Haar und sah sich um. Sie schien sich zu freuen, dass er sie entdeckt hatte, und winkte. Karl freute sich auch. Er blieb sitzen, legte den Skizzenblock weg, sah sie an und wartete. Tanja zuckte mit den Schultern, kratzte sich an der Wange, zuckte noch mal mit den Schultern, dann holte sie Schwung und schlug ein krummes Rad. Sie fiel hin dabei, lachte, rappelte sich auf, wischte sich die Hände an der Hose ab, hüpfte zweimal mit schlenkernden Armen in die Luft und schüttelte den Kopf, wie ein Boxer vorm Kampf, dann schlug sie noch ein Rad, und diesmal glückte es. Sie riss die Arme hoch vor lauter Triumph, drehte sich im Kreis und strahlte ihn an. Karl klatschte laut und lange Applaus, und Tanja verneigte sich königlich.

Meistens machte Tanja irgendetwas Komisches, wenn sie merkte, dass Karl ihr zusah. Wenn sich ihre Wege in der Stadt kreuzten, nickten sie einander zu, und dann ging mal er los, mal sie. Wenn Tanja vorneweg ging, balancierte oder hüpfte sie, sie drehte sich, sie tanzte, oder sie ging verschnörkelte Umwege. Manchmal hinterließ sie ihm auch Schätze auf dem Weg, die er aufsammelte: Federn, Blüten und Kieselsteine, Schneckenhäuser, den grünen Fuß einer Plastikschildkröte.

Die meisten Tanjaschätze nahm Karl mit in sein Zimmer im ersten Stock. Dort baute er sie in seine Schlafhöhle ein. Eine Zaubergrotte aus den Dingen, die er aus dem Materiallager im Atelier gestohlen hatte, und aus Tanjas Geschenken. Am Anfang war es eher so etwas wie ein Mobile gewesen, ein paar schwebende Glücksbringer, die über seinem Schlaf tanzen sollten, ein verwaister Ohrring, ein Kieselstein an einem Draht, eine blaue Feder, ein Stück Häkelborte. Mittlerweile sah das Arrangement aus wie eine Mischung aus einem Iglu, einer Weihnachtskrippe und dem Nest einer durchgedrehten Elster. Die Dinge glitzerten und flüsterten und umgaben das ganze Bett. Je mehr die Höhle wuchs, desto besser schlief Karl. Jede Nacht baute er ein paar Minuten daran herum, bevor er sich hineinlegte. Das half.

Morgens dann baute er am Kirschbaum herum. Er sortierte und reparierte sein Arrangement und hängte ab und zu neue Dinge für Tanja zwischen die Äste, jeden Morgen, gleich nach dem Aufstehen, noch vor dem ersten Kaffee. Das half auch. Nach und nach wuchsen die Kirschen, aber sie ließen sich Zeit und blieben lange grün. Als sie sich langsam röteten, probierte Karl ab und zu, ob sie schon reif waren, aber jedes Mal schmeckten sie sauer.

Es verging jetzt kaum ein Tag mehr ohne das Kind. Selbst wenn er Tanja nicht zu Gesicht bekam, konnte Karl sicher sein, irgendein Geschenk von ihr zu finden. Nicht alles baute er in seine Betthöhle ein. Manche Stücke legte er zur Seite, um sie für Tanja zu verwandeln. Eine Traube Vogelbeeren sah im Vakuum unter der engen Plastikhaut aus wie etwas, das von einem Mikroskop vergrößert worden war. Und die abgebrochene Schnalle eines Rucksacks wurde durch die Vakuumhülle zu etwas Krebstierartigem. Wenn Karl die Verwandlungen gelungen fand, legte er die Objekte für Tanja auf die Steinkontinente zurück. Manchmal passte Karl den Moment ab, wenn Tanja die Sachen entdeckte. Sie schlich um die Steine herum durchs Gras, sie lächelte und besah sich den Gegenstand aus der Ferne, wie in einem Museum vielleicht, oder als wäre das Ding ein scheues Tier, das sie nicht aufscheuchen wollte. Es dauerte eine ganze Weile, bis sie den Vakuumschatz vorsichtig aufhob, in der Hand wog und forttrug. Manchmal sah sie sich vorher nach Karl um und nickte oder winkte ihm zu. Manchmal blickte sie nur auf das Ding in ihren Händen und strahlte und sah nicht auf.

Traumfarben

Das sollte sich seltsamer anfühlen. Das war der Gedanke, der Karl durch den Kopf ging. Nichts Kluges, nichts Originelles, nur: Das sollte sich seltsamer anfühlen.

Er versuchte, sich zu konzentrieren. So etwas, dachte Karl, erlebten die allerwenigsten Menschen. Marty McFly, dachte Karl, Ödipus. Und wer noch? Sonst fiel ihm keiner ein. Und das waren nicht einmal echte Menschen. Vielleicht war er ja der Einzige auf der Welt. Aber das war auch wieder lächerlich. Man war ja nie der Einzige.

Merkwürdig eigentlich, dass das nicht schon früher passiert war, dachte Karl. Wenn man mal so darüber nachdachte, dachte Karl. So unwahrscheinlich war das ja nicht, in seiner Situation.

Er hätte früher darüber nachdenken sollen. Dann wüsste er jetzt, was zu tun wäre. Dann würde er jetzt nicht einfach nur so dasitzen.

Eventuell sollte er sich wehren. Ja, wirklich komisch, dass er sich gar nicht wehrte, dachte Karl.

Er überlegte, wem hier gerade Unrecht geschah: ihm oder Ada oder allen beiden oder keinem, oder vielleicht sogar dem toten Vater. Und dann dachte er wieder nur: Das sollte sich seltsamer anfühlen.

Das Erstaunlichste war wirklich, dass dieser Kuss nicht anders war als andere Küsse. Es war nicht unangenehm.

Als das Gesicht seiner Mutter auf ihn zugekommen war, hatte sich Karl vielleicht kurz erschrocken. Die plötzliche Nähe war ihm so absurd vorgekommen. Die Augen, die Nase, alles auf einmal so groß. Aber dieses Näherkommen hatte ihn schon immer erschreckt, wenn er jemanden zum ersten Mal küsste. Das hatte nichts mit seiner Mutter zu tun, und es ging vorbei wie jedes Mal.

Es war nicht unangenehm. Wirklich nicht. Die Lippen seiner Mutter bewegten sich weich, und ihre Körpertemperatur kam ihm viel höher vor als seine eigene. Sie strich ihm mit beiden Händen durchs Haar und hielt seinen Kopf fest. Ihre Augen waren geschlossen. Karl hielt seine Augen offen. Jung sah sie aus.

Ada zog ihn noch fester zu sich, und dabei klackten ihre Zähne kurz an seine. Sie kicherte und küsste ihn weiter.

Vielleicht war dieser Kuss sogar leichter als andere erste Küsse, überlegte Karl, weil seine Mutter keinen Moment gezögert hatte. Sie hatte die Unsicherheit übersprungen, den Sekundenbruchteil, in dem unklar ist, ob die Lippen sich wirklich treffen werden. Sie war sich sicher. Für sie war es kein erster Kuss.

Karl konzentrierte sich auf ihre Zunge, es überraschte ihn, wie spitz und fest sie war.

Immerhin, dachte Karl, war es eindeutig so, dass sie ihn küsste. Nicht sie küssten einander, nicht er küsste sie, sie küsste ihn. Und er ließ sich küssen und hielt die Hände im Schoß gefaltet.

Im Grunde tat er also gar nichts.

Vielleicht war es auch nur ein Traum. Der Gedanke beruhigte ihn. Wenn es nur ein Traum war, dann konnte er es vielleicht sogar ein bisschen genießen.

Allerdings: Wenn man sich die Ereignisse ansah, die hierhergeführt hatten, erschien es unwahrscheinlich, dass er träumte.

Föhnblond

Karl hatte dem Arzt die Erlaubnis abgerungen, die Mutter für einen Nachmittag mit nach Leinsee zu nehmen, um ihr das Atelier zu zeigen.

Der blonde Arzt hatte darauf bestanden, dass eine medizinische Fachkraft zur Betreuung mitkommen sollte. Karl hatte einsichtig genickt und Alexandra vorgeschlagen, und die hatte mit den Schultern gezuckt, ihren Pferdeschwanz festgezurrt und »okay« gesagt. Der Arzt hatte zwischen ihnen hin- und hergeschaut, als begreife er irgendetwas oder als begreife er irgendetwas ganz und gar nicht, jedenfalls hatte er auf einmal irgendwie beleidigt ausgesehen. Und dann hatte er ganz merkwürdig herumgedruckst. Und schließlich, vielleicht um überhaupt irgendeinen Einwand vorbringen zu können, war er mit der Forderung herausgerückt, Karl müsse aber wirklich absolut, absolut nüchtern sein, wenn er die Mutter mit dem Auto abholen kommen wolle, sonst sei das nicht zu verantworten.

Bisher war der VIP-Arzt immer ausgesprochen

höflich zu ihm gewesen. Karl fragte sich, wie dieser föhnblonde Doktor gerade jetzt auf so etwas kam. Schon seit mehreren Wochen war Karl nicht mehr betrunken in der Klinik aufgetaucht.

Am unverschämtesten fand er, dass der Arzt bei seiner Forderung nicht Karl angesehen hatte. Er hatte Alexandra angesehen. Alexandra hatte darauf aber überhaupt nicht reagiert. Karl hätte sie dafür auf der Stelle küssen wollen. Aber er hatte sich zusammengerissen und dem Frisierkopf geantwortet: »Geht klar.«

Am vereinbarten Tag waren Haus und Auto geputzt und Karl absolut, absolut nüchtern. Als die Mutter das Schiff sah, strahlte sie und blickte sich auf dem Krankenhaushof um, als säße dort ein Publikum. Alexandra half Karl, die Mutter auf den Beifahrersitz und den Rollstuhl in den Kofferraum zu bugsieren, zwinkerte ihm über das Auto hinweg zu, klopfte auf das Blech und sagte: »Na dann!«

Die Mutter saß auf dem Beifahrersitz wie eine Königin. Sie trug eines ihrer Hemdblusenkleider, von denen Karl glaubte, dass sie ihr besonders gefielen. Er hatte es mitgebracht, und Alexandra hatte Ada geholfen, es anzuziehen. Karl hatte seiner Mutter außerdem ihre große Sonnenbrille mitgebracht, die sie ganz selbstverständlich entgegengenommen und sich aufgesetzt hatte. Karl trug sein Modell vom Fußgängerzonenoptiker und außerdem den gelben Schal. Alexandra hatte etwas an, das wie ein zu großes Unterhemd aussah, und sie hatte ihre Haare befreit. Das Verdeck war offen, der Wind fuhr um ihre Köpfe herum, und als Karl in den Spiegel sah, fand er, sie sähen alle drei phantastisch aus. Die Mutter griff manchmal nach seiner Hand und drückte sie, Alexandra saß auf dem Rücksitz, machte ein heiteres Gesicht und fuhr sich ein paarmal mit beiden Händen durch die Haare, um sie zu bändigen, bevor sie es einfach bleibenließ.

Karl wählte den Weg durch den Wald und hielt auf dem Parkplatz an, auf dem er der Legende nach gezeugt worden war. Er wollte sehen, ob Ada die Stelle erkannte, aber sie verzog keine Miene. Alexandra wusste ebenfalls von nichts, und so rauchten sie einfach jeder eine Zigarette auf einem ganz gewöhnlichen Waldparkplatz. Ada rauchte auf dem Beifahrersitz, die Sonnenbrille ins Haar geschoben, mit buddhistischem Lächeln. Karl ans Schiff gelehnt. Und Alexandra am Rande der Szenerie auf der Parkplatzbank mit zugehörigem Picknicktisch. Keiner sagte etwas, jeder dachte sich irgendwas, der Wald machte Geräusche, und Karl gefiel das alles sehr, und dann fuhren sie weiter.

An der dramatischen Stelle, an der der Wald sich auftat und den Blick auf den See freigab, trat Karl auf die Bremse, nahm die Sonnenbrille ab und sah Ada an. Es war perfekt, der See glitzerte, Wölkchen und Segel.

Ada behielt ihre Sonnenbrille auf, beachtete Karl gar nicht, sondern drehte sich zu Alexandra um, strahlte und fragte: »Gefällt es Ihnen?« Alexandra nickte anerkennend und sagte: »Ja.«

Als sie vor der Villa geparkt hatten, half Alexandra, die Mutter aus dem Auto zu heben und in den Rollstuhl zu setzen. Sie half, den Rollstuhl bis vors Atelier zu schieben, dann boxte sie Karl in den Oberarm und sagte: »So, du. Den Rest schafft ihr zwei auch ohne mich, oder?« Sie streckte ihm ihre offene rechte Hand entgegen: »Gib mir mal den Schlüssel zu dem Batmobil. Wenn was ist, kannst du mich anrufen, ansonsten bin ich um halb fünf wieder da, okay?« Karl hätte sie küssen können dafür, aber das wusste sie bestimmt auch so, also gab er ihr einfach den Schlüssel und sagte: »Okay.« Alexandra warf den Schlüssel hoch, fing ihn mit links wieder auf und gab Ada die rechte Hand. »Es war mir wie immer eine Freude, Frau Stiegenhauer. Bis später.« Ada nickte.

Bis jetzt war schwer zu sagen gewesen, ob die Mutter etwas erkannte, ob sie sich wunderte, oder was. Sie hielt die Hände im Schoß gefaltet und betrachtete ihre Umgebung freundlich, aber gleichgültig. »Komm«, sagte Karl, »ich will dir was zeigen.«

Im Atelier änderte sich die Stimmung sofort. Ada Stiegenhauer sah sich um und zeigte in alle Richtungen. Karl drehte den Rollstuhl ein paarmal im Kreis, und die Mutter kicherte vor Vergnügen wie ein Kind im Karussell. Zum Schluss klatschte sie und streckte dann die Arme nach ihm aus. Er setzte sich zu ihr, sie nahm sein Gesicht in ihre Hände und strich ihm mit den Daumen über die Wangen.

Und als Nächstes dachte Karl: Das sollte sich seltsamer anfühlen.

Als Ada sich von ihm löste, lachte sie.

Das Atelier drehte sich erst um 180 Grad nach rechts, dann um 180 Grad nach links. Und dann schwankte es in einem 60-Grad-Winkel auf und ab. Karl schloss die Augen und öffnete sie wieder, aber der Raum schwankte immer noch.

Ada schwankte nicht. »Komm, mein Schatz«, rief sie, »lass uns arbeiten!«

Karl versuchte, sich zu sammeln.

Ada lachte. »Du wolltest mir doch was zeigen!«

Karl nickte. Er wartete noch auf das schlechte Gefühl, auf einen Paukenschlag in der Magengrube, aber es ging ihm nicht schlecht, also lachte er auch.

Die Idee war, mit Ada weiter an der Skizze zu arbeiten, die Karl bei seiner Ankunft im Atelier gefunden hatte, an dem Entwurf für die letzte, unvollendete Harzplastik. Karl setzte sich neben seine

Mutter und breitete die Zeichnung auf dem Tisch aus. Er hatte sich das Blatt in den letzten Wochen ab und zu angesehen. Der Kern der aufgezeichneten Form war nicht klar zu erkennen, und außenherum wucherte es in dürren Verästelungen.

Ada betrachtete das Blatt und nickte. Sie war wie verwandelt. Sie tippte auf dem Papier herum. Karl versuchte zu erraten, worauf sie hinauswollte, und zeichnete. Am Ende hatte er etwas entworfen, das deutlich bauchiger aussah als auf der unfertigen Skizze, mit der sie begonnen hatten. Der Entwurf sah jetzt nicht mehr aus wie ein Strauch, sondern eher wie ein Tier. Ein Leib, aus dem Stachel und Tentakel wuchsen. Es konnte auch ein bisher unentdecktes menschliches Organ sein. »Gut?«, fragte Karl, und die Mutter nickte und klatschte. »Es sieht gar nicht aus wie ein echter Stiegenhauer«, sagte Karl. »Ach, August«, sagte die Mutter, »sei nicht so streng.« Und dann hörte Karl sie beide kichern.

Als Alexandra um halb fünf klingelte, saßen Karl und Ada in der Küche, tranken Kakao, aßen Kekse und lächelten vor sich hin. »Nächstes Mal machen wir weiter, ja?«, fragte Karl. »Dann formen wir das Harz.« – »Ja!«, sagte Ada.

Am Abend in der Dämmerung ging Karl allein barfuß mit einer Zigarette in den Garten hinaus. Zum ersten Mal überhaupt hörte er hier Grillen zirpen. Um das Schilf am Ufer schwirrten Glühwürmchen herum. Im Gegenlicht zeichnete sich die Silhouette des Kirschbaums ab. Mit den vielen Gegenständen, die Karl hineingehängt hatte, sah er aus wie etwas, das für ein religiöses Ritual gebaut worden war.

Auf den Tanjakontinenten lagen eine Gürtelschnalle mit grünen Glitzersteinen und der Holzstiel von einem Eis. Er war sauber abgegessen, mit zwei kleinen Bissspuren. Karl drückte die Zigarette aus. Der Eisstiel schmeckte nach Holz und Aprikosen.

Karl legte sich auf den Rücken, fühlte die Steine unter sich, drehte die funkelnde Schnalle vor seinen Augen hin und her, um das letzte Licht tanzen zu lassen, und saugte die Restsüße aus dem Holzstiel in seinem Mund.

Seidenweiß

W ir reden nicht über unseren Sohn.«
All die Jahre hatte Karl es nicht lassen können, Interviews mit seinen Eltern zu lesen. Als hätte
er dadurch irgendetwas herausfinden können, was
er noch nicht wusste.

Am blödesten fand Karl meistens den Anfang.
Wieso begannen solche Texte eigentlich immer mit
den Befindlichkeiten derer, die sie schrieben? Immer erst mal die Anfahrt, das Warten, die Gedanken
beim Warten. Das war doch eine Zumutung. Wen
interessierte das denn, was diese Zeitungsjohnnys
da in irgendwelchen Hotellobbys fühlten?

*Paris / Wien / New York / Schießmichtot. Grand
Hôtel de Wasweißich, seit einer Dreiviertelstunde
warte ich auf Ada und August Stiegenhauer, noch
einen kleinen Moment werde es dauern, teilt mir der
Assistent freundlich, aber ohne ein Wort der Entschuldigung mit. Meine Aufregung steigt. Gehört
es zur Inszenierung des Mythos, mich warten zu
lassen? Ich bestelle mir noch einen Café allongé.*

Ja, klar. Es geht natürlich um dich, du Superstar. Die haben sich natürlich extra Gedanken gemacht, haben oben in der Suite gesessen und auf die Uhr geguckt dabei. »Halt, wir können noch nicht runter, wir müssen noch zwanzig Minuten warten, sonst geht der Mythos kaputt.« Am Arsch. Karl war sich sicher, dass dieses Einleitungsverzögerungsgesülze nicht nur ihn nervte. Und außerdem konnte man ja wohl auch ganz einfach *Kaffee* schreiben, oder?

Am ekelhaftesten war es, wenn einer mal nach Leinsee durfte. Wenn sie nach Leinsee durften, drehten sie völlig durch.

Schon auf dem Weg wird der Besucher zwangsläufig entschleunigt. Hierher führt keine Autobahn, keine ICE-Trasse, und doch ist dieser Ort in gewisser Weise so etwas wie der geheime, verborgene, verzauberte Nabel der Welt. Seit Jahren habe ich mir gewünscht hierherzukommen. Ich habe genug Zeit, mich auf mein Ziel einzustimmen, mit jedem Kilometer, den sich die Straße durch den Wald windet. Der Wohnsitz der Stiegenhauers liegt malerisch direkt am Ufer des Leinsees, in dem gleichnamigen Örtchen, das mittlerweile geradezu ein Synonym für das gefeierte Künstlerpaar geworden ist. Blablabla. Toreinfahrt. Efeu. *Nur selten ist es Besuchern vergönnt, ins Allerheiligste einzudringen.* So ein Quatsch. Die Eltern empfingen immer wieder

Gäste. Ständig war irgendwer da. Oft genug auch Journalisten. Sogar solche von der *VOGUE* und so. Modejournalisten! Einmal hatten die Eltern sich sogar für eine Portraitstrecke verkleiden und zu Hause fotografieren lassen. *People und Kultur.* Allen Ernstes. Trotzdem betonten alle, wie außergewöhnlich es sei, hierher eingeladen zu werden. Wieso? Eitelkeit?

Das Wohnhaus besteht aus einer eleganten Gründerzeitvilla, an die sich ein großer, moderner Flachbau anschmiegt. Hier befinden sich die Atelierräume. Blablabla. Warten. Blablabla. Salon. Geschmackvoll. Stein. Atmosphäre. Glas. Aura des Ortes. *Dann ist es so weit: Die Flügeltür öffnet sich, und Ada Stiegenhauer tritt ein. Sie ist kleiner und zierlicher, als ich sie mir vorgestellt habe, doch ihre Präsenz füllt sofort den ganzen Raum. Sie trägt ein schlichtes weißes Hemdkleid aus Seide, der einzige Schmuck ist ein breiter Gürtel, über und über mit bunten Glasperlen bestickt. Die schwarzen Locken fallen offen über ihre Schultern. Schuhe trägt sie keine, barfuß geht sie auf mich zu und reicht mir die Hand. Ihr Händedruck ist warm und fest. Sie lächelt nicht.*

ADA STIEGENHAUER: *»Mein Mann kommt gleich, er ist noch im Atelier.«*

Dann meistens ein Bild oder noch ein paar Worte über die Schönheit seiner Mutter, immer wieder war von ihrem »wissenden Blick« die Rede, gerne auch von »rätselhafter Anmut«. Vielleicht hatten die ja alle voneinander abgeschrieben. Denn: Was, bitte, war rätselhafte Anmut? Der Vater sah übrigens nach allgemeiner Auffassung auch nicht schlecht aus, und irgendwas wird er wohl auch angehabt haben, aber darüber schrieben sie meistens nichts.

Künstler, die über eine solche Popularität verfügen wie Sie, sind selten geworden.

AUGUST STIEGENHAUER *»Ist das so? Ich glaube nicht, dass das so ist.«*

Sie werden auf der Straße erkannt!

ADA STIEGENHAUER *»Das heißt ja nur, dass wir gewissermaßen einen Vorsprung haben. Bei vielen Künstlern wird die Popularität ja vermutlich im Rückblick noch steigen. Wir haben einfach das Glück, dass man uns schon zu unseren Lebzeiten wahrnimmt.«(lacht)*

Ist das Glück?

ADA STIEGENHAUER *»Nun ja, nicht nur, da haben Sie vielleicht recht. Wir tun ja auch etwas dafür. Zum Beispiel unterhalten wir uns jetzt mit Ihnen. Und später macht die Fotografin noch ein paar Bilder. Das bringt es dann mit sich, dass wir auf der Straße erkannt werden.«*

AUGUST STIEGENHAUER *»Und außerdem sind wir gut. Das spielt auch eine Rolle.«(lacht)*

Ja. Aber gleichzeitig leben und arbeiten Sie an einem so abgelegenen Ort. Ist das kein Widerspruch?

AUGUST STIEGENHAUER »*Wieso?*«

Nun, einerseits öffnen Sie sich für das Interesse der Welt, Sie lassen uns sogar in Ihr Haus, Sie fördern, wie Sie eben selbst gesagt haben, aktiv Ihre Bekanntheit. Und andererseits suchen Sie anscheinend die Abgeschiedenheit.

AUGUST STIEGENHAUER »*Sie meinen, Leinsee ist nicht New York.*«

Ja. Sie könnten ja auch zum Beispiel in New York wohnen.

AUGUST STIEGENHAUER »*Das wäre wahrscheinlich der Normalfall, ja. Aber, Gott weiß, wir sind ja nicht normal.*«(lacht)

ADA STIEGENHAUER »*Es gibt Werke von uns in New York, also sind wir dort. Zu dem Ort, an dem wir leben, brauchen wir eine besondere Beziehung. Das ist einfach ein Gefühl, das schwer zu finden ist. Hier hat es gestimmt.*«

AUGUST STIEGENHAUER »*Es war Liebe auf den ersten Blick.*«

ADA STIEGENHAUER »*So etwas entsteht immer auf den ersten Blick. Was Sie nicht sofort gespürt haben, reden Sie sich im Nachhinein nur ein. Wir haben lange nach diesem Ort gesucht, und wir sind froh, ihn gefunden zu haben.*«

AUGUST STIEGENHAUER *»Außerdem ist es unserem Wohlbefinden zuträglich, in unserer Muttersprache zu wohnen. So kann sich das Denken leichter auf das Wesentliche fokussieren.«*

ADA STIEGENHAUER *»Ja. Das ist sehr wichtig. Wir reisen viel. Wir lieben die Metropolen. Aber arbeiten wollen wir nur hier.«*

Was für eine Rolle spielt dieser Ort hier für Ihre Arbeit?

ADA STIEGENHAUER *»Oh, das verstehen Sie ganz falsch! Die Kunst kommt aus uns, sie ist nicht an die Umgebung oder an etwas anderes gekoppelt. Wir sind hier einfach nur zu Hause.«*

AUGUST STIEGENHAUER *»Der Ort trägt dazu bei, dass wir uns wohlfühlen. Dass wir uns wohlfühlen, trägt zur Arbeit bei.«*

ADA STIEGENHAUER *»Ja. So ist es.«*

Fehlt Ihnen hier nicht bisweilen der Austausch?

ADA STIEGENHAUER *»Wir sind zu zweit. Wir haben immer Austausch.«*

AUGUST STIEGENHAUER *»Und wenn das, was Sie machen, etwas taugt, dann kommen die Leute zu Ihnen.«*

Ein Kritiker schrieb jüngst, Ihre Kunst sei selbstzufrieden.

AUGUST STIEGENHAUER *»Gregory Simons.«*

Was antworten Sie darauf?

ADA STIEGENHAUER »*Das ist keine Frage, also gibt es auch nichts darauf zu antworten. Es gibt keinen Grund, sich zu rechtfertigen.*«

AUGUST STIEGENHAUER »*Dieser Mann hat nichts verstanden. Er denkt in ganz anderen Kategorien als wir. Die Leute aber verstehen uns. Die Leute verstehen unsere Kunst. Deshalb sind wir so erfolgreich.*«

ADA STIEGENHAUER »*Ja. Das ist ja so eine Kritikerkrankheit, die einfachsten Dinge nicht zu begreifen! Solche Kritiker wollen das Konzept verstehen, und das können sie nicht. Deshalb sind sie dann beleidigt. So einfach ist das.*«

AUGUST STIEGENHAUER »*Ja!*«

Es gibt kein Konzept?

AUGUST STIEGENHAUER »*Natürlich gibt es ein Konzept!*«

ADA STIEGENHAUER *(gleichzeitig)*: »*Selbstverständlich gibt es ein Konzept!*«

AUGUST STIEGENHAUER »*Gott weiß!*«

ADA STIEGENHAUER »*Wissen Sie, wir sind sehr präzise. Den größten Teil unserer Arbeit machen Planungen und Vorarbeiten aus. Selbstverständlich würden wir niemals ohne ein sehr exakt ausgearbeitetes Konzept vorgehen.*«

AUGUST STIEGENHAUER »*Natürlich nicht!*«

Aber verstehen kann man das Konzept nicht?

ADA STIEGENHAUER *»Selbstverständlich kann man es verstehen. Nur eben nicht rein intellektuell.«*

Für Ihre Plastiken verwenden Sie Ihre patentierte Harzrezeptur, in die Sie vor dem Formen verschiedene Gegenstände einmischen.

AUGUST STIEGENHAUER *»Falsch.«*

ADA STIEGENHAUER *»Das sind keine Gegenstände. Sie müssen mit Ihren Begriffen aufpassen. Das ist wichtig. Was wir verarbeiten, ist eine gemischte Masse. Was Sie ›Gegenstände‹ nennen, hat sich in der Masse aufgelöst. Es geht um Harmonie. Verschwinden und Harmonie.«*

AUGUST STIEGENHAUER *»Harmonie! Verstehen Sie das?«*

Ich denke schon, ja.

AUGUST STIEGENHAUER *»Gut.«*

ADA STIEGENHAUER *»Wir verbrennen die Zutaten und mischen die Asche, oder wir zerkleinern die Objekte mechanisch, je nachdem.«*

In der gemischten Masse, wie Sie sagen, vermengen Sie dann neben historischen Fundstücken –

AUGUST STIEGENHAUER *»– Ja. Es handelt sich um eine historische Sammlung, aus der wir schöpfen.«*

ADA STIEGENHAUER *»Ja. Ein historisches Archiv. Das ist wichtig.«*

– Neben den historischen Elementen verwenden Sie immer auch Material, das von Ihnen selbst stammt,

seien es verbrannte Zeichnungen oder eigenes Haar.
Das ist ja sehr persönlich.

AUGUST STIEGENHAUER *»Kunst ist immer persönlich.«*

Man könnte es auch selbstbezogen nennen.

AUGUST STIEGENHAUER *»Ist das eine Frage?«*

Warum verwenden Sie dieses Material?

ADA STIEGENHAUER *»Hätten Sie Rubens gefragt, warum er in Öl malt?«*

Warum nicht?

AUGUST STIEGENHAUER *»Weil es absurd ist.«*

Offensichtlich ist Ihre Beziehung ein Motor Ihres Schaffens –

ADA STIEGENHAUER *»– Offensichtlich.«*

Gilt das auch für Ihr Familienleben?

AUGUST STIEGENHAUER *»Was meint er damit?«*

ADA STIEGENHAUER *»Wir reden nicht über unseren Sohn.«*

Ich spreche von der Bedeutung der Familie für Ihre Arbeit –

AUGUST STIEGENHAUER *»– Gott weiß! Familie! Was soll das denn sein? Da fängt es doch schon an! Definieren Sie das doch mal!«*

ADA STIEGENHAUER *»Wissen Sie, das ist doch eine ganz falsche Vorstellung, dass ein Kind unbedingt zu seinen Eltern gehört! Woher kommt denn diese Vorstellung? Was ist das für eine Kategorie?*

Darüber sollten Sie einmal nachdenken! Kinder muss man loslassen!« Sie hält inne und zieht mit rätselhafter Anmut an ihrer Zigarette. Gedankenverloren pustet sie den Rauch aus, sieht ihm nach, dann spricht sie weiter: *»Eltern, die ihre Kinder nicht loslassen, tun das um ihrer selbst willen. Das hat nichts mit Liebe zu tun. Kinder sind nicht dazu da, dem Leben der Eltern einen Sinn zu geben.«*

Das war, soweit Karl das überblickte, das einzige Mal gewesen, dass er in einem Interview auftauchte.

Harzgolden

Karl durfte seine Mutter jetzt einmal pro Woche einen Nachmittag lang mitnehmen. Offensichtlich habe der Besuch Frau Stiegenhauer gutgetan. Zurück auf der Station habe sie fröhlich und aufgeweckt gewirkt, sie habe mit dem Personal und den Bewohnern geplaudert und mit Appetit gegessen. Aus seiner Sicht spräche also nichts dagegen, das Ganze in regelmäßigen Abständen zu wiederholen, hatte der VIP-Arzt merkwürdig grimmig zwischen seinen Zähnen hervorgepresst. Von Aufsicht hatte er nichts mehr gesagt.

Karl wiederum hatte nichts von dem Kuss gesagt.

An den Mitnehmtagen arbeiteten Karl und Ada gemeinsam an der *Unvollendeten*. Im Atelier redete Ada so viel wie sonst nie. Was sie sagte, wunderte Karl. Sie war gutgelaunt und laut und warf alles über den Haufen, was sie früher als Konzept propagiert hätte. »Ach was, Konzept!«, lachte sie, »Konzepte sind für Feiglinge! Echte Profis improvisieren.« Und dann fuhr sie ihm durchs Haar, und manchmal küsste sie ihn, aber nur kurz. Karl lachte mit, fühlte sich wohl und tat, was sie sagte.

Ada weigerte sich, die verbrannten und zerhackten Dinge, die bei Karls Ankunft zur Verharzung bereitgestanden hatten, auch nur anzufassen. »Das ist ja alles kaputt! Das will ich nicht, das gefällt mir nicht! Wo kommt das überhaupt her?«

Im Materiallager fuhr sie mit den Fingern durch die Berge von Briefmarken, Schmuck, Papieren. Ihr Gesicht leuchtete, und wenn sie etwas Besonderes entdeckte, nahm sie es in die Hand und strahlte ein großes Weihnachtsstrahlen. Karl wunderte sich darüber. Sie verhielt sich nicht so, wie er sich an sie erinnerte. Sie verhielt sich wie Karl als Kind.

»Und das soll alles kaputtgemacht werden?«

»Das Konzept, das ist von dir, Ada, nicht von mir. Historisches und Autobiographisches. Verschwinden und Harmonie.« – »Nein«, sagte sie, »nein, nein und niemals. Ich finde das absolut schrecklich. So viele Sachen und alle tot.«

Karl lachte ein halbes Lachen, das in der Kehle hängen blieb und dort kratzte. Genau das hatte er auch immer gefunden. Er hatte sich gehütet, das laut zu sagen, vielleicht hatte er sich sogar gehütet, das deutlich zu denken: Die Masse, die Etiketten und Kategorien hatten ihn schon früher erschreckt. Er hatte sich davor geekelt. Nicht vor den einzelnen

Dingen, sondern vor der Sortierung. Wahrscheinlich weil das alles so banal und harmlos war, so völlig egal und ihn gleichzeitig an die Brillenberge in Auschwitz erinnerte. Er hatte das immer schief gefunden, nicht intellektuell, sondern physisch. Wie ein schrilles Geräusch, wie eine wahnsinnige, ungeheuerliche Unverschämtheit. Und ihm hatten die Sachen leidgetan.

»Das Konzept ist Scheiße«, entschied Ada. »Es ist Scheiße, und es ist kitschig. Wir machen das anders. Wir schummeln!«

Sie schlug vor, die zerstückelten Schätze durch das gleiche Volumen an Luft zu ersetzen. Karl sollte durch einen Schlauch Luftblasen in das Harz pusten. So wäre es auch nur halb geschummelt, behauptete Ada, denn der Atem sei ja etwas Autobiographisches. Als sie sah, wie er zurücklächelte, zwinkerte sie ihm zu. »Gell, mein Schatz, für diese Idee liebst du mich jetzt.«

»Ja. Für diese Idee liebe ich dich.«

Mit einem Messbecher ermittelten sie das Volumen des Schatzpulvers: fünfzehndreiviertel Liter. Ein Anruf bei Alexandra ergab, dass Karl dafür knapp sechseinhalbmal pusten musste. »Wenn du einmal mit Kraft pustest, sind das so ungefähr zweieinhalb Liter. Vielleicht auch ein bisschen mehr oder weniger«, sagte Alexandra, »wenn du es genau wissen willst, können wir das auch messen, dafür gibt es Geräte.« Aber ungefähr reichte, fand Karl, und Ada fand das auch. »Das machen wir beim nächsten Mal, mein Schatz, ja?«

Beim nächsten Mal saß Tanja im Kirschbaum und winkte. Es sah so aus, als hätte sie auf Ada und Karl gewartet. Karl schob gerade den Rollstuhl über die Terrasse, als er sie bemerkte. Er überlegte, dann winkte er zurück. Tanja lächelte mit einem Mundwinkel. Die Mutter schien ebenfalls erfreut zu sein. Höchst erfreut. »August, mein Schatz, wir haben Besuch! Willst du uns nicht vorstellen?«

Die Mutter siezte Tanja, lachte und funkelte, sie schüttelte sorgfältig ihre Hand, lud sie ins Atelier ein und bestand darauf, dass Karl Saft, Tee, Kekse, Schokolade und Äpfel auftischte, um den Ehrengast, Frau Tanja, zu bewirten.

Tanja ging schmatzend, mit einem Keks in der Hand im Atelier umher und sah sich um. »Was habt ihr denn eigentlich vor? Wird das wieder eine Schießerei?« – »Wie gut, dass Sie fragen«, antwortete Ada, »das sollten wir nicht vergessen! Wir sitzen hier und plaudern, dabei haben wir doch zu arbeiten!« Sie setzten Tanja ihren Plan auseinander, beugten sich zu dritt über die Skizze, als wären sie schon seit Jahren ein Team, Karl wunderte sich, die Mutter lachte, das Kind nickte ernst, und dann legten sie los.

Das heißt, eigentlich legte Karl los. Während Ada und Tanja in seinem Rücken Kekse aßen, rührte er die Harzmasse an. »Wissen Sie«, hörte er Ada sagen, »wissen Sie, meinem Mann zuzusehen, wie er an einem Objekt arbeitet, wie er so ganz darin aufgeht, das ist das Schönste für mich. Er hat immer eine Richtung, immer ein Ziel vor Augen, wenn Sie verstehen, was ich meine, er weiß immer ganz genau, was er tut.« – »Hm«, machte Tanja.

Dass Karl überhaupt keine Ahnung hatte, was er da tat, zeigte sich spätestens, als er die goldene Harzmasse aus dem Kessel stürzte. Sie war noch viel zu flüssig. Das Harz breitete sich auf dem Atelierboden aus wie Lava oder Honig. Langsam, aber gleichmäßig. Die Mutter rief: »Töpfchen steh!«, und Tanja lachte. Aber immerhin kam sie Karl zu Hilfe, indem sie aufsprang und ihm ein Tablett reichte, damit er etwas hatte, um den Honigstrom aufzuhalten.

Die nächste Viertelstunde verbrachte Karl damit, gebückt im Kreis um den Lavafleck zu tanzen, zu schwitzen und die Masse mit dem Tablett zurückzuschieben. »Ach wie gut, dass niemand weiß«, knurrte Karl, und die Damen kicherten in seinem Rücken.

»Mein Mann sagt immer, ich sei die Talentiertere von uns beiden, aber wissen Sie, das stimmt nicht.« Adas Stimme war ganz weich in seinem Rücken.

»Ich glaube, eigentlich ist es so, dass er mich entdeckt hat. Ich glaube, ohne ihn hätte ich überhaupt nichts zu Ende gemacht, Talent hin oder her. Wissen Sie, dass der Wind uns zusammengetragen hat? Hat er Ihnen das erzählt, meine Liebe? Das war in München.« Tanja antwortete nicht, vielleicht hatte sie ja genickt oder den Kopf geschüttelt. Karl hörte nur das Klappern der Tassen auf den Untertassen. »Was ist mit Ihnen«, fragte die Mutter, »sind Sie verheiratet?« – »Ich bin acht«, sagte Tanja. »Acht«, sagte die Mutter, »ja, das ist auch gut. Hauptsache, eine gerade Zahl, denke ich. Wir sind zwei, mein Mann und ich.« – »Hm«, machte Tanja. »Obwohl«, fügte Ada nach einer längeren Pause hinzu, »wissen Sie, was?« Sie flüsterte jetzt. »Ich glaube, August findet eigentlich ungerade Zahlen besser. Insgeheim. Ich glaube, August wünscht sich ein Kind. Wahrscheinlich ist er der Romantischere von uns beiden. Und Sie, haben Sie Kinder?« – »Ich bin acht«, sagte Tanja wieder. Und als die Mutter nicht antwortete: »Aber ich habe einen kleinen Bruder, der ist fünf. Und Eltern habe ich, natürlich.« – »Natürlich«, sagte Ada, »jeder hat schließlich Eltern.« Sie lachte. Und Tanja, die Harzmasse und das Atelier lachten mit, dass es Karl in den Ohren rauschte.

Dann, endlich, blieb der Harzklumpen einigermaßen in Form, nicht starr, eher wie Pudding, innen fast flüssig, außen eine dünne, flexible Haut. An der Oberfläche klebte ein bisschen Dreck. Das sah gar nicht schlecht aus, fand Karl, wie eine Tarnschicht.

Er richtete sich auf, streckte den Rücken, rückte Schultern und Nacken zurecht und wischte sich mit dem Unterarm den Schweiß von der Stirn. Die Damen applaudierten.

Nach sieben Versuchen gelang es Karl tatsächlich, dicht unter der Oberfläche eine Luftblase in das Harz zu setzen. Tanja und die Mutter schienen jetzt den Atem anzuhalten. Karl schielte auf die wachsende Blase, blies vorsichtig weiter, bis seine Lunge nichts mehr hergab, und zog dann langsam, langsam den Schlauch aus dem Harz. Nichts kaputtmachen jetzt. Er schloss die Öffnung mit dem Daumen und strich etwas Harz darüber, damit die Blase nicht wieder in sich zusammenfiel. Voilà. Karl trat einen Schritt zurück. Es hielt.

Nie und nimmer waren das zweieinhalb Liter, aber das machte nichts, behaupteten Tanja und Ada. Es war eine schöne Blase, und sie hielt, das war die Hauptsache, fanden sie. Und Karl fand das auch.

Karl wollte Ada überreden, auch ihren Atem dazuzugeben. Aber sie lachte nur. »Du oder ich, das ist doch das Gleiche.« Also blies Karl noch fünfmal für sie beide. Zum Schluss setzte Tanja noch eine schöne, letzte Blase. Tanjas Atemzug zählte als halber, weil sie kleiner war.

Was sie am Ende modelliert hatten, sah aus wie ein riesiger, sechseinhalbäugiger Kopffüßler. Ein ziemlich hässliches Vieh, auf der einen Seite glubschäugig und blind, auf der anderen Seite verzweigt. An der Oberfläche gesprenkelt vom Atelierbodendreck. Nicht, was sie tagelang geplant hatten. Überhaupt nicht wie auf der Skizze. Aber Ada leuchtete in alle Richtungen, klatschte und rief: »Wunderbar!« Tanja tanzte um das Urvieh herum, berührte es vorsichtig von allen Seiten und summte. Und Karl staunte, weil er seine Mundwinkel beim Grinsen spürte. Nicht schlecht.

Kirschviolett

Am nächsten Sonntag wurde Karl von lautem Gejaule geweckt. Eine verliebte Katze, dachte er. Er drehte sich zweimal um und versuchte weiterzuschlafen, aber das Geräusch hörte nicht auf. Im Gegenteil, es wurde immer lauter. Zu laut und zu ausdauernd für eine Katze, überlegte Karl im - Halbschlaf. Er richtete sich auf, streckte den Kopf aus seiner Betthöhle und lauschte. Das Geräusch kam nicht aus dem Haus. Es kam von draußen. Und es war eindeutig zu rhythmisch und zu fröhlich für eine Katze.

Karl kroch ganz aus seiner Höhle und ging ans Fenster.

Tanja saß im Kirschbaum und jaulte. Das heißt, eigentlich saß sie nicht. Sie hatte sich mit den Beinen um einen Ast geschlungen und schaukelte mit dem Kopf nach unten.

Offenbar waren die Kirschen reif. Tanja griff mit beiden Händen nach ihnen und schob sie sich in den Mund, immer mehrere Kirschen auf einmal. Sie kaute und sang dabei mit vollem Mund. Die Kerne spuckte sie in weitem Bogen auf die Wiese. Als sie Karl sah, winkte sie. Karl öffnete das Fenster und hob die Hand.

Durch das offene Fenster drang Tanjas Gejaule noch lauter in seinen Gehörgang. Es schien sich um ein Lied mit Text zu handeln, aber Karl konnte kein Wort verstehen. »Du kannst nicht alle Kirschen auf einmal essen!«, schrie er ihr zu. Das hatte er mal irgendwo gehört oder gelesen. Er hatte vergessen, wo. Vielleicht war es aus einem Song, dachte Karl. *You Can't Eat All the Cherries at Once*. Wie ging die Melodie? Er kam nicht drauf, denn Tanja grinste mit violett verfärbtem Mund, schaukelte, spuckte Kerne aus und schrie zurück: »Dann musst du sie einkochen!«

Sie hatte den ganzen Tag Zeit und half ihm beim Ernten. Karl kletterte auf der Leiter herum und Tanja in den Ästen. Tanja sang, und Karl summte mit und lachte. Zwischendurch setzten sie sich auf den Steg und zeigten sich gegenseitig ihre violetten Kirschhände, bevor sie sie im See wuschen.

»War das deine Mutter? Die Frau im Rollstuhl neulich?«, fragte Tanja.

»Ja.«

»Die war lustig.«

»Ja.«

Als sie vier Eimer voll hatten, hörten sie auf. Der Rest sollte für die Vögel sein und für Tanjas täglichen Bedarf beim Klettern. »Wenn du willst, kann ich dir auch beim Einkochen helfen«, sagte sie, »ich habe das schon mal gemacht. Du brauchst Zucker und saubere Gläser und Deckel. Übermorgen?«

Am übernächsten Tag hatte Karl die Küche aufgeräumt. Er hatte Schraubgläser besorgt und kiloweise Zucker.

Alles klebte. Überall war Zucker. Auf allen Flächen, an den Kleidern, in den Haaren und an den Händen. »Das wird doch viel zu süß!«, sagte Karl.

Tanja saß auf dem Küchentisch zwischen den Gläsern. Sie hatte sich eine Schürze umgebunden, die ihr bis zu den Waden reichte, baumelte mit den Beinen, leckte sich die zuckrigen Handflächen ab und schüttelte den Kopf. »Das muss so! Sonst hält es sich nicht.«

Im Topf brodelte es. »Du musst umrühren«, befahl Tanja, »sonst brennt es an!« Karl rührte um, Tanja sprang vom Tisch herunter und probierte einen großen Holzlöffel voll Kirschsud. »Überhaupt nicht zu süß!«, behauptete sie und nahm noch einen Löffel voll, diesmal mit zwei ganzen Kirschen.

Karl und Tanja hatten eigentlich vorgehabt, die Kerne zu entfernen. Sie hatten es mit einem Messer versucht, mit einem Schraubenzieher und mit einer kleinen, selbstgebastelten Drahtschlinge, aber das war alles zu mühsam gewesen, also hatten sie es aufgegeben und kochten die Kirschen jetzt mitsamt der Kerne ein. »So ist es eigentlich auch besser«, fand Tanja, »es macht ja auch Spaß, die Steine auszuspucken.« Tanja pfefferte zwei Kerne mit Kraft ins Spülbecken, ein schönes, metallisches Geräusch. Sie leckte sich die Lippen ab: »Nicht schlecht. Wir könnten aber auch noch ein bisschen Zimt drantun, wenn du willst. Oder Vanille, je nachdem, was du lieber magst.«

Karl mochte Zimt ganz entschieden lieber. Er hatte allerdings keine Ahnung, ob es in dieser Küche welchen gab. Das Gewürzregal war zwar von beeindruckender Größe und ziemlich gut gefüllt, aber es war auch sehr unsortiert. Tütchen, Gläschen und Schächtelchen stapelten sich darin, und die Eltern hatten kein einziges der Behältnisse beschriftet.

»Dann müssen wir dran riechen«, entschied Tanja. Sie kletterte auf einen Hocker, um auch die oberen Gewürzregalfächer zu erreichen, und machte sich daran zu schaffen. »Du rührst weiter!«, befahl sie von ihrem Hocker herab. Karl rührte weiter und sah zu, wie Tanja verschiedene Behälter aus dem Regal aussortierte. Am Ende hatte sie drei Cellophantütchen, fünf Gläschen und zwei kleine Schachteln auf einem Silbertablett aufgereiht. Alle enthielten ein mehr oder weniger bräunliches Pulver. Tanja öffnete das erste Gläschen und hielt es erst Karl unter die Nase, bevor sie selbst daran roch. Karl schossen sofort Tränen in die Augen, die Schleimhäute brannten, er schüttelte den Kopf. Tanja hustete und schüttelte ebenfalls den Kopf. »Kein Zimt«, keuchte sie. Das nächste roch zwar irgendwie nach Weihnachten, war aber auch kein Zimt. Beim dritten Gewürz handelte es sich Karls Meinung nach um eine Currymischung, Tanja fand allerdings, es sei ganz eindeutig ein Brathähnchengewürz. Zimt war es jedenfalls nicht.

Erst das achte Gewürz war ein Treffer. Tanja kippte den ganzen Tüteninhalt in den Topf. »Ist das nicht zu viel?«, fragte Karl, aber da war es schon geschehen, Tanja knisterte mit der leeren Tüte und fand, wenn man einen Geschmack möge, dann könne man ruhig verschwenderisch damit sein, und da hatte sie natürlich auch wieder recht.

Sie kochten ungefähr ein Viertel der Kirschen mit Zimt ein und ein Drittel ohne. Der Rest blieb übrig, weil sie irgendwann keine Lust mehr hatten. Und außerdem waren die Gläser alle.

Die vollen Gläser standen jetzt kopfüber auf dem Tisch, auf dem Boden und allen Arbeitsflächen verteilt und kühlten langsam ab. Karl und Tanja nickten sich zufrieden zu. »Sollen wir noch abwaschen?«, fragte Tanja.

Karl hatte keine Lust mehr auf Küchenarbeiten, und es gab eine Spülmaschine. Trotzdem nahm er Tanjas Vorschlag an, denn er wollte nicht, dass sie schon ging, und er wusste nicht, was sie sonst machen sollten.

Karl wusch ab, Tanja trocknete ab. Erst die Töpfe und Deckel, die Schüsseln und Schälchen, dann das Besteck. Tanja legte jedes Stück einzeln in die Schublade und schob sie danach mit Schwung zu, nur um sie sofort wieder aufzuziehen, so dass das Besteck im Kasten die ganze Zeit hin- und herrutschte und laut schepperte. Auch als sie alles eingeräumt hatte, führte Tanja die Bewegung fort, immer hin und her, mit dem linken Fuß tippte sie den Rhythmus mit. Sie sah Karl nicht an dabei. Vielleicht hatte sie ihn vergessen in ihrem Geräusch. Karl schloss die Augen und nickte im Takt. Es klang wie ein Schlagzeug. Oder vielleicht wie ein Zug. Kein schallisolierter ICE, sondern ein echter Zug, bei dem man die Bewegung hören kann, damit man weiß, dass man noch da ist und dass man vorankommt. Karl öffnete die Augen und blinzelte.

Tanja schob die Schublade ein letztes Mal zu. Es knallte, und sie sagte: »Fertig, oder?« – »Ja«, antwortete Karl, und seine eigene Stimme klang ihm traurig in den Ohren und weit weg. Er hätte gerne noch weiter dem Schubladengeräusch zugehört. Aber es war bestimmt schon spät für so ein Kind, und er sollte sie nicht länger aufhalten. »Willst du ein paar Gläser mitnehmen? Oder viele! So viele, wie du tragen kannst!« – »Nee«, sagte Tanja, »aber du könntest ja einen Kuchen backen und mich einladen. Mich und deine Mutter und die Frau mit den langen Haaren! Ein Fest. Ja?« – »Ja«, sagte Karl.

Unsichtbar und rot

Die Tafel sah großartig aus. Karl hatte allen Ernstes ein Backbuch gekauft und eine Schwarzwälder Kirschtorte mit allem Drum und Dran gemacht. Sie wirkte wunderbar unecht, als wäre sie aus Plastik oder Styropor und nur zum Fotografieren geeignet. Aber damit nicht genug: Er hatte auch noch ein großes Blech Kirschstreuselkuchen gebacken. Er hatte Sahne geschlagen und Blumen gepflückt.

Das Wetter war hervorragend, deshalb hatte er den großen Tisch in den Garten getragen und mitten auf die Steinkontinente in der Wiese gestellt. Drum herum hatte er die schönsten Stühle aus dem Salon gruppiert. Am Kopfende stand der große Ohrensessel. Karl hatte eine weiße Tischdecke mit Spitzenrand gebügelt, sie flatterte jetzt schön im Wind unter dem Sonntagsgeschirr und Silberbesteck und leuchtete mit Karls weißem, ebenfalls gebügeltem Hemd um die Wette. In der Mitte der Tafel stand ein eleganter silberner Eisbehälter, darin warteten mehrere Flaschen Champagner auf die Festgesellschaft. Im Hintergrund tanzten im Kirschbaum die Kirschbaumdinge. Karl freute sich wie ein Kind. Es war perfekt.

Als Erste kamen Alexandra und Ada. Alexandra hatte das flaschengrüne Kleid an, und ihre Haare glänzten und wehten im Wind. Die Mutter trug einen Strohhut und sehr roten Lippenstift und begrüßte ihn überschwänglich.

Karl öffnete die erste Flasche, sie stießen mit Kristallgläsern an, Regenbogenflecke tanzten auf der Tischdecke, und der Champagner kitzelte angenehm in der Nase. »Wunderbar«, sagte die Mutter.

Karl schenkte Tee ein und reichte die Zuckerdose herum. Zuerst hatte er Kaffee kochen wollen, aber die Teekanne war viel schöner als die Kaffeekanne, also hatte er sich aus ästhetischen Gründen umentschieden. Außerdem sollte Tanja ja auch etwas zu trinken haben, und wahrscheinlich tranken Kinder gar keinen Kaffee.

Tanja ließ auf sich warten. Sie kam exakt eine halbe Stunde zu spät. Vielleicht hatte sie sichergehen wollen, dass alle schon da waren, bevor sie eintraf. Es war ein ziemlich großer Auftritt, fand Karl. Sie kam wie immer durch die Hecke, aber sie sah völlig verwandelt aus. Sie sah aus wie ein Mädchen. Ein sehr, sehr altmodisches Mädchen. Sie trug ein himmelblaues Kleid und schwarze Riemchenschuhe. Außerdem hatte sie sich ein schwarzes Band wie einen Haarreif um den Kopf gebunden. So wirkten ihre Haare überhaupt nicht mehr verwegen, sondern wie eine richtige Frisur und irgendwie merkwürdig niedlich.

»Oh! Da ist ja Frau Tanja! Wie schön!«, rief die Mutter und winkte. Tanja winkte zurück, schüttelte sich den Heckendreck aus dem Haar, klopfte ihr Kleid ab und kam dann mit großen, fröhlichen Schritten auf sie zu. Karl hätte sich nicht gewundert, wenn sie auch noch einen Knicks gemacht hätte, aber das tat sie dann doch nicht. Sie hatte eine größere Plastiktüte dabei, die sie auf dem Tisch abstellte, bevor sie allen nacheinander die Hand gab und sehr gründlich schüttelte. Erst der Mutter – »Frau Tanja! Oh! Sie sehen ja bezaubernd aus! Ganz bezaubernd! Findest du nicht, mein Schatz?«, dann Alexandra, dann Karl. Anschließend setzte sich Tanja und packte raschelnd ihre Tüte aus. »Ich habe euch allen etwas mitgebracht.« Sie legte drei in Geschenkpapier gewickelte Päckchen auf die Tischdecke. Eins war gelb, eins blau und eins pink.

Das blaue Päckchen schob sie Alexandra entgegen. »Oh«, sagte die, als sie es auspackte, »das ist aber sehr schön. Vielen Dank! Hast du das selber gemacht?« Tanja nickte stolz. »Es ist für deine Haare«, sagte sie. Alexandra hielt ihr Geschenk ein

Stückchen von sich weg, um es besser betrachten zu können. Es war eine knallrote Haarkralle aus Plastik, an der verschiedene Dinge befestigt waren: Zwei große weiße Federn, vielleicht von einem Schwan, zeigten indianermäßig nach oben, und als prinzessinnenhaftes Gegengewicht baumelten unten an goldenen Bändern diverse glitzernde Perlen, Knöpfe und Pailletten sowie ein bunt bemaltes Schneckenhaus, an dem noch etwas Dreck klebte. »Es ist perfekt«, sagte Alexandra und reichte das Schmuckstück zur allgemeinen Bewunderung herum, bevor sie es sich an den Hinterkopf klemmte.

Ada wickelte aus dem gelben Papier fünf Fahrradreflektoren aus. Zwei waren rund und rot, zwei rautenförmig und orange und einer oval und weiß. An den Rändern waren alle zusätzlich sehr üppig mit kleinen bunten Glitzersteinen beklebt. Das Ganze sah festlich aus und mexikanisch. »Für deine Räder«, sagte Tanja, »dann glitzert es, wenn du fährst.« Die Mutter klatschte in die Hände und winkte Tanja dann zu sich heran, um sie umarmen zu können. »Wie aufmerksam, Frau Tanja!« Sie verlangte, dass der Schmuck unverzüglich an ihrem Rollstuhl angebracht wurde, und ließ sich im Anschluss von Karl für eine Proberunde durch den Garten schieben, um zu sehen, wie um sie herum die Lichter über das Gras tanzten.

Karls Päckchen war das rosafarbene. Er tastete es zuerst ab, bevor er es auspackte. Es fühlte sich hart an und kühl, zwei gleich große, konische Formen. Schnapsgläser, dachte Karl und wusste nicht, ob er das gut finden sollte. Tanja sah ihm mit schiefgelegtem Kopf und eng gekniffenen Lidern zu. Die Mutter trommelte ungeduldig auf dem Tisch herum. »Na, jetzt mach's doch endlich auf!«, rief Alexandra, und Karl riss das Papier auf. Es war ein altes Opernglas, perlmuttbesetzt und mit silbernem Griff. Als er es an die Augen führte, sah er die Vögel über dem See sehr nah vorbeizucken. Karl richtete das Opernglas auf Tanja, er sah ihre Wimpern flattern, bevor er das Glas senkte. »Das ist toll«, sagte er, »vielen Dank.« Tanja nickte. Und dann musste er sein Geschenk herumreichen, damit die anderen auch hindurchsehen konnten. Sie machten »oh« und »ah«, und dann begannen sie zu tafeln, und es war ein Fest.

Karl teilte Tee und Kuchen aus, lehnte sich zurück und betrachtete verwundert, wie gut sich die drei verstanden. Er musste gar nichts machen, alles ging von selbst. Tanja hatte in dem Ohrensessel am Kopfende Platz genommen, sie hatte ein Bein angezogen, ihren Teller hielt sie in der Hand, und sie aß in großen Bissen von zwei Stück Kuchen auf einmal. »Ist doch gut, dass wir die Kerne dringelassen haben, oder?« Sie blinzelte gegen die Sonne und pustete die Kirschkerne wie kleine Geschosse in die Wiese. »Ja«, bestätigte Alexandra und beeindruckte ebenfalls mit einem fest durch die Lippen gepfefferten Kern. Sie trug ihren neuen Kopfschmuck mit allergrößter Selbstverständlichkeit.

Ada schob ihre Kerne sehr sanft und vorsichtig zwischen den Lippen hervor auf die Kuchengabel und legte sie dann mit einem kleinen, freundlichen Klirren auf dem Tellerrand ab. »Hervorragend! Ganz hervorragend!«, sagte sie. Sie gestikulierte mit ihrer Kuchengabel in Richtung Kirschbaum. »Und das alles? Haben Sie das auch gemacht, Frau Tanja?« Tanja schüttelte den Kopf und zeigte auf Karl. »Aber es hat mit Frau Tanja zu tun, oder nicht?«, fragte die Mutter. »Ja«, sagte Karl. »Ja«, sagte die Mutter, »das sieht man. Sehr schön. Sehr, sehr schön, meine Liebe.« – »Finde ich auch«, sagte Alexandra.

Die Sonne wärmte die Gesichter, der Champagner perlte am Gaumen und in der Nase, die Vögel sangen, die Frauen lachten, und eine angenehme Benommenheit legte sich über Karls Gedanken. Alles war gut. Es war ein Fest, etwa eine Dreiviertelstunde lang.

Die Mutter bemerkte als Erste, dass jemand auf der Terrasse stand. »Wer sind denn diese Leute da, mein Schatz? Was wollen die denn?«

Es waren Mara und Buddy Holly. Sie wollten mit Karl reden. Echt jetzt.

Offenbar hatte Buddy Holly seinen Schlüssel noch. Karl hätte die Schlösser auswechseln lassen sollen. Wieso dachte er nie an so etwas?

Das Erste, was Karl dachte, als er dicht vor Mara stand, war: So sieht sie also aus. Vielleicht hatte sich etwas verschoben, weil sie sich so lange nicht gesehen hatten. Er hätte sie jederzeit aus der Erinnerung zeichnen können, und er hätte keinen Fehler gemacht dabei. Aber trotzdem, trotzdem. In diesem Moment sah sie fremd aus und seltsam.

Karl umarmte Mara, und sie ließ es sich gefallen. Sie roch gut. Sie roch wie immer. »Wenn der Berg nicht zum Propheten kommt«, sagte sie, und Karl nickte. Etwas ziepte im Magen. Vielleicht hatte er sie vermisst.

»Hallo«, sagte Buddy Holly und trat von einem Bein aufs andere. Karl versuchte, ihn nicht zu beachten, und schob Mara sanft in den Salon. Er wollte die Tür schließen, bevor Buddy Holly ihnen hinterherkommen konnte, aber der war heute leider auf Zack, bleckte seine Zähne und schob seinen Fuß in die Tür.

»Wir meinen es gut, Karl«, sagte Buddy Holly. Das *Wir* nahm Karl ihm übel, er versuchte, sich mit Mara darüber zu verständigen, aber sie schien es gar nicht bemerkt zu haben, sie blickte zerstreut im Raum herum und setzte sich schließlich auf das Sofa. Buddy blieb stumm auf dem Teppich stehen, die Hände in den Taschen.

»Weißt du, Karl«, begann Mara, »wir können über alles sprechen.« Sie lächelte. »Aber niemand kann erraten, was du eigentlich willst, wenn du es nicht sagst und einfach in der Versenkung verschwindest.« Buddy Holly stand daneben und nickte blöd. »Warum sollte denn jemand erraten wollen, was ich will?«, fragte Karl. Er hatte das ehrlich gemeint. Aber Mara schloss die Augen, schüttelte den Kopf und lachte böse, und Buddy Holly stand daneben und lachte mit.

»Gut«, sagte Mara und schlug sich mit der flachen Hand auf den Oberschenkel, »dann sage eben ich, was ich will. Ich will, dass du zurückkommst. Ich werde uns nicht aufgeben. Ich will, dass unser Leben weitergeht. Du musst aus deiner Warteschleife raus.« – »Ich muss gar nichts«, sagte Karl. Er hörte selbst, wie fies das klang. Buddy Holly zog blöde die Augenbrauen hinter seiner Brille hoch. Warum stand dieses Arschloch da? »Warum stehst du denn da?«, fragte Karl. »Mara hat mich gebeten mitzukommen.«

Karl konnte jetzt etwas Entschuldigendes in Maras Blick erkennen. »Er hat einen Schlüssel, was hätte ich sonst machen sollen?« – »Klingeln«, sagte Karl. Buddy Holly sah zu Boden.

»Hast du eine Zigarette?«, fragte Mara. Buddy Holly hielt ihr sofort sein volles Päckchen hin, aber Mara wartete geduldig, bis Karl seine Zigaretten gefunden und zwei davon angezündet hatte. Er ließ sich neben sie aufs Sofa fallen, und sie rauchten zusammen. Buddy stand immer noch da, zündete sich eine eigene Zigarette an und sah auch beim Rauchen noch blöde aus, aber das war jetzt egal. Karl nahm Maras Hand, und sie zog sie nicht weg. »Was ist das da draußen?«, fragte sie. Sie deutete mit der Zigarette auf das große Fenster zum Garten. »Eine Teeparty«, sagte Karl. Mara lächelte ein bisschen. »Ja, genau so sieht es auch aus.«

Als sie in den Garten traten, trug Karl links und rechts je einen Stuhl in den Händen. Das war unpraktisch, denn so konnte er Maras Hand nicht halten, und er fragte sich, ob sie Wert darauf gelegt hätte und ob es vielleicht möglich war, beide Stühle unter einen Arm zu klemmen. Aber dafür müsste er jetzt auf halbem Weg stehen bleiben, und Mara würde ihn überholen, und dann wäre es sowieso zu spät. Sie ging neben ihm und lächelte eisern. Buddy folgte ihnen dicht auf den Fersen, er balancierte zwei zusätzliche Gedecke für die Teetafel und zwei Kristallkelche. Geschickt, dachte Karl.

Unten saßen nur noch Alexandra und Ada am Tisch, Tanja war inzwischen aufgestanden, lief auf der Wiese herum, pflückte Pusteblumen und schaute aus sicherer Entfernung zu ihnen herüber.

Alexandra stand auf, wischte sich die Hände an ihrer Serviette ab, lächelte, schüttelte ihre Haare über die Schultern und streckte die Hand für Mara aus. »Es freut mich sehr. Du bist bestimmt Mara. Ich bin Alexandra. Die medizinische Betreuung.«

Mara nahm die Hand nicht. Stattdessen musterte sie Alexandra ausführlich von oben bis unten, lange hielt sie sich dabei an dem Haarschmuck auf. »Medizinische Betreuung! Das ist gut. Und ich bin der Märzhase.« Alexandra lachte. Es klang hell und auch ein bisschen gemein. »Das ist aber auch gut, der Märzhase! Ein Stück Kuchen?« Sie nahm Buddy Holly das Geschirr ab und verteilte es auf der Tischdecke, so dass zwei neue Essplätze entstanden. »Darf ich vorstellen?«, sagte sie. »Ada Stiegenhauer, und das da drüben ist Tanja.«

»Hallo«, sagte Buddy Holly, »ich bin Torben.« Niemand antwortete. Ada sah mit kugelrunden Augen zwischen den beiden anderen Frauen hin und her. »Wie wunderbar!«, rief sie, und Mara lachte scharf. »Ja. Ganz wunderbar.«

Karl merkte, dass er immer noch die Stühle in den Händen hatte, und stellte sie ab. Er spürte seinen Puls viel zu stark hinter den Schläfen. Am liebsten hätte er sich im Bootshaus verkrochen und seine Zehen nach dem Wasser ausgestreckt. Aber er riss sich zusammen und schob Mara einen der Stühle zurecht wie ein Gentleman im Film. Mara nahm Platz, und Alexandra schob ihr ein Stück Torte auf den Teller.

Buddy blieb einen Moment lang unschlüssig stehen, dann setzte er sich auch und hielt Alexandra, blöde mit seinen Adeligenzähnen grinsend, seinen Teller hin, so dass sie ihm auch ein Stück geben musste. »Danke sehr«, sagte er und schob sich mit dem Mittelfinger die Brille zurecht. Absicht, dachte Karl. Er setzte sich ebenfalls, öffnete die nächste Flasche und schenkte Ada und Alexandra nach. »Guten Tag«, sagte die Mutter und prostete Mara zu. »Guten Tag«, sagte Mara. »Was ist das hier? Betreutes Trinken? Dann will ich auch was.« Karl schenkte Mara ein, und sie trank das Glas in großen Zügen aus.

Buddy hielt sein Glas ebenfalls hoch, aber Karl hatte keine Lust, diese Klavierfresse auch noch zu bedienen.

»Wer sind Sie denn, mein Junge?«, fragte Ada, und einen Moment lang dachte Karl, Buddy Holly würde in Tränen ausbrechen. Tat er aber nicht. Der Junge räusperte sich, fand sein grässliches Grinsen wieder, drehte es der Mutter zu und antwortete:

»Wir kennen uns, Ada.« – »Hm«, machte die Mutter, »na, wenn das so ist, dann müssen wir auch anstoßen! Prost!«

Mara lehnte sich in ihrem Stuhl zurück, musterte die Umgebung und reckte ihr schönes Kinn in die Höhe. »Was soll denn das ganze Zeug da im Baum?«, fragte sie. »Aber das sieht man doch«, sagte die Mutter, und als Mara nur den Kopf schüttelte, zeigte sie auf Tanja.

Das Kind stand auf der Wiese und hielt mittlerweile einen großen Strauß Pusteblumen in der Faust. »Warum kommst du denn nicht zu uns?«, fragte Mara. Tanja nickte, sie ging auf Mara zu und hielt ihr den Strauß entgegen. »Für dich«, sagte sie.

»Danke.« Mara hielt den Strauß unschlüssig in der Hand.

»Du musst pusten«, sagte Tanja.

Alexandra nickte.

»Ja, pusten müssen Sie!«, rief die Mutter.

»Ich muss gar nichts«, sagte Mara, dabei sah sie Karl an.

Sie legte den Strauß auf dem Tisch ab und wandte sich wieder Tanja zu. »Was machst du denn eigentlich hier? Du bist doch ein Kind.«

»Ich bin eingeladen«, sagte Tanja. »Ich esse Kuchen. Das war meine Idee.«

Mara ließ ihren Blick in der Runde schweifen,

bevor er auf Karl liegenblieb, als wäre das irgendein Beweis. »Ich möchte mal wissen, was du hier zu suchen hast«, sagte sie, und es blieb unklar, ob sie damit Karl meinte oder Tanja oder sich selbst.

»Ähm, also, wenn ich auch mal was sagen darf«, sagte Buddy, aber niemand reagierte, also sagte er nichts mehr.

Eine Weile saßen sie alle um den Tisch herum, und niemand sprach. Mara trank Champagner und verteilte abschätzige Blicke auf die Kulisse. Die Mutter machte große Augen, als säße sie im Theater. *Nur heute! Live-Open-Air-Show auf unserer Seebühne! Kommen Sie, staunen Sie!* Buddy Holly rutschte auf seinem Stuhl hin und her, Tanja hatte sich ganz in ihrem Sessel verkrochen und aß in kleinen Bissen von ihrem Kuchen wie ein wachsames Eichhörnchen. Am entspanntesten sah Alexandra aus. Sie wirkte fröhlich und amüsiert, und schließlich, als das Schweigen schon unüberwindbar schien, brach sie in lautes Gelächter aus.

Maras Mund und Augen wurden schmal. Sie trank noch ein Glas Champagner und wartete, bis Alexandras Lachen verstummt war. »Wie schön, dass Sie sich amüsieren, das ist ja die Hauptsache. Ich finde es erbärmlich, wie Sie sich hier aufführen. Sie sind immerhin Krankenschwester! Wie können Sie so etwas unterstützen!« Buddy Holly hatte sich in seinem Stuhl aufgerichtet und nickte zu jedem ihrer Worte wie ein glückliches Hündchen.

Alexandra nickte und prostete Mara zu.

»Schlampe!«, zischte Mara und stand auf. Buddy Holly stand auch auf, er schien bereit, sich notfalls für sein Frauchen verprügeln zu lassen. Tanja war ganz im Sessel versunken.

»Wie bitte?«, fragte Alexandra.

»Schlampe«, sagte Mara, und Buddy Holly nickte. Karl hatte dieses Wort noch nie aus Maras Mund gehört.

»Na, na, na, meine Liebe«, sagte die Mutter, »ich muss doch sehr bitten! Das ist aber nicht sehr feministisch!«

Mara schnaubte. Tränen standen ihr in den Augen. Sie tat Karl leid. Er stand auf und ging auf Mara zu, aber sie ballte die Fäuste und schüttelte den Kopf.

Alexandra lachte schon wieder. Sie warf den Kopf in den Nacken, dass die Haare flogen. »Ach so!«, sagte sie. »Nein! Das ist ein Missverständnis. Schauen Sie, *das* ist mein Freund.« Sie kramte in ihrer Tasche, zog ihr Portemonnaie heraus, klappte es auf und hielt es Mara hin, immer noch lachend. Mara sah es sich kurz an und legte es dann auf den Tisch. Karl schielte auf das Foto, aber bevor er etwas Genaueres erkennen konnte, hatte Buddy sich das Portemonnaie geschnappt und musterte das Bild. Er nickte anerkennend, dann reichte er es an Tanja weiter, die es länger in der Hand hielt und ebenfalls nickte, bevor sie es zur Mutter hinüberschob. Ada nahm sich viel Zeit, sie studierte das Bild Millimeter für Millimeter, es dauerte ewig, und dann, endlich, gab sie das Portemonnaie an Karl weiter wie einen Joint.

Auf dem Foto lachte Alexandra in die Kamera, und jemand Blondes küsste sie auf die Wange. Es war der VIP-Telefonarzt.

Als Karl aufsah, ruhte Alexandras Blick auf ihm. Sie sah nicht unfreundlich aus und auch nicht verschämt.

»Ist der nicht verheiratet?«, fragte Karl.

Alexandras Mundwinkel hoben sich, weich, als würde sie ein Kind ansehen. »Stört dich das jetzt etwa, dass er verheiratet ist?«

»Nein«, sagte Karl. »Entschuldige bitte, das war dumm.« Er schwitzte. Vielleicht war er rot geworden. Er schloss das Portemonnaie und gab es Alexandra zurück. Sie nickte und steckte es wieder ein.

»Schlampe«, zischte Mara wieder, diesmal etwas leiser.

Die Mutter hatte es trotzdem gehört. »Contenance, meine Liebe! Contenance und Solidarität«, schmatzte sie zwischen zwei Bissen Torte.

Alexandra hatte sich in ihrem Stuhl zurückgelehnt und lächelte vor sich hin.

Tanja verdrehte die Augen.

Buddy Holly sah immer noch kampfbereit aus.

Mara rieb sich die Augenlider.

Tanja war es, die sich zuerst rührte. Sie stellte ihren Teller ab und räusperte sich. »Vielleicht sollten wir was spielen«, schlug sie vor. »*Ich sehe was, was du nicht siehst* oder so.« Alexandra nickte. Die Mutter klatschte in die Hände. Karl sah Mara an, und ihm wurde ein bisschen schlecht.

Mara hatte einen Blick in Karls Richtung geschossen, und jetzt stürzte sie ihren Champagner hinunter, knallte das leere Glas auf den Tisch und wandte sich Tanja zu. »Siehst du nicht, dass die Erwachsenen sich unterhalten wollen?«

»Aber ihr unterhaltet euch doch gar nicht.«

Mara schüttelte den Kopf und blickte in der Runde umher.

»Du darfst auch anfangen«, sagte Tanja.

»Hör mal«, sagte Mara, »wenn du spielen willst, dann solltest du auf den Spielplatz gehen.«

»Ich sehe was, was ihr nicht seht, und das ist rot!«, rief die Mutter.

Alexandra lachte.

»Ich glaube, Sie sehen so einiges, was wir nicht sehen«, zischte Mara, und diesmal lachte Buddy Holly.

»Hm. Der Kuchen?«, fragte Tanja. »Der rote Kirschkuchen?« – »Nein«, sagte die Mutter.

»Das wird mir jetzt zu blöd!« Mara warf ihre Serviette auf den Tisch. »Sag doch auch mal was, Karl!«

»Echt jetzt!«, sagte Buddy Holly.

»Alexandras Haarspange?«, fragte Karl.

»Nein!«, rief die Mutter und schüttelte fröhlich den Kopf.

»Jetzt darfst du raten«, sagte Tanja zu Mara.

Mara schnaubte. »Karl!«, rief sie.

»Nein!«, lachte die Mutter, und: »Wovon reden Sie überhaupt, meine Liebe?«

Alexandra prustete.

»Mmh, die roten Steinplatten?«, fragte Tanja.

»Das reicht jetzt!« Mara war aufgestanden. »Tanja, ja?«, sagte sie. »Tanja, das ist ein gutgemeinter Rat: Du solltest wirklich gehen, und zwar jetzt.«

»Ich bin eingeladen«, wiederholte Tanja.

Alexandra sah zwischen Tanja und Mara hin und her und lachte schon wieder. Und auf einmal lachte Tanja mit. Sie hatte sich in den Sessel eingekringelt und lachte und lachte, als könnte sie gar nicht mehr aufhören. Karl sah Tanja an und konnte nicht anders, er musste auch lachen, jetzt war sowieso alles egal, er bebte und schüttete sich aus vor Lachen, und es tat gut. Die Mutter lachte auch, die

Lachen mischten sich und schwirrten wie Sommermücken um die Köpfe, und Mara schlug mit der flachen Hand auf den Tisch, und Buddy Holly zog die Brauen hinter seiner Brille zusammen. Aber sie konnten nicht aufhören, sie prusteten und kicherten. Karl gab sich Mühe, wirklich, aber sobald sich jemand fing, bebte das Lachen an anderer Stelle wieder auf, es war, als versuche man, überkochende Milch mit einem Deckel im Topf zu halten, keine Chance.

»Entschuldigung«, hustete Karl, und Tanja kicherte, und Mara schlug noch einmal laut auf den Tisch, dass das Geschirr schepperte. Die Mutter lachte unbeirrt weiter.

Mara stand auf, ging zu Tanja im Sessel hinüber und hockte sich vor sie hin. Tanja gluckste noch immer.

Karl aber hatte Maras Blick gesehen. Er stellte sich hinter Tanjas Sessel, hielt die Lehne fest und sagte: »Lass sie in Ruhe, sie kann nichts dafür.«

»Sag du mir nicht, was ich machen soll!« Maras Blick war eisern. »Tanja«, fuhr sie fort, jetzt klang sie ganz milde. »Tanja, ich sag dir jetzt mal was: Das hier, das ist nicht gut für dich.«

Tanja kicherte und sah von einem zum anderen.

»Weißt du – nein, hör mir doch mal zu!«

Die anderen lachten nicht mehr und nippten leise

an ihren Getränken. Karl hielt die Lehne fest und schüttelte den Kopf. Aber Mara sah ihn nicht an.

»Du musst – hallo, hör mir mal zu – du musst damit aufhören. Du kannst nicht mit Erwachsenen befreundet sein.«

Tanja zuckte mit den Schultern, stand auf, ging um den Tisch herum und klaubte ihre Pusteblumen wieder zu einem Strauß zusammen. Sie drehte sich zu Mara um, die mittlerweile in Tanjas Sessel Platz genommen hatte. Das Kind ging auf Mara zu, sah ihr ziemlich tapfer ins Gesicht, wie Karl fand, und hielt ihr den Strauß hin. »Der war für dich. Du kannst immer noch pusten, wenn du willst.«

Alle Augen lagen jetzt auf Mara.

Mara seufzte, schüttelte den Kopf, dann nahm sie den Strauß und blies Tanja die Samen mit voller Kraft direkt ins Gesicht. »Zufrieden?«, fragte sie, während Tanja nach Luft schnappte. »Und jetzt? Sollen wir jetzt alle in dein Freundebuch schreiben? Hobbys, Lieblingstier, Lieblingsessen?«

Zuerst zog Tanja nur die Nase kraus und kniff die Augen zusammen, Karl hoffte noch, dass es nur an den Pusteblumensamen lag, aber da brach es schon los, Tanja begann zu weinen, zu schluchzen, und die Nase lief. Einen Moment lang stand sie noch da. Einen Moment lang sah sie Karl an. Sie wartete. Aber bevor er reagieren konnte, rannte sie schon los, kroch durch ihr Loch in der Hecke und war verschwunden.

»Da waren's nur noch fünf«, sagte Mara.

»Das sagt man nicht!«, antwortete die Mutter.

Karl schluckte, wandte sich ab und biss die Zähne zusammen. Etwa zehn Sekunden lang fiel kein Wort mehr.

»Was?«, rief Mara dann. »So schlimm war das jetzt auch nicht, dass sie gleich heulen muss. Und es ist wichtig, die Dinge beim Namen zu nennen. Offenbar bin ich die Einzige, die das hier tut.« Sie griff Karl an der Schulter und führte ihn zurück an den Tisch. Er ließ sich auf seinen Stuhl fallen und betrachtete die Tischdecke. Er hatte große Lust, sie wie bei einem Zaubertrick mit einem Ruck unter dem Geschirr hervorzuziehen.

»Wenn man erst mal einen Namen hat, ist es ganz egal, wie man heißt. Der echte Ausdruck macht die klare Idee. Sobald man nur die rechten Namen hat, so hat man die Ideen mit. Gute Werke haben keinen Namen«, säuselte die Mutter und hielt Karl ihr leeres Glas hin. Er ließ die Tischdecke los und schenkte ihr nach.

»Meinst du nicht, dass sie genug hat?«, fragte Mara.

»Keine Ahnung«, sagte Karl, »ist es genug, was meinst du, oder sollen wir alle noch was trinken?«

Er nahm einen großen Schluck direkt aus der Flasche und sah Mara dabei an.

Mara seufzte und wandte sich an Alexandra: »Und Sie, haben Sie auch keine Ahnung? Wie können Sie das zulassen?«

»Keine Sorge«, sagte Alexandra, »ich habe alles im Griff. – Und *ich* bin auch nicht betrunken.«

»Jetzt werden Sie mal nicht unverschämt!«, bellte Buddy Holly.

»Wer sind Sie denn?«, fragte die Mutter.

Alexandra war aufgestanden und hatte die Hände schon an Adas Rollstuhl. »Wir gehen jetzt auch«, sagte sie. Karl nickte. »Ich bringe euch noch raus.«

Sie gingen nebeneinander her, ohne ein Wort und ohne sich anzusehen. Im Flur blieben sie stehen. »Mein Lippenstift«, sagte die Mutter.

»Was?«, fragte Karl.

»Das Rot, das ihr nicht gesehen habt! Das war mein Lippenstift!«

»Aber den siehst du doch selber nicht«, sagte Karl.

Die Mutter nickte und strahlte ihn an. »Ja. Das ist der Trick.«

Karl küsste seine Mutter auf die Stirn.

In der Tür drehte Alexandra sich noch einmal um. »Du hättest die Kleine verteidigen müssen.«

»Ich weiß«, sagte Karl.

Kornblumenblau

Dieses bebrillte Hündchen hörte wohl ab sofort nur noch auf sein neu erkorenes Frauchen. Karl hatte zweimal schon überdeutlich »Bitte, geh jetzt« gesagt, aber Buddy Holly hatte nicht reagiert und nur Mara angeschaut, unverwandt und treu mit durch die Brille noch vergrößerten Hundeaugen. Es fehlte nur noch, dass er mit offenem Maul hechelte. »Ist das was Sexuelles?«, fragte Karl. »Hä?«, machte Buddy Holly. Mara immerhin lachte.

Letztendlich übernahm sie es, Buddy Holly wegzuschicken. Sie legte ihm die Hand auf die Schulter, lächelte sanft in seine verglasten Kulleraugen hinein und sagte: »Danke, ich komme jetzt klar.« Das reichte, damit Buddy sich trollte. »Ja, fein«, rief Karl ihm noch hinterher, und Mara lachte noch einmal. Vielleicht war sie ja wieder auf seiner Seite. Vielleicht war sie aber auch nur betrunken.

Sie saßen Arm in Arm auf dem Sofa, tranken den letzten Champagner direkt aus der Flasche, küssten sich, rauchten und sahen dem bunten Himmel in der Dämmerung beim Aufweichen zu.

Karl war überrascht, dass Mara über Nacht blieb. Sie kroch sogar zu ihm in seine Betthöhle, und während sie mit ihm schlief, klimperte sie an den Betthöhlendingen herum und sah aus wie eine Königin in einem schwankenden, funkelnden Palast.

Am Morgen stellte sie Karl ein Ultimatum: »Vier Wochen«, sagte sie. »Ich erwarte, dass du die Sache hier in vier Wochen geregelt hast. Das ist mehr als genug. Ich habe mit dem Krankenhaus gesprochen, es ist kein Problem, deine Mutter nach Berlin zu verlegen. Die Details musst du mit denen besprechen, mit mir reden die nur über hypothetische Fälle. Aber sie haben mir versichert, dass es kein Problem wäre. Wenn es also wirklich darum geht, wenn es wirklich das ist, dann lässt sich das lösen. Hörst du? Ich will dich zurück. Ich gebe dich nicht auf. Aber ich werde nicht mehr hierherkommen. Nie wieder. Verstehst du das? Das hier ist nicht gut. Ich erwarte, dass du zurückkommst. Vier Wochen.« Karl nickte.

»Vergiss mich nicht«, sagte sie beim Abschied. Karl nickte. Als sie sich küssten, dachte er: Das ist der letzte Kuss.

Der blonde Fotokussarzt war wirklich wahnsinnig hilfsbereit. Er rief gleich am nächsten Tag an.

Von sich aus. Wie bestellt. Er könne da einen ganz ausgezeichneten Kollegen empfehlen, eine wirklich erstklassige Klinik, schön ruhig gelegen in Zehlendorf, das wäre bestimmt das Richtige. Sogar ein See sei in der Nähe, da würde Frau Stiegenhauer sich bestimmt bald heimisch fühlen. Gern könne er alles organisieren.

»Nein danke«, sagte Karl.

»Wie?« Das Goldlöckchen verstand nicht. Er habe angenommen, nun, da ja auch Frau Schlüter, also Mara ... Und sei das nicht das Beste für alle Beteiligten?

»Nein danke«, sagte Karl, »ich bleibe hier.«

Es ging ihm gut mit seinem Entschluss. Er misstraute sich selbst deswegen, aber es fühlte sich richtig an. Karl wollte nicht weg. Er wollte seine Mutter im Atelier lachen sehen, auch wenn es geschummelt war. Er wollte hierhergehören. Das hatte er schon immer gewollt.

Er wollte dem merkwürdigen Kind beim Wachsen zusehen und ihm absurdes Zeug in den Baum hängen. Seit Tanja in Tränen durch die Hecke verschwunden war, hatte er nichts mehr von ihr gehört. Er musste sie unbedingt um Entschuldigung bitten.

Drei Tage lang wartete Karl, dann wurde er unruhig. Tanja ließ sich nicht blicken. Kein Zeichen, nichts. Er schlich durch den Garten, um den

Kirschbaum herum, er sah sogar unter den Platten der Steinkontinente nach, ob Tanja dort etwas für ihn versteckt hatte. Aber alles sah ganz merkwürdig unberührt aus, nur die Eidechsen lagen in der Sonne und flohen vor Karls Schatten, und das beunruhigte ihn. Er musste Tanja suchen.

Die Stadt lag leer und müde in der Nachmittagssonne. Es waren kaum Menschen unterwegs, vereinzelt kreuzten Rentner mit Hunden seinen Weg, dann eine junge Mutter mit Kinderwagen, ein Pärchen, ein Jogger. Tanja war nirgendwo zu entdecken.

Auf dem Rathausplatz war sie nicht, in der Fußgängerzone war sie nicht und auch am Sportplatz nicht. Karl ging die Runde dreimal, aber keine Spur von ihr. Er ging den Uferweg bei den *Seeterrassen* entlang: keine Tanja. Er ging an beiden Kirchen, an der Schule und am Spielplatz vorbei: nichts. Keine Tanja und auch sonst fast keine Kinder, an diesem Tag nicht und auch am nächsten nicht.

Nachts wälzte Karl sich in seiner Betthöhle hin und her und machte sich Vorwürfe. Er zählte die baumelnden Glitzerdinge, die Schneckenhäuser, Plastikknöpfe und Federn, er stieß sie an, so dass sie über ihm tanzten, und beruhigte sich mit dem Gedanken, dass Tanja ihn vermutlich im Auge hatte, dass sie ihn beobachtete und auf ein Zeichen wartete. Eine große Entschuldigungsgeste, damit sie zurückkommen konnte. Mit diesem Gedanken schlief er ein.

Am nächsten Tag im Baumarkt konnte er es nicht lassen, sich die Abschleppseile anzusehen. Es hätte auch blaue gegeben. Kornblumenblau. Wie konnte denn einer dieses Drecksorange wählen, wenn es so ein Blau gab? Die blauen waren sogar günstiger. Karl blieb eine Weile vor dem Regal stehen, dann riss er sich los. Deswegen war er nicht hier. Er hatte eine Liste. Er hatte alles abgemessen und ausgerechnet. Er brauchte Kanthölzer und Bodenbretter. Er hatte einen Plan.

Er hatte Skizzen gemacht und zwei Tage lang darin herumradiert, und jetzt freute er sich voller Ungeduld auf das Material zwischen den Händen beim Arbeiten. In der Holzabteilung blieb er stehen und sog den Duft ein.

Die Vorfreude war wahrscheinlich das Beste. Denn natürlich würde alles viel mühsamer und komplizierter werden und viel länger dauern als geplant. Das war immer so, und Karl wusste das jetzt schon, als er den Einkaufswagen durch die Gänge schob. Aber das änderte nichts, er freute sich trotzdem. Er würde das Bootshaus umbauen und es Tanja schenken.

Das Bootshaus war wirklich das allerbeste Versteck von allen gewesen, als Karl noch klein gewesen war. Man konnte dort ganze Tage verbringen. Man konnte am Rand der Planken sitzen, Kekse essen und versuchen, mit den Zehenspitzen das Wasser zu erreichen.

Im Bootshaus war es ein bisschen gefährlich, das hatte Karl immer besonders gemocht. Man musste aufpassen, nicht ins Wasser zu fallen. Das Segelboot schaukelte unter einer Plane, man musste sich auf den Holzbohlen darum herumdrücken, überall lagen Seile und andere Stolperfallen. Karl war oft zwischen den festen Bohlen und dem schwankenden Boot hin- und hergesprungen und hatte sich mutig gefühlt dabei. Beim Gedanken, Tanja dieser Gefahr auszusetzen, war ihm allerdings mulmig geworden. Es war genug, wenn sie auf Bäumen und Dachrinnen herumkletterte.

Er würde eine stabile Plattform bauen, damit das Kind nicht ins Wasser fallen konnte und mehr Platz hatte. Er würde das Boot außen am Steg vertäuen, sollte es doch nass werden, dafür war es ja schließlich da. Tanja sollte einen Raum nur für sich haben und einen Schlüssel dazu.

Letztendlich brauchte Karl fünf Tage für den Umbau und nicht zwei, wie er geplant hatte. Er musste in drei verschiedene Geschäfte fahren, um die richtigen Schrauben aufzutreiben, und er musste die Kanthölzer selbst neu zusägen, weil die Idioten mit den roten Betriebsbaseballkappen im Baumarkt seine Handschrift falsch gelesen hatten.

Im Bootshaus war zu wenig Platz, um sich beim Bauen zwischen dem Holz und dem Werkzeug bequem zu bewegen. Karl tat der Rücken weh, und er fluchte viel, aber er hatte gute Laune. Der See plätscherte, die Amseln machten Amselgeräusche, und der Wind ließ das Schilf rauschen.

Siebenmal stieß er sich den Kopf, einmal fiel er ins Wasser, und neunmal musste er sich Holzsplitter aus der Hand ziehen. Einmal schob er die Mutter durch den Garten, damit sie ihm an ihrem Besuchstag bei der Arbeit zusehen konnte. Zweimal traf er mit dem Hammer den eigenen Daumen. Dann war er endlich fertig und fegte das Häuschen aus.

Er holte einen kleinen, bunten, gewebten Teppich aus der Villa, einen Stuhl und noch einen Hocker, den Tanja auch als Tischchen würde benutzen können, und trug alles ins Bootshaus. Er schob die Sachen zurecht, bis es richtig aussah. Dann holte er noch verschiedene Kissen, drei leere Weinkisten als Regal, ein bisschen Geschirr und Besteck, eine Decke, eine kleine Taschenlampe, eine große Taschenlampe, Batterien zum Wechseln, Stifte, Papier und ein Taschenmesser. Außerdem zwei Packungen Kekse, drei Flaschen Mineralwasser und drei

Flaschen Saft, fünf Äpfel und eine Packung Müsliriegel und ein kleines Radio. Er pflückte Blumen und stellte sie in einem Wasserglas auf den Tischhocker. Mehr fiel ihm nicht ein, also war es gut so.

Karl setzte sich auf den Bootssteg in die Sonne und rauchte. Er war sich sicher, dass Tanja kommen würde, und er genoss es, auf sie zu warten. Zwei Schwäne kamen von links geräuschvoll angeflogen und landeten spektakulär auf dem Wasser. Weiter hinten blähten sich zwei Segel im Wind, und im Schilf rauschte und summte es.

Karl saß da und wartete. Es wurde dämmrig, es wurde dunkel, es wurde kalt, aber Tanja kam nicht, und schließlich kroch Karl verwirrt und enttäuscht zurück in die Villa. Wie hatte er so sicher sein können?

Stahlgrau

Beim ersten Mal hatte sich sein Magen umgestülpt und das Universum gleich mit. Aber jetzt war da gar nichts. Karl stand fest auf dem Linoleum, hielt einen Strauß blauer Hortensien und fühlte nichts. »Okay«, sagte er und ließ den Strauß nicht fallen.

Er versuchte, sich zu erinnern, was seine Mutter als Letztes zu ihm gesagt hatte, was er zu ihr gesagt hatte. Es fiel ihm nicht ein. Sie hatte ihm beim Bauen zugesehen, und dann? Er hatte sie zurückgefahren, aber worüber hatten sie gesprochen? Es war doch noch nicht lange her. Gestern oder vorgestern? Er konnte sich nicht erinnern.

August, mein Schatz. Ada. Mutter. Mama.

»Es tut mir leid«, sagte der entsetzliche Blondarzt. »Ich wollte Sie anrufen, aber ich habe Sie nicht erreicht.«

Herzstillstand. Im Schlaf. Sie habe nicht gelitten. Es tue ihm wirklich, ganz aufrichtig –

»Kann ich sie sehen?«, fragte Karl.

Die Leiche sah aus, als sei sie eine schlechte Doppelgängerin von Ada Stiegenhauer, ein Double oder vielleicht eine Wachspuppe. Blass und die Nase viel zu klein und viel zu spitz.

Sie hatten ihr die Augen geschlossen und die Hände gefaltet. Wieso, bitte, hatten sie ihr die Hände gefaltet? »Wieso?«, fagte Karl, und der Arzt legte ihm seine Arzthand auf die Schulter. Sogar die Haare auf seinem Handrücken waren blond. Arzthandrückenhaare. »Lassen Sie das«, sagte Karl. Der Arzt zog die Hand zurück.

Karl trat ans Bett, legte endlich die Blumen ab und berührte Adas Wange, Adas Nase, Adas Kinn, die Lippen. Die Haut war viel zu weich und viel zu kalt.

Wieso war ihm nicht schlecht?

Hinter ihm klackten schnelle Schritte in den Raum, es war Alexandra, sie lief an ihrem blonden Arzt vorbei, stürzte auf Karl zu und umarmte ihn. »Ich konnte dich nicht erreichen.«

Der Arzt blieb noch einen Moment lang unschlüssig stehen. Das habe er dem Herrn Stiegenhauer auch schon gesagt. Dann murmelte er noch irgendwas, und dann schlich er sich endlich hinaus.

»Kannst du mir helfen?«, fragte Karl. »Klar«, sagte Alexandra.

Es war kompliziert, aber machbar. Nach Gesprächen mit dem Klinikpersonal, den Heimkehrmännern, dem Pfarrer und dem Küster, bei denen Karl jeweils mehrere größere Scheine über den Tisch geschoben hatte, nach dem Versprechen, darüber hinaus sowohl der St.-Annen-Kirchengemeinde Leinsee als auch dem Krankenhaus eine beträchtliche Spende aus dem Stiegenhauer'schen Nachlass zukommen zu lassen, und nachdem Alexandra den ganzen Heimkehr-, Klinik- und Kirchenleuten vertrauenerweckend zugeredet und zugenickt hatte, waren alle überzeugt und motiviert und versprachen höchste Diskretion.

»Ich will nichts davon in der Zeitung lesen, ich will nicht, dass Fotografen vor meinem Haus stehen, und ich will nicht, dass irgendein Kamerateam über den Friedhof trampelt«, sagte Karl. »Selbstverständlich«, sagten die Ärzte. »Selbstverständlich«, sagten die Heimkehrmänner. »Selbstverständlich«, sagte der Pfarrer, und alle legten ihm ihre Hände auf die Schulter. »Wenn es denn der ausdrückliche Wunsch Ihrer Eltern war«, sagte der Pfarrer. »Gottweiß«, sagte Karl.

Karl war natürlich klar, dass es nur eine Frage der Zeit war, bis irgendwer diese Story verkaufen und sich wieder eine Pressetraube in seiner Einfahrt bilden würde. *Ada und August: Im Tode vereint!*

Aber wenn sich alle beeilten, reichten schon ein oder zwei Tage Vorsprung.

Am übernächsten Morgen konnte er die Urne abholen. Ein hässliches Gefäß aus gebürstetem dunkelgrauem Stahl. Die Urne stand auf dem Schreibtisch im Büro des Pfarrers. Sagte man Büro bei einem Pfarrer? Oder gab es dafür ein Extrawort?

Der Schreibtisch war aus orangefarbenem Holz. Klarlackiert. Auf der einen Seite der Pfarrer, auf der anderen Seite Karl.

Zwischen ihnen das Stahlding.

Zum ersten Mal schaute sich Karl den Pfarrer genauer an. Er war vielleicht fünfzig Jahre alt, im dunkelbraunen Bart zeigten sich erste graue Haare. Er sah nicht unsympathisch aus in seinen privaten Sachen. Der Talar hing an einem Haken an der Wand des Büros. Sagte man Sakristei?

Zwischen ihnen das Stahlding.

Karl wollte die Urne nicht anfassen.

»Und da sind jetzt beide drin?«

»Wie Sie es sich gewünscht haben.«

Der Vater war ganz diskret exhumiert worden, nachts, als der Friedhof geschlossen gewesen war. Früh am Morgen waren beide Körper eingeäschert worden. Das Grab sah wieder aus wie vorher, wie unberührt. Sobald Karl die Freigabe dafür gab, würde dem Grabstein der Name der Mutter hinzugefügt werden.

»Aber lassen Sie sich Zeit«, sagte der Pfarrer.

Karl wollte die Urne nicht anfassen.

»Das geht nicht«, sagte er.

Der Pfarrer antwortete lange nichts. Dann sagte er: »Ich finde, Sie sollten mehr Vertrauen zu sich selbst haben.«

Karl schüttelte den Kopf. »Das meine ich nicht. Ich kann nicht mit diesem Ding unterm Arm hier rausgehen. Das ist zu auffällig.«

Der Pfarrer nickte, kratzte sich am Kopf und wühlte sich dann durch seine Schubladen. Es raschelte. »Ich habe sonst nur eine Plastiktüte.«

Die Plastiktüte war durchsichtig. Die Überreste seiner Eltern wurden sichtbar darin, und sie sahen ganz anders aus, als Karl erwartet hätte. Die Menge der Asche kam ihm erstaunlich wenig vor für zwei erwachsene Menschen. Vor allem aber fühlte sie sich durch das Plastik hindurch sehr merkwürdig an. Nicht wie Staub oder Mehl, sondern hart, wie lauter kleine Steinchen.

»Das sind Knochenreste«, sagte der Pfarrer, »die Knochen verbrennen nicht so gut, deswegen werden sie zermahlen.« Karl kam es vor, als lächle der Pfarrer.

»Im Krankenhaus, die Leiche«, sagte Karl, »die hat auch schon gar nicht mehr so richtig ausgesehen wie meine Mutter.« – »Ja«, sagte der Pfarrer, »das ist doch tröstlich, nicht?«

Wolkengrau

Karl hatte das Segeln nicht auf dem Leinsee gelernt, sondern auf dem Wannsee. Vielleicht aus Trotz. Vielleicht aus demselben Trotz heraus, aus dem er sich an der Universität der Künste beworben hatte. Als sie ihn dort angenommen hatten, hatten ihm nicht nur die Kurse, die langen Flure, die Partys, Ateliers, Kontakte und das Prestige offengestanden, sondern auch das Unisportangebot. Billiger konnte man einen Segelschein nicht bekommen.

Oft genutzt hatte Karl den Schein allerdings nicht. Zwei- oder dreimal waren sie mit Gramischs Boot rausgefahren, aber da hatte der selbst gelenkt, ab und zu hatte Karl einen Handgriff auf Zuruf ausgeführt, und das war's.

Als er jetzt die Plane vom Boot zog, war er sich unsicher, ob er das noch konnte, so ganz allein. Vorsichtig fuhr er mit der Hand über das Holz. »Hallo«, sagte Karl. Das Boot schaukelte sanft zur Begrüßung.

Karl schloss die Augen und drehte sein Gesicht

in den Wind. Es war ein guter Wind, nicht zu viel und nicht zu wenig. Der Himmel trug ein angemessenes Grau, bedeckt, aber nicht depressiv, darunter glitten tief die Schwalben, und es nieselte ein bisschen.

Karl nahm seine Plastiktüte und sprang an Bord. Im schlimmsten Fall würde er ins Wasser fallen, dann würde er eben schwimmen.

Aber es ging erstaunlich gut, das Segel ließ sich leicht aufziehen, die Seile, das Steuer, alles lag ihm selbstverständlich in der Hand, und gemächlich glitt er auf den See hinaus. Das hätte er schon früher machen sollen, dachte Karl, als das Ufer sich mitsamt Garten und Villa entfernte. Es war ein anderer Blick als beim Schwimmen.

Auf dem ganzen See war kein zweites Boot unterwegs. Der Nieselregen benetzte angenehm die Haut, er war wärmer als das Seewasser. Vom Ufer drangen kaum Geräusche herüber, ab und zu ein Auto, sonst nur der Wind und das Wasser, denn die Schwalben über ihm bewegten sich lautlos. Die Schwalben hatte Karl immer gemocht.

In der Mitte des Sees holte Karl das Segel ein. Er warf den Anker und zog Tanjas Opernglas aus der Tasche. Garten, Villa und Bootshaus waren noch da. Aber ohne Kind. Karl steckte das Opernglas wieder ein, legte sich auf den Rücken und ließ sich vom Schaukeln der Wellen ein bisschen hin und her wiegen. Niemand sah ihn. Er war allein.

Im Liegen griff er nach der Plastiktüte. Durch die durchsichtige Folie versuchte er, in der Asche Strukturen zu erkennen. Vielleicht hätte er die Heimkehrleute bitten sollen, die Asche noch nicht zu vermischen.

Er setzte sich auf und öffnete die Tüte. Vorsichtig griff er hinein, zuerst tastete er sich nur mit dem Zeigefinger vor, er zuckte nicht zurück, als er auf die Asche traf. Kleine, harte Teilchen. Knochenreste, dachte Karl, und steckte einen zweiten Finger in die Asche und dann die ganze Hand. Als er sie herauszog, klebten kleine graue Stückchen an seiner Haut. Knochenreste. Karl tauchte die Hand ins Wasser und sah zu, wie die Stückchen sich lösten und davontrieben, bis sie ganz verschwunden waren.

Dann kippte Karl die Tüte aus. Die Asche verteilte sich zuerst hell an der Oberfläche des Wassers, die Stückchen formten eine Wolke, die einige Augenblicke als Struktur zusammenhielt. Dann sanken schwerere Teilchen nach unten, leichtere trieben davon. Es ging erstaunlich schnell. Nach vielleicht zwei Minuten war nichts mehr zu sehen.

Im Boot lag noch die leere Tüte. Karl tauchte sie ins Wasser, er wollte sie ausspülen, er wollte sicher sein, dass keine Reste darin zurückblieben. Aber wie konnte er da sicher sein, manche Teilchen waren ja winzig, kleinste Staubkörnchen, mikroskopisch, irgendwas blieb immer zurück, also ließ er die Tüte los und sah zu, wie sie noch einige Zeit quallenartig an der Oberfläche trieb, bevor auch sie sich in Richtung Grund verabschiedete.

Die nächsten Tage verschwammen zu einem einzigen Regen. Es regnete und regnete, und Karl hatte nichts zu tun, außer zu warten. Er ging im Salon hinter dem Fenster auf und ab und zählte die Stunden, zählte die Tage. Tanja kam nicht.

Er spähte mit dem Opernglas durch das Fenster, aber es nützte nichts. Am übernächsten Tag kam sie nicht und am Tag darauf nicht und auch am nächsten Tag nicht. Vielleicht wollte sie ihn bestrafen. Karl schlich durch den Garten, um das Bootshaus herum, er wechselte erst das Wasser in der Vase und dann die Blumen.

Tanja kam nicht.

Er ging die Wege in Leinsee ab, die Stadt war tot und verändert, keine Tanja und auch sonst kaum Menschen in diesem Regen.

Schließlich gab Karl es auf, trottete mit hängenden Eingeweiden ins Bootshaus zurück, rückte die Einrichtung zurecht und legte den Kopf in die Hände. Tanja war weg, sie würde nicht zurückkommen, und er war selbst schuld. Er hätte sie verteidigen müssen, und er hatte es nicht getan. Von allen Fehlern, die er gemacht hatte, schien ihm das auf einmal der schlimmste zu sein, von allen Problemen das schwerste und von allen Traurigkeiten die tiefste. Das war natürlich völlig absurd, nüchtern betrachtet, aber Karl fühlte sich nicht nüchtern, Karl fühlte sich falsch und durchsichtig.

Er lief unruhig durch die Villa, besah sich die Einrichtung, auf dem Regal lag noch das Daumenkino, das er nach der Beerdigung des Vaters gemacht hatte. Karl blätterte es durch und sah der roten Silhouette beim Tanzen zu. Auf jedem Bild fehlte ein anderer Teil der Karlfigur.

Tanja war weg. Die Mutter war tot. Was wollte er noch hier?

Schaumstoffgelb

Ada Stiegenhauer

ist tot.

25. März 1948–31. August 2005

Die Trauerfeier ist vorbei. Es gibt nichts zu sehen.

Wenn Buddy Holly die Augenbrauen zusammenzog, verschwanden sie komplett hinter dem Rand seiner Brille. Das sah lustig aus, beinahe sympathisch. Wenn er wütend war, konnte man ihn vielleicht sogar gernhaben, dachte Karl und lächelte ihn an. »Setz dich doch«, sagte er, und Buddy Holly setzte sich. »Willst du ein Bier?«

Buddy Holly sah verwirrt aus ob des Lächelns und des Bieres. Er schob sich die Brille zurecht, als würde er Anlauf nehmen, und sah sich im Salon um. »Viel passiert«, sagte er.

Vielleicht dachte er, Karl sei versöhnlich gestimmt. Buddy prostete Karl zu und nahm einen

Schluck. Karl setzte sich in den Sessel und trank ebenfalls.

Buddy räusperte sich. »Mensch, Karl, also echt jetzt«, sagte er, »das hätten Ada und August doch nicht gewollt! Du hättest mir Bescheid sagen müssen! Ich habe es aus der Zeitung erfahren. Aus der Zeitung! Hast du mal darüber nachgedacht, wie ich mich dabei fühle?«

»Nein«, sagte Karl, »darüber habe ich nicht nachgedacht.«

»Ja, sorry«, sagte Buddy, »sie war ja *deine* Mutter. Aber trotzdem. Echt jetzt, Karl!«

»Was, echt jetzt?«

»Also, ich meine, du kannst mich doch nicht einfach so total ausbooten, nach all den Jahren! Nach allem, was ich gemacht habe! Du brauchst doch jetzt jemanden, der das alles hier in Adas und Augusts Sinne verwaltet.« Große Geste durch den Raum. »Niemand kennt sich mit den Harzplastiken so gut aus wie ich. Niemand kannte Ada und August so gut wie ich.«

»Erzähl du mir nichts über meine Eltern«, sagte Karl, und Buddy ließ den Kopf sinken. »Das ist ungerecht«, flüsterte er, »das hätten sie nicht gewollt.«

Damit hatte Buddy Holly natürlich recht, zumindest, was August Stiegenhauer betraf. Der

Abschiedsbrief des Vaters war eindeutig gewesen. Andererseits: Er hatte ihn an Karl adressiert. Dem Vater musste klar gewesen sein, dass Karl damit machen würde, was er wollte.

»Meine Mutter hat zum Schluss nicht mal mehr gewusst, wer du bist«, sagte Karl.

»Hat sie denn gewusst, wer du bist?« Guter Punkt. Buddy Holly saß auf einmal sehr aufrecht da. Karl zuckte mit den Schultern. Das Ganze dauerte ihm schon entschieden zu lange. Warum diskutierte er überhaupt mit diesem Polohemd?

»Ich verstehe ja, dass du involviert sein willst«, sagte Buddy, »ich finde das ja gut, echt, aber du musst doch einsehen, dass das nicht im Sinne deiner Eltern wäre. Sie hätten bestimmt gewollt, dass wir miteinander auskommen.«

Jetzt musste Karl lachen.

»Ehrlich gesagt«, sagte Buddy, »ich mach mir auch total Sorgen um dich. Echt jetzt. Was hast du denn jetzt vor? Mit dem Stiegenhauerwerk, meine ich.«

»Ich weiß noch nicht«, sagte Karl, »ehrlich, keine Ahnung.«

»So kommen wir doch nicht weiter«, jammerte Buddy. Er zappelte auf dem Sofa hin und her.

»Nein«, sagte Karl, »aber ich will ja auch nicht weiterkommen, ich will dich ja loswerden. Ich wollte dir nur deine Sachen zurückgeben, bevor ich hier alles abschließe.«

Als sie schon in der Tür standen, sagte Buddy Holly: »Dann lass mir wenigstens das Auto.«

»Herr Stiegenhauer!«, rief es hinterm Zaun, jetzt war die Pressemeute also da.

»Das Schiff?«, fragte Karl. Buddy Holly nickte.

»Das Schiff kann ich dir nicht lassen, das hat emotionale Gründe.« – »Weißt du, Karl«, sagte Buddy Holly und nahm die Brille ab, um sie zu putzen, »weißt du, ich glaube, es geht dir gar nicht um die Sache. Ich glaube, du willst hier nur alles abstauben!«

»Meine Liebe ist größer als ein Cadillac«, sagte Karl. Buddy Holly lachte nicht. Er setzte seine Brille auf, ging zur Tür hinaus und dann die Einfahrt hinunter, mit seinem Koffer und den Plastiktüten, der Kies knirschte unter seinen Sohlen, ein schönes Geräusch, fand Karl, und dann öffnete Buddy das Tor und schloss es wieder hinter sich. Durchs Gitter konnte Karl eine Kamera und ein Mikrophon mit gelbem Schaumstoffaufsatz erkennen. Buddy Holly gab ein Interview.

Erstehilferot

Als Karl das Tor hinter sich schloss, hatte er einen Gedanken wie in Leuchtschrift: Er war mit sich im Reinen, er tat das Richtige, alles war in Ordnung.

Er hatte Alexandra zum Abschied geküsst. »Soll ich dich anrufen?«, hatte er gefragt. Sie hatte den Kopf geschüttelt. »Nee, mach du mal, was du machen musst. Und ich mach, was ich machen muss.« Dazu hatte sie ihn freundlich in den Oberarm geboxt, und dann war sie gegangen. Ganz einfach, kein Umdrehen. Keine Träne, nur ein leichtes Ziepen in der Brustgegend. Es tat weh, aber es ließ sich wegatmen.

Für die Villa und das Grundstück hatte Karl eine Wachschutzfirma mit dem vertrauenerweckenden Namen *Cerberus* beauftragt. Der Chef hatte einen pragmatischen und angenehm uninteressierten Eindruck gemacht und sofort zwei Leute vorbeigeschickt, die ein paar Kameras installiert hatten und auch ansonsten alles im Griff zu haben schienen. Vielleicht war die Pressemeute in der Einfahrt deswegen verschwunden. Vielleicht hatten die sich auch vom letzten Mal gemerkt, dass mit ihm nicht zu reden war, und sie versuchten ihr Glück bei Buddy Holly oder auf dem Friedhof oder sonst wo.

Die Cerberusmänner tippten sich an die Mützen, und Karl nickte ihnen zu. »Das mit dem Garten und mit dem Bootshaus ist klar?«, fragte Karl. »Ist klar, Chef«, antwortete der Kleinere der beiden, »braunhaariges, struppiges Gör ja, alles andere nein.«

Im Vertrag mit der Wachschutzfirma stand hochoffiziell, dass der Kirschbaum mit den Kirschbaumdingen und die Steinkontinente nicht anzurühren waren, desgleichen das Bootshaus. Falls Tanja auftauchen sollte, durfte sie nicht erschreckt werden. Erkennbares Unheil war von ihr abzuhalten, und ansonsten war sie in Ruhe zu lassen. Zur Sicherheit hatte Karl dem Vertrag eine Portraitskizze beigefügt. Der Wachschutzchef hatte Karl außerdem versprochen, ihn sofort anzurufen, falls das Kind wieder auftauchen sollte. »Das ist wichtig«, hatte Karl gesagt, und der Cerberus hatte genickt und sich eine Notiz gemacht.

Natürlich würde Tanja nicht auftauchen. Sie würde nicht zurückkommen, und damit hatte sie recht. Aber nur für den Fall hatte Karl einen knallroten Erste-Hilfe-Kasten aufgetrieben, ihn ausgeräumt und den Bootshausschlüssel darin deponiert. Er hatte auch noch einen Brief mit hineinlegen wollen, aber alles, was er aufgeschrieben hatte, war falsch gewesen. »Es tut mir leid« war zu wenig, also hatte er letztendlich das Daumenkino mit in das Kästchen gelegt und das Ganze dann fest und unübersehbar im Kirschbaum vertäut. Sicher war sicher.

Karl setzte sich ruhig hinters Steuer, er fuhr ruhig durch den Wald. Er hielt nicht auf dem magischen Parkplatz an. Er sah nicht in den Rückspiegel. Er schaltete das Radio an. Er drehte nicht um. Er fuhr ruhig die Landstraße entlang. Alles war gut.

Erst als er auf die Autobahn abbog, trat ihm etwas mit voller Wucht in den Bauch. Ein plötzlicher, mächtiger Schmerz: Kehr um!

Karl biss die Zähne zusammen, bis es knirschte. Er trat aufs Gas, drehte das Radio lauter und fuhr in einem Ritt nach Berlin durch. Keine Pause. Nur tanken und sofort weiter. Hätte er eine Pause gemacht, wäre er umgedreht.

Pergamentgelb

LIEBES-AUS NACH 10 JAHREN!
Karl Stiegenhauer und Mara Schlüter haben sich getrennt.

Sie galten als Traumpaar der deutschen Kulturszene: Karl Stiegenhauer, der als Shootingstar seit sechs Jahren den Kunsthimmel erobert, und seine schöne Mara, die sich als Regisseurin einen Namen gemacht hat (hier ein Bild aus glücklichen Tagen). Doch nun soll alles aus sein. Ein Freund des Paares verriet: »Ja, es ist offiziell, die beiden gehen von nun an getrennte Wege.« Karl Stiegenhauer sei schon vor zwei Monaten aus der gemeinsamen Wohnung ausgezogen.

Schon bei seiner Ankunft in Berlin hätte Karl wissen sollen, dass es aussichtslos war. Vielleicht sogar vorher schon. Mara hatte sich so gefreut. »Ich wusste es«, hatte sie gesagt. »Ich wusste, du kommst zu mir zurück. Jetzt wird alles gut.« Sie hatte ihn geküsst wie lange nicht, sie hatte gelacht dabei, und Karl hatte nur denken können, dass es diesen Kuss nicht geben sollte, dass der letzte Kuss der letzte hätte bleiben sollen und dass er nicht zurückgekommen wäre, wäre die Mutter nicht gestorben oder wäre Tanja wieder aufgetaucht. Er hatte sich nicht für Mara entschieden, nicht richtig.

Trotzdem. Sechs Jahre lang hatten sie noch durchgehalten, sechs Winter und sechs Sommer, meistens verbissen. Theater, Vernissagen, Reisen, Tisch und Bett.

Erst ganz am Ende, als beiden schon klar gewesen war, dass die Trennung nur noch eine Frage der Zeit sein würde, hatten sie sich in einer Traurigkeit aneinandergeklammert, die Karl in ihrer Wucht überrascht hatte.

»Versprich mir, dass du nie mit einer anderen hierherkommst. Versprich mir, dass das hier für immer unser Ort ist.« Maras Haare voller Sand. »Ich verspreche es dir.« Maras enge Augen.

Zu diesem Zeitpunkt hatte ihn schon rasend gemacht, wie Mara sich in der Öffentlichkeit triumphierend nach anderen umdrehte, egal, ob sie sie kannte oder nicht. Wie sie sich immer in die Runde drehte, in der Kneipe in diesem Ostseekaff, das ihr Ort sein sollte, oder sonst wo. Wie sie die Blicke suchte, als Beweis, dass mit Karl etwas nicht stimmte. Dass er unmöglich war. Manchmal fingen die Leute dann an zu tuscheln, sie hatten die Gesichter als prominent erkannt und versuchten, sie zuzuordnen. Karl zog dann Tanjas perlmuttbesetztes Opernglas aus der Tasche und sah sich Mara und die Welt minutenlang nur noch da durch an. Maras Stirn, ihre Augen, den Hals. Wahrscheinlich hasste sie ihn in diesen Momenten. »Leg das weg, Karl!« – »Aber es hilft mir.« Und dann schüttelte Mara den Kopf und trank ihr Glas aus und sah sich wieder nach ihrem Publikum um.

»Ich kann nicht auf dich warten, Karl.« Ihre Hand auf seiner Wange. »Ich weiß.«

»Ich muss mich jetzt entscheiden, wie ich leben will, Karl.« Ihre Hand auf seiner Brust. »Ich weiß.«

»Vielleicht will ich doch ein Kind.« Keine Hand. »Ich weiß.«

Es ist selten, dass ein bildender Künstler so viel Aufmerksamkeit auf sich zieht. Karl Stiegenhauer war vor sechs Jahren nach dem tragischen Tod seines Vaters August Stiegenhauer (FrontRow berichtete) schlagartig bekannt geworden. Seit wenig später auch Ada Stiegenhauer verstarb, gilt Karl als offizieller Erbe und neuer Repräsentant der Stiegenhauerdynastie – auch wenn er in dieser Rolle nicht ganz unangefochten ist: Für Aufregung in den Feuilletons und Klatschspalten sorgt immer wieder der aufsehenerregende Streit um die Verwaltung und Deutung des Erbes der Stiegenhauers, das sowohl Sohn Karl als auch Torben Behning für sich beanspruchen (siehe dazu auch das Interview mit Behning auf Seite 26).

Zumindest das Talent seiner Eltern aber hat der Spross des legendären Künstlerpaares und Meisterschüler von Hilmar Jorne ganz unbestritten geerbt und ist so zum neuen Liebling der Szene avanciert.

Je erfolgreicher jedoch der junge Künstler wurde, desto weniger Zeit hatte er für die Beziehung übrig. Zuletzt sah man Karl Stiegenhauer und Mara Schlüter immer öfter allein in der Öffentlichkeit. Karl jettete nach New York, London, Rom und Tokio und ließ sich dort feiern, während seine Mara im heimischen Berlin inszenierte.

»Was werde ich für dich gewesen sein?« – »Eine große Liebe.« – »Ja.«

»Wirst du an mich denken?« – »Ja.«

»Was wirst du von mir erzählen?«

Die attraktive 40-Jährige ist eine echte Power-Frau: Bereits 2005 sorgte sie mit ihrer Hamlet-Inszenierung für viel Aufsehen, und letztes Jahr schließlich beerbte sie Paul Gramisch als Intendantin am renommierten Theater am Neuen Tor, eine kleine Sensation in der Theaterwelt. – Weibliche Führungskräfte sind hier immer noch die absolute Ausnahme. War die Arbeit der Grund für das Liebes-Aus? »Wenn in einer Partnerschaft keiner bei der eigenen Karriere zurückstecken will, kann das zur Belastung für die Beziehung werden«, weiß Front-Row-Psychologe Dr. Jan Behrendt. »Besonders wenn die Partnerin in ihrem Beruf sehr erfolgreich ist, kann das für den Mann, bewusst oder unbewusst, immer noch zum Problem werden, bei manch einem kratzt das arg am Selbstwert.«

Mara, die ihn anschreit, Mara, die die Küchentür zuknallt, Mara, die ihn küsst, Mara, die weint.

»Was denkst du dir eigentlich?«

Mara, die die Tür zumacht, bevor sie telefoniert. »Er ist unmöglich. Unmöglich!«

Mara, die lacht.

Mara, die schweigt.

Karl hatte all das gezeichnet, vielleicht zum Abschied.

Hinzu kommt der nicht unbeträchtliche Altersunterschied: Die schöne Theaterfrau ist stolze acht Jahre älter als der Vakuumkünstler. Bisher schien das kein Problem zu sein, im Gegenteil: »Viele attraktive, erfolgreiche Frauen genießen einige Zeit lang die Vorteile, die eine Beziehung mit einem jüngeren Mann mit sich bringt«, so Dr. Behrendt. Der Toy-Boy schmeichelt dem Ego und dient auch der Vergewisserung des eigenen Marktwerts. Die jungen Männer wiederum profitieren von der Gesellschaft einer erfahrenen, weltgewandten Frau. Dennoch sind solche Beziehungen selten von Dauer. »Der alte Spruch, dass Liebe kein Alter kennt, ist so nicht ganz wahr«, sagt der Psychologe, »oft sehnt sich die Frau irgendwann nach einem Partner auf Augenhöhe. Oder der Mann verliebt sich in eine Jüngere.«

»Ich kann nicht mehr.«

Die Berliner Küche. Mara am Tisch, das Kinn in den Händen. Karl an die Anrichte gelehnt. Er hatte überlegt, zu ihr zu gehen und ihren Kopf zu streicheln. Er hatte sich dagegen entschieden und sich stattdessen umgedreht und den Griff der Besteckschublade in die rechte Hand genommen.

»Ich kann nicht mehr, Karl.«

»Ich weiß.«

Gleich würde es vorbei sein. Die Kachel hinter der Spüle hatte einen Riss, den hatten sie schon reparieren wollen, als sie hier eingezogen waren.

Karl hatte die Besteckschublade geöffnet und wieder geschlossen, sie wieder geöffnet und immer so weiter. Gleich würde es vorbei sein.

Werden wir die beiden also bald in jeweils neuer Begleitung über die roten Teppiche flanieren sehen? Noch mag man sich dieses ungewohnte Bild nicht vorstellen. Und bisher ist über eventuelle neue Partner nichts Offizielles bekannt. Doch in der Gerüchteküche brodelt es bereits leise: So soll Mara Schlüter immer öfter an der Seite ihres Förderers Paul Gramisch gesichtet worden sein, und Karl Stiegenhauer zeigte sich jüngst mit neuer Frisur – hat hier eine neue Frau ihre Finger im Spiel? Vielleicht die schöne Unbekannte, mit der man den Künstler zuletzt in Rom sah? Freunde des Paares dementieren derlei Gerüchte zwar entschieden. – Aber wer weiß! Wir bleiben dran …

»Was willst du jetzt tun, Karl?«

»Warum fragst du das?«

Das Besteckschubladengeräusch. Er hatte sich daran festgehalten. Er hatte versucht, den richtigen Rhythmus zu finden, aber es war ihm nicht gelungen.

Er hatte an Leinsee gedacht, hatte sich den Garten vorgestellt, vielleicht schon völlig überwuchert. Was ihm in den sechs Jahren am meisten gefehlt hatte, war, von dem Kind beobachtet zu werden. Manchmal hatte er sich vorgestellt, Tanja sähe ihm zu, wie er irgendeine Straße in irgendeiner Stadt entlangging, wie er sein Glas in der Hand hielt, wie er mit jemandem sprach, wie er aus dem Fenster sah und eine Zigarette rauchte. Er hatte sich den Rhythmus ihrer Schritte in seinem Rücken vorgestellt. Vor allem, wenn es darauf ankam, wenn er etwas besonders gut machen wollte, hatte er sich vorgestellt, sie sähe ihm zu.

»Wirst du wieder dorthin fahren?«

Jedes Mal, wenn er sein Spiegelbild in einer Schaufensterscheibe registrierte, vermisste er Tanja.

»Das wolltest du die ganze Zeit, oder?« Mara hatte den Kopf gehoben. Beim Anblick seines Gesichts war sie aufgestanden und hatte die Küche verlassen. Am selben Tag war Karl ins Atelier gezogen.

Es war nur noch ein kleiner Schritt gewesen. Die

meisten seiner Sachen befanden sich sowieso schon dort. Mara hatte über die Jahre beobachtet, zuerst argwöhnisch, dann traurig, wie Karl immer mehr Sachen aus ihrer gemeinsamen Wohnung ins Atelier getragen hatte.

Für den Rest hatten schließlich zwei Koffer und ein Rucksack gereicht.

Das Atelier hatte er Raiken zu verdanken. Seit Raiken sich auf die Fahnen schreiben konnte, Karl entdeckt zu haben, war er herzlicher geworden als vorher. Er war immer schon freundlich gewesen, aber jetzt schäumte er vor Engagement. Er rief ständig an, immer hatte er irgendwelche Neuigkeiten und Vorschläge, er kümmerte sich, viel mehr, als es seine Aufgabe gewesen wäre.

Vielleicht hatte Raiken einfach nur Angst, Karl zu verlieren, jetzt, wo er berühmt war. Dabei dachte Karl gar nicht daran, sich in dieser Hinsicht umzuorientieren, Maximilian Raiken war ein guter Galerist, er war nicht unsympathisch, er war ausdauernd und geduldig, und meistens waren sie sich einig. Und auch dann, wenn sie sich nicht einig waren, hatte Raiken oft recht.

Vielleicht waren sie dabei, so etwas wie Freunde zu werden. Karl hätte das nicht bestritten, wäre er danach gefragt worden. Vielleicht waren sie sogar schon längst Freunde, seit dem Moment damals im

Winter in der Auguststraße, als Raiken so gelacht hatte. Wahrscheinlich würde Raiken sogar der einzige Freund sein, der Karl jetzt blieb. Alle anderen würden sich gezwungen sehen, eine Entscheidung zu treffen zwischen Mara und ihm.

Seit Karl nach Berlin zurückgekommen war, hatte Raiken ihn gedrängt, ein eigenes, großes Atelier zu beziehen. »Ich brauche gar nicht so viel Platz«, hatte Karl gesagt, »eigentlich kann ich das, was ich mache, genauso gut zu Hause im Wohnzimmer machen.« – »Aber es würde auch nicht schaden, ein richtiges Studio zu haben, oder?«, hatte Raiken geantwortet, und Karl hatte genickt. Und dann, im Winter, hatte Raiken angerufen, mit einer Aufregung in der Stimme, die Großes verhieß. »Karl! Ich habe es! Es ist perfekt!«

Das Haus war gelb wie altes Pergament, die Fassade bröckelte, über dem verzierten Torbogen hatten zwei graue Kameras in den Schneeregen geglotzt, an der Wand war eine Gedenktafel angebracht, die gerade von einem mittelalten Pärchen in Funktionsjacken fotografiert worden war.

Karl hatte sich der Magen umgedreht. »Das geht nicht.«

Raiken hatte den Kopf geschüttelt. »Wir waren ja noch nicht mal drinnen! Komm, Karl, gib dir einen Ruck, du wirst sehen, es ist perfekt!« – »Das ist die

Auguststraße«, hatte Karl gesagt, »und das ist ein altes jüdisches Waisenhaus.«

»Ja, genau«, hatte Raiken geantwortet. Er hatte mit allen möglichen Behörden und Ämtern und mit der jüdischen Gemeinde reden müssen, es war hochkompliziert gewesen, aber er hatte nicht aufgegeben, und endlich, endlich hatte er die Zusage bekommen. »Sogar das mit dem Denkmalschutz habe ich geklärt!« Raiken hatte Karl die Tür aufgehalten und ihn hineingezogen, über den Hof, die Treppe hoch, ein Strahlen im Gesicht. »Die Wände hier und da drüben, die kannst du einreißen, alles schon geregelt!«

Raiken war über sechzig Jahre alt, eine echte Instanz und von beeindruckender Statur, mit weißem Beethovenkopf und respekteinflößenden Furchen im Gesicht, aber in diesem Moment hatte er ausgesehen wie ein aufgeregter kleiner Junge. Sein Stolz hatte den ganzen Raum erleuchtet, begeistert hatte er hierhin und dorthin gezeigt.

»Und die Lage, Karl! Eine bessere Lage gibt es nicht!«

»Das ist die Auguststraße.«

»Ja! Ich weiß! Das ist großartig, oder? Mit den ganzen Galerien! Kannst du dir vorstellen, wie schwer es ist, hier noch was zu finden? Die *Kunst-Werke* sind gleich gegenüber!«

Wie hatte Raiken das nicht verstehen können?

»Max!«, hatte Karl schließlich gesagt und dann jedes Wort einzeln betont: »Das – ist – das – Waisen – Haus – in – der – August – Straße.«

Raiken hatte verständnislos den Mund geöffnet und noch einmal stumm im Raum herumgezeigt.

»Könntest du nicht bitte etwas noch Plakativeres finden?«, hatte Karl hinzugefügt.

Da, endlich, hatte sich etwas in Raikens Gesicht geregt. »Wirklich, Karl? Wirklich? Ich war darauf vorbereitet, dass dich die Touristen stören, der Rummel, *Clärchens* nebenan oder meinetwegen auch die anderen Galerien, vielleicht auch die Geschichte hier, die vielen toten Kinder. Aber der Straßenname? Wegen deinem Vater? Wirklich?«

»Und dass es ein Waisenhaus ist.«

»Weil du Waise bist.«

»Ja.«

Raiken hatte den Kopf geschüttelt, sich mit beiden Händen die Haare durchwühlt und geseufzt, und einen Moment lang hatte Karl gedacht, er müsse sich doch einen anderen Galeristen suchen. Aber dann hatte Raiken ihn angesehen und angefangen zu lachen. Ein gutes, tiefes, freundliches Lachen, das in den leeren Waisenhausräumen gehallt hatte und das Raikens Bauch hatte beben und seine Beethovenhaare hatte fliegen lassen. Ohne dieses Lachen hätte Karl ihn stehenlassen.

»Es ist nicht so, dass die anderen Sachen, die du aufgezählt hast, die Touristen und die Galerien und die toten Kinder – es ist nicht so, dass das alles mich nicht stören würde«, hatte Karl gesagt, vielleicht irgendwie zum Trost, und Raiken hatte genickt.

Raiken hatte eine Flasche Champagner aus seiner Tasche geholt und zwei Gläser. »Komm, wir stoßen jetzt trotzdem an!« Sie hatten sich auf den kalten Boden gesetzt, Schulter an Schulter an die Wand gelehnt, durch das fast blinde Fenster hatte sich ein Bündel Wintersonne bis zu ihren Gesichtern durchgekämpft. »Es ist aber trotzdem schön hier, oder?«, hatte Raiken gesagt. »Gib zu, dass es trotzdem schön ist.« Karl hatte es zugegeben, und dann hatten sie angestoßen, und Raiken hatte gesagt: »Okay, dann suche ich weiter.«

Raiken hatte weitergesucht, und Karl hatte sich die Vorschläge angesehen: alte Brauereien, Dachgeschosse mit Blick auf den Fernsehturm, Speichergebäude mit Blick auf die Spree, sogar ein alter Luftschutzbunker war dabei gewesen, an den Wänden noch Markierungen aus Phosphor. Es waren Orte wie die Geheimtipps aus einem Reiseführer, und sie gefielen Karl nicht. Mit jeder Besichtigung war er lustloser geworden. Vielleicht gefiel ihm ja auch die ganze Stadt nicht mehr, keine Ahnung, an manchen Tagen kam es ihm vor, als bewege er sich in einer Berlinattrappe. Einen Vorschlag nach dem anderen hatte Karl abgelehnt. Raiken aber hatte sich nicht entmutigen lassen, er hatte weitergesucht, und letztendlich, im Frühling, tatsächlich etwas gefunden, das Karl nicht zuwider war.

»Das ist jetzt nicht, was ich mir eigentlich für dich vorgestellt habe«, hatte Raiken gesagt, »aber ich glaube, es könnte dir gefallen.«

Das neue *Studio Karl Stiegenhauer* lag in einem unspektakulären Industriegebiet südlich des Autobahnrings, in der Nähe einer Keksfabrik, aus der ein angenehmer Duft herüberwehte. »Heute machen sie wohl Zimtgebäck«, hatte Karl gesagt, als sie daran vorbeigefahren waren, und Raiken hatte ihn angesehen, gelächelt und genickt.

Die Aussicht hatte Karl sofort gefallen. Durch die Fensterfront sah man auf das Tempelhofer Feld, man sah das riesige, bumerangförmige Naziflughafengebäude, die Schirme der Kitesurfer, die Radfahrer, die Jogger, in der Mitte war ein großer Bereich abgesperrt, damit die Feldlerchen in Ruhe brüten konnten. Erst dahinter lag die Stadt. Karl sah links den Radarturm des alten Flughafens, dann den Fernsehturm, die Kirchtürme in der Yorckstraße, am Südstern und in der Lilienthalstraße und rechts schließlich die Minarette am Columbiadamm. Wenn er die Fenster öffnete, konnte er die

Autobahn rauschen hören wie das Meer, dahinter leise das beruhigende Rattern der S-Bahn. »Es ist gut«, hatte Karl gesagt, und Raiken hatte zufrieden genickt und eine Flasche Champagner aus seiner Tasche geholt.

Neonpink

Anlässe für Champagner mit Raiken gab es eigentlich ständig. In den sechs Berliner Jahren hatte Karl so viel produziert wie noch nie. Das lag vor allem daran, dass die Nachfrage so groß war wie noch nie. Raiken machte die Geschäfte seines Lebens, und Karl reiste um die Welt. Er gewann einen Preis nach dem anderen und ließ sich beglückwünschen.

Es lief gut, hätte man sagen können. Nur dass es nicht gut lief. Die Arbeiten, die Karl wie am Fließband fabrizierte, waren, wenn man genauer hinsah, langweilige, beliebige Scheiße. Er wiederholte einfach das immer gleiche Programm. Aber niemand sah genauer hin. Alles ließ sich vakuumieren, und alles ließ sich verkaufen. Alle waren begeistert, alle freuten sich, und das machte es nicht besser.

Schon während Karl an den Objekten arbeitete, langweilte er sich. Das neue Atelier mit seinem Ausblick, mit seinen Gerüchen und Geräuschen konnte da auch nicht helfen. Keine Ahnung, ob irgendein anderer Ort geholfen hätte, so jedenfalls kam Karl nicht weiter.

Wenn er deswegen fluchte, sagte Raiken: »Weißt du, woran das liegt? Du weißt das, oder?« Und Karl sagte dann: »Ja.«

Er musste sich, verdammt noch mal, irgendwie zum Erbe seiner Eltern positionieren. Irgendetwas musste mit der Villa, dem Atelier und dem Zeug darin passieren. Alle fragten ihn danach, nach seinem *Verhältnis* dazu.

»*Are you going to continue your parents' work?*«

»*Ist es wahr, dass Sie aus der Leinseevilla ein Museum machen wollen?*«

»*Beziehen Sie sich mit Ihrer Arbeit auf die Werke Ihrer Eltern? Oder grenzen Sie sich davon ab?*«

»*Would you say that your parents are still alive through you? Or through your work? In which way?*« – »No, I would not say that. Actually, I would prefer not to say anything at all.«

Es half nichts, dass Karl sich weigerte, Interviews zu geben, sie fragten ihn auf Partys und Vernissagen und immer und überall. Am schlimmsten war, wie sich alle mit seinen Eltern *verbunden* fühlten. Das hatte Karl schon als Jugendlicher nicht ertragen können. Wie Gleichaltrige oder, noch schlimmer, Erwachsene völlig ausflippten, wenn sie erfuhren, wessen Sohn er war.

Der Vater seiner ersten richtigen Freundin zum Beispiel: Karl war fünfzehn Jahre alt gewesen, seit drei Monaten mit dem Mädchen zusammen und zum ersten Mal bei ihr zu Hause. Sie war keines der Internatmädchen gewesen, sie hatte unten gelebt, im Dorf im Tal. Karl hatte sie auf der Kirmes gesehen, sie hatte ihn angelächelt, und er hatte ihr am Schießstand einen ganzen Strauß neonpinke Plastikrosen geschossen und sie später auf einer Parkbank geküsst. In den Büschen rundherum hatte es Mücken gegeben, am nächsten Tag waren sie beide ganz zerstochen gewesen. Das Mädchen hatte rote Haare gehabt, helle Wimpern, milchige Haut, und sie hatte immer ein bisschen nach Mandeln gerochen.

Sie hatte ihm versprochen, sein Geheimnis nicht zu verraten. Niemandem. Auch ihrer Familie nicht. Karl hatte ihr geglaubt.

Und? Was hatte ihr Vater gesagt, gleich im Flur, als Karl noch mit einem Arm in seiner Jacke gesteckt hatte? Genau. »Stiegenhauer!«, hatte er gesagt. »Wahnsinn! Das muss ja toll sein, solche Eltern zu haben!« Und dann hatte er Karl erklärt, warum seine Eltern so besonders waren und was er durch sie erst begriffen hatte über das Leben und die Liebe und die Kunst und so weiter, aber da hatte Karl schon gar nicht mehr zugehört. Karl hatte wie versteinert das Mädchen angesehen. Aber seine Milch- und Mandelfreundin hatte es nicht kapiert, nur stolz genickt. Und dann hatte ihr grässlicher Vater noch einmal »Wahnsinn!« gesagt und Karl auf die Schulter geklopft. Karl hatte sich durch das Familienessen gebissen und war danach nie wieder dorthin gegangen.

Das mit dem Schulterklopfen, immerhin, kam nicht mehr vor, seit Karl selbst berühmt war. Aber alles andere hatte nach dem Tod seiner Eltern ganz genauso wieder angefangen. Zusätzlich erklärten ihm die Leute jetzt, woher er sein Talent habe. Manchmal wünschte sich Karl sein Pseudonym zurück.

Nicht mehr auszugehen half übrigens auch nicht, die Fragen hörten nicht auf, denn wenn ihn sonst keiner fragte, fragte Karl sich selbst.

Nur Mara, Mara hatte sechs Jahre lang gar nichts gefragt. Nichts zu seiner Mutter, nichts zu Leinsee, nichts, nichts, nichts. Mit Mara war darüber partout nicht zu reden gewesen, und das war das Allermerkwürdigste überhaupt. Mara, die klare, logische Mara hatte eine kleine, scharfe Falte zwischen ihren schönen Augenbrauen bekommen und sich geweigert, das Leinseethema auch nur anzurühren.

»Du bist wieder da«, hatte sie gesagt, »und das ist alles, was zählt. Lass uns weitergehen. Lass uns nach vorne sehen. Und bitte, bitte, fang nicht wieder damit an. Versprich mir, dass du nicht wieder damit anfängst. Und versprich mir, dass du nie wieder dorthin fährst! Wenn du noch einmal dorthin fährst, bin ich raus. Dann verlasse ich dich. Verstehst du? Hast du das verstanden, Karl?«

»Nein, Mara, ich verstehe das nicht.«

»Versprich es mir trotzdem.«

»Das ist doch absurd!«

»Erzähl du mir nichts von Absurditäten, ich habe echt genug mitgemacht!«

»Gottweiß.«

»Du bist so ein Arschloch, Karl! Echt!«

»Erklär es mir«, hatte Karl gesagt, und Mara hatte den Kopf geschüttelt und geantwortet: »Versprich es mir!«

Er hatte es ihr versprochen. Sechs Jahre lang war er nicht mehr in Leinsee gewesen. Sechs Jahre lang hatte er vor sich hergeschoben zu entscheiden, was aus der Villa und dem Nachlass der Eltern werden sollte. »Lass das doch Torben machen«, hatte Mara gesagt, aber das wäre ja noch schöner gewesen, auf keinen Fall würde Karl Buddy Holly irgendwelche Verantwortung übertragen.

Buddys erstes Interview war noch vor Karls Abreise aus Leinsee ausgestrahlt worden. Karl hatte es erst später gesehen, Raiken hatte es ihm gezeigt: Buddy Holly vor der Villa, eindrucksvoll umgeben von seinen traurigen Plastiktüten, das gelbe Mikrophon im Gesicht. *»Ja, es gibt Differenzen. Jeder geht mit Trauer anders um. Aber ich bin mir sicher, dass Karl und ich gemeinsam eine Lösung finden werden, um das Erbe angemessen zu präsentieren. Ich werde jedenfalls nicht aufgeben.«* Dazu ein ernstes Nicken und nur ein ganz kurzes Blecken der Zähne in die Kamera.

Und Buddy Holly hatte nicht aufgegeben. In Talkshows und Feuilletonspalten, überall, wo man es hören wollte oder nicht, erzählte er seine Geschichte. *»Wenn Sie mich fragen, ist das alles ein großes Missverständnis. Karl und ich, wir wollen dasselbe, wir wollen, dass das Stiegenhauer'sche Werk fortlebt. Und niemand kennt das Werk besser als ich, das weiß auch Karl, und ich bin mir sicher, wir werden gut zusammenarbeiten können. Sie werden sehen. Eigentlich sind wir uns total ähnlich. Echt! Wir werden aus der Leinseevilla ein internationales Zentrum machen, gemeinsam, so, wie Ada und August es gewollt hätten.«*

Er hatte sich sogar erdreistet, bei Raiken anzurufen und bei Mara.

Aber Karl war der Stiegenhauer, und Karl würde entscheiden, was zu tun wäre, früher oder später. Später. Irgendwann.

Manchmal hatte Karl Sehnsucht gehabt. Manchmal hatte Karl an den See gedacht, an die Möbel, auf denen niemand mehr saß, an die Dinge im

Materiallager. Er hatte an das Bootshaus gedacht. Er hatte sich vorgestellt, dass Tanja dort lebte, dass sie immer noch im Baum herumkletterte, dass sie wuchs und wuchs. Er hatte sich vorgestellt, dass sie mit dem Boot davonsegeln würde, sobald sie groß genug wäre.

Tanja, hatte Karl gedacht, Tanja.

Im Fernsehen hatte Karl einen Bericht über ein Mädchen gesehen, das sich aufgemacht hatte, allein die Welt zu umsegeln. Laura hieß sie, sie hatte blonde Haare und war ungefähr so alt wie Tanja. Also, warum nicht?

Er hatte es sich auf der Landkarte angesehen, es war theoretisch möglich. Wenn Tanja vom Leinsee aus der Relle folgte, würde sie nach etwa vierzig Kilometern im Rhein ankommen. Sie könnte in den Niederlanden auf die Nordsee hinaussegeln und dann wohin sie wollte. Vielleicht war sie jetzt schon im Pazifik.

Van-Gogh-gelb

Karl konnte jetzt auch auf den Pazifik hinaus-segeln, wenn er wollte. Zwei Koffer und einen Rucksack, das konnte man auf einmal tragen und überallhin mitnehmen.

Bis jetzt allerdings war Karl nicht besonders weit gekommen. Vor zwei Monaten war er ausgezogen, und seitdem starrte er aus seinem Atelierfenster auf das Tempelhofer Feld und ging nicht ans Telefon.

Offenbar waren die Tempelhofer Feldlerchen dieser Saison schon flügge geworden und brauch-ten keinen Schutz mehr, denn Karl hatte durch sein perlmutternes Opernglas zusehen können, wie große Landmaschinen angefahren kamen und das Heu auf der Feldlerchenfläche abmähten. Erst die eine Hälfte und dann, genau vier Wochen später, die andere Hälfte. Das hatte irgendetwas damit zu tun, dass man den Insekten eine Chance geben wollte, von der einen Seite auf die andere Seite überzusie-deln oder so. Jetzt war alles abgemäht, und große eckige Heuballen lagen auf der ganzen Fläche verstreut im Abendlicht. Sie strahlten Van-Gogh-gelb. Menschen hatten sich darangelehnt und hielten ihre Gesichter in die noch warme Oktoberabendsonne. Sie lasen oder picknickten oder küssten sich und warteten auf den Sonnenuntergang.

Karl stand am offenen Fenster, ließ sich von der Autobahn berauschen, trank sein drittes Bier und sah sich das alles an, die Menschen und die Heuballen und die Türme der Stadt und den rosafarbenen Himmel. Er stand da und wartete. Seit zwei Monaten wartete er.

Manche Entschlüsse brauchten Zeit. Er wusste, dass er nach Leinsee fahren musste. Er wollte nach Leinsee fahren. Aber seit er die Möglichkeit dazu hatte, seit sein Versprechen an Mara nicht mehr galt, hatte sich etwas verändert.

Nach dem Tod seiner Mutter hatte Karl sich an der Vorstellung festgehalten, sich posthum irgendwie in das Werk seiner Eltern integrieren zu können. Er war der letzte Überlebende, die Geschichte gehörte jetzt ihm, und wenn er wollte, würde er sie umschreiben können. Wenn er wollte, konnte er in Leinsee eine Art Stiegenhauerzentrum am Leben halten. Nicht so, wie sich Buddy Holly das wünschte, natürlich. Mit Buddy Holly würde er nicht sprechen. Nie wieder. Karl würde das allein durchziehen. Er würde seine eigene Arbeit aufgeben. Stattdessen könnte er das weitermachen, was er mit Ada begonnen hatte. Schummelplastiken mit seinem eigenen Atem darin. Er würde der Welt erklären, dass das sein und seiner Mutter Gemeinschaftswerk war. Er könnte Teil seiner Familie werden. Es war nur ein Gedanke gewesen, tröstlich und theoretisch. Vielleicht hatte Karl deshalb nicht schon vorher gemerkt, dass es ein falscher Gedanke war.

Karl trank das Bier aus und zündete sich eine Zigarette an. Der Himmel leuchtete jetzt rot, die Türme waren nur noch als Schatten zu erkennen. In der S-Bahn, die vorbeifuhr, brannte schon Licht, er konnte die Menschen in den Waggons stehen und schwanken sehen. Karl blies den Rauch aus dem Fenster und sah ihm nach. *Rätselhafte Anmut*, dachte er und lächelte. Er drückte seine Zigarette aus, schnippte die Kippe aus dem Fenster, band sich seinen gelben Seidenschal um den Hals und machte sich auf die Suche nach seinem Telefon. Er musste es aufladen. Er musste Raiken anrufen. Er wusste jetzt, was zu tun war.

»Okay«, sagte Raiken, »wenn du meinst. Du wirst dir wahrscheinlich keine Freunde damit machen. Aber wenn ich dich so darüber reden höre, denke ich trotzdem, dass es richtig ist. Hau rein. Ich wünsch dir viel Spaß.« – »Danke«, sagte Karl.

Auf dem Autobahnring winkte er zum Abschied den Heuballen auf dem Tempelhofer Feld zu: »Macht's gut!« Er freute sich auf die Fahrt, er freute sich auf Leinsee, und er freute sich jetzt schon auf seine Rückkehr nach Berlin. Er würde Ordnung schaffen und dann wiederkommen, in zwei Wochen vielleicht, mehr Zeit würde er nicht brauchen. In Leinsee würde er die Villa ausräumen und alles verbrennen. Ein großes Feuer, ein klarer Schnitt.

Wenn er wiederkäme, würde er wieder arbeiten können. Wirklich arbeiten. An neuen Karlideen.

Karl gab Gas und ließ winkend den Funkturm hinter sich. Auch der Gespenstertribüne an der Avus winkte er heiter zu: »Bis bald.«

Sobald er aber die Stadtgrenze hinter sich gelassen hatte, schlich sich eine milchige Trübe in seine Freude, die ihn langsam fahren ließ. Im Rückspiegel grüßte noch freundlich mit beiden Vorderpfoten der kleine Bronzebär, aber Karl winkte schon nicht mehr zurück, sondern schluckte stattdessen an dem Kloß in seinem Hals herum: In Leinsee würde er den leeren Garten, den leeren Kirschbaum und das leere Bootshaus ertragen müssen. Sechs Jahre lang hatte ihn niemand von der Cerberusfirma angerufen.

Karl hielt an fünf Rasthöfen, zweimal tankte er, er fuhr Umwege über Landstraßen, aber schließlich kam er doch an.

Es war noch hell. Der Cerberusmann stand wie versprochen vor dem Tor zur Einfahrt. Er tippte sich an die Mütze, als er Karl sah, und ließ sich den Ausweis zeigen, bevor er das Tor aufschloss. Der Kies knirschte unter den Rädern wie immer.

Der Schlüssel passte noch ins Schloss. Karls Herz klopfte absurd, und wenn er locker ließ, klapperten sogar die Zähne.

Im Flur roch es trocken und staubig, ein bisschen wie früher bei Diavorträgen im Internat. Karl warf seine Tasche in die Ecke, schloss die Tür und genoss drei Sekunden lang das Dunkel, bevor er nach seinem Handy und der Taschenlampenfunktion suchte. Lauter Möbelleichen unter weißen Laken. Karl rührte sie nicht an. Um die Möbel würde er sich später kümmern. Er leuchtete sich den Weg bis zu den Vorhängen im Salon.

Als er die Vorhänge aufzog, fiel gelbes Licht in den Raum. Die Fenster waren mit Dreck überzogen. Draußen strahlten die Bäume orange und rot und bewegten sich im Wind, und auf der Wiese im Garten graste ein Schaf. Ein einzelnes Schaf. Als Karl die Terrassentür öffnete, hob es den Kopf und blökte. »Hallo«, sagte Karl.

Das Schaf beäugte ihn, als er über die Wiese nach unten ging, wich aber nicht von der Stelle. Offenbar hielt es ihn für ungefährlich. »Hast du ein Mädchen gesehen?«, fragte Karl. »Sie müsste jetzt vierzehn Jahre alt sein. Braune Haare, braune Augen, asymmetrisches Lächeln.« Das Schaf blökte freundlich und machte einen Schritt auf ihn zu, bevor es weitergraste.

Im Pazifik war Tanja jedenfalls nicht. Das Boot schaukelte am Steg vertäut unter seiner vergrauten Plane.

Aber natürlich war Tanja auch nicht hier. Sechs Jahre lang hatte ihn niemand angerufen. Die Farbe des Bootshauses blätterte ein bisschen ab, ansonsten schien es ganz gut in Schuss zu sein, vermutlich hatte Tanja es nie betreten, die Tür war abgeschlossen.

Der Kirschbaum sah aus wie ein ganz normaler, langweiliger Kirschbaum, es hing nichts darin, was nicht natürlich gewachsen war, keine Spur von den Schätzen, und auch der Erste-Hilfe-Kasten, den Karl vor sechs Jahren aufgehängt hatte, war verschwunden.

Der einzige Beweis, dass Karl nicht geträumt hatte, waren die Steinkontinente. Sie lagen immer noch an ihrem Platz, überhaupt nicht überwuchert, nur ein bisschen Moos hier und da. Offenbar hielt das Schaf das Gras kurz. »Danke«, sagte Karl.

Er ging in die Hocke und berührte die Steine. Eine Eidechse floh vor Karls Schatten. »Entschuldigung«, sagte Karl. Die Steine waren wärmer als das Gras.

Hätten die Cerberusleute ihn angerufen, dachte Karl, dann wäre er schon früher zurückgekommen. Er wäre ganz bestimmt zurückgekommen. Aber letztendlich, dachte Karl als Nächstes, letztendlich war das nur eine Behauptung, die er nicht einmal sich selbst gegenüber beweisen konnte.

Grauseiden

Tanja blieb verschwunden. Das war okay. Das war ihm klar gewesen. Karl ertappte sich trotzdem dabei, wie er den Blick schweifen ließ, so als gäbe es Hoffnung, sie irgendwo zu entdecken. Gewohnheit vielleicht. Aber er ging sie nicht suchen.

Wahrscheinlich hatte er sich diese Freundschaft oder Verwandtschaft oder was auch immer sowieso erst im Rückblick zusammenphantasiert. Wahrscheinlich war es letztendlich nichts Besonderes gewesen. Einen Sommer lang hatte hier ein Mädchen im Baum gesessen. Na und? Er war nicht ihretwegen zurückgekommen, sondern um seiner selbst willen. Er würde jetzt Ordnung herstellen, einen klaren Schnitt machen. Deswegen war er hier, darauf hatte er sich gefreut, und darauf würde er sich jetzt konzentrieren.

Drei Tage lang räumte er das Haus aus. Die tausendjährigen Möbel seiner Eltern, die ihn vor sechs Jahren und in seiner Kindheit und bei jedem Besuch immerzu angestarrt hatten, die Schränke und

Stühle, die Tische, die Couch, das Bett, die Kissen, Regale, Teppiche, Papiere und Briefe, Karl schleppte alles in den Garten.

Mit jedem Stück, das Karl nach draußen trug, veränderte die Villa ihren Charakter. Die Räume schienen sich zu freuen über ihre Befreiung und atmeten auf. An manchen Stellen zeichneten sich die Spuren der Möbel noch an den Wänden oder auf dem Fußboden ab, Druckstellen und Schatten, aber das war nicht schlimm, die Struktur des Gebäudes kam zum Vorschein, es wurde heller, die Formen und der Klang änderten sich. Karls Schritte hallten und füllten das ganze Haus. Er genoss seinen Schweiß, er genoss die Schwielen an seinen Händen und seinen schmerzenden Rücken.

Nur wenige Dinge rettete Karl. Seine Betthöhle ließ er intakt. Außerdem einige Fotos, den Schmuck seiner Mutter, ein paar Kleider, die alte Uhr, zwei Hemden seines Vaters, die Sonnenbrillen, den Perlmuttkamm mit dem abgebrochenen Griff, ein paar Bücher, die Bilder von den Wänden, solche Sachen trug er ins Materiallager. Den Rest würde er verbrennen. Er freute sich darauf wie auf ein Fest.

Draußen im Garten häuften sich die vertriebenen Gegenstände. Karl sortierte die Möbel der Größe nach und stapelte sie dann zu einer zusammenhängenden Struktur auf. Die Basis bildete der riesige

Tisch, er trug die Hauptlast, alles andere schichtete Karl darum herum und darüber. Er baute bedächtig und stabil, er hatte es nicht eilig, er achtete auf die Statik.

Das Schaf beobachtete ihn wohlwollend und ließ sich ansonsten nicht stören.

Die Konstruktion wuchs und wuchs, und am Ende war sie höher als Karl selbst. Wenn er vorsichtig war, konnte er hineinkriechen und sich unter den Tisch kauern, den Berg seines Erbes um sich herum, ohne das Gewicht zu spüren, ohne die Sachen auch nur zu berühren.

Zum Schluss fügte er die kleineren Dinge in das Innere des Gerüstes: Papiere, Polster, Kleider. Dieses Futter würde den Stapel von innen nach außen brennen lassen.

Das Schichten der kleinen Sachen war eine langwierige Arbeit, die kein Ende zu nehmen schien. Wenn Karl mit Armen voller Zeug aus der Villa zum Feuerstapel zurückkehrte, hatte er manchmal den Eindruck, als seien Dinge, die er hier eben noch eingefügt hatte, verschwunden. Eine Postkarte mit Alpenpanorama, ein Hemd mit blauen Streifen, ein grauseidenes Kissen aus dem Salon, er hätte schwören können – aber wahrscheinlich irrte er sich. Wenn er sich umsah, war da jedenfalls immer nur das Schaf. Es kaute und sah ab und zu herüber. Also füllte Karl einfach weiter die Lücken, und dann, endlich, am Nachmittag des dritten Tages war er fertig.

Karl hatte sich das Feuer schon vor seiner Ankunft ausgemalt, schon als er in Berlin am Fenster gestanden hatte. Doch jetzt, wo er die Streichhölzer in der Hand hielt, hatte er das Gefühl, auf irgendetwas warten zu müssen. Keine Ahnung, woher das Gefühl kam, aber es war stark. Karl zögerte. Er drehte die Streichholzschachtel in den Händen. Die Streichhölzer rutschten hin und her und machten Geräusche. Er schüttelte die Schachtel einige Male, bis er den richtigen Rhythmus gefunden hatte.

Das Schaf sah ihn neugierig an und blökte.

Karl nickte ihm zu. Er warf die Schachtel in die Luft, fing sie wieder, schob die kleine Lade auf, nahm sich eines der Hölzer heraus, zog es über die Reibefläche und sah zu, wie es sich entzündete. Die Flamme flackerte, dehnte sich entlang des Holzes aus und wurde dann wieder kleiner. Kurz bevor das Feuer seine Fingerspitzen erreichte, blies Karl die Flamme aus. Mit dem nächsten Streichholz zündete er sich eine Zigarette an. Er umrundete seine Konstruktion. Sie war fast doppelt so hoch wie er selbst. Zum Schluss hatte er die Leiter gebraucht. Es sah schön aus, der ganze Hausrat so konzentriert. Es sah schön aus, wie ein Ding in das andere griff.

Das Ganze hätte man auch ausstellen können, aber darum ging es ja nicht. Trotzdem, es sah gut aus.

»Sieht gut aus!« Karl nickte und zog an seiner Zigarette.

»Sieht wirklich gut aus!« Das kam nicht aus seinem Kopf. Die Erkenntnis schwappte wie heißes Wasser von innen gegen sein Rippenfell, bevor sie sein Gehirn erreichte: Die Stimme kam nicht aus seinem Kopf.

Karl drehte sich um, und da stand sie.

»Tanja«, sagte Karl.

Sie stand einfach da und lächelte ihr asymmetrisches Lächeln.

Karl traute sich kaum, einen Schritt auf sie zu zu machen, aus Angst, sie könnte sich auflösen. Er traute sich kaum, zu blinzeln. »Tanja.«

Tanja sah aus wie Tanja und gleichzeitig ganz anders. Sie war gewachsen. Natürlich war sie gewachsen.

Ihre Haare waren jetzt schulterlang, ihre Gesichtszüge hatten sich verändert, die Statur. Man konnte sich jetzt vorstellen, wie sie einmal aussehen würde, wenn sie erwachsen wäre. Vierzehn Jahre. Sie war jetzt vierzehn Jahre alt. Ein Teenager.

»Hallo«, sagte Karl.

»Ich habe mir schon gedacht, dass du jetzt vielleicht kommst«, sagte Tanja. Vielleicht hatte sie irgendwo etwas über die Trennung gelesen. Karl nickte. Es lagen ungefähr drei Meter zwischen ihnen. Das Schaf hatte den Kopf gehoben.

»Ich wollte –«, begann Karl.

Tanja sah ihn an. Sie lächelte jetzt nicht mehr.

Karl holte Luft, er öffnete den Mund, seine Kehle war viel zu trocken. Er schloss den Mund wieder, hustete, holte wieder Luft. »Es tut mir leid«, sagte er, seine Zunge war klebrig und schwer, »das wollte ich dir sagen damals, dass es mir leidtut.« Tanja nickte.

Das Schaf trottete langsam auf sie zu. Als es bei Tanja angekommen war, stieß es sie freundlich mit dem Kopf an und blökte leise. Tanja lächelte ein bisschen und kraulte das Tier zwischen den Ohren, so dass es zufrieden den Kopf neigte. Die beiden kannten sich.

»Ich hatte gehofft, du würdest zurückkommen, damals«, sagte Karl.

Tanja. Er konnte ihre Augen nicht sehen.

»Ich bin ja zurückgekommen.« Ihre Stimme war so leise, dass Karl sich sehr konzentrieren musste, um sie zu verstehen. Es war anstrengend. »Ich bin ja zurückgekommen. Aber da warst du schon weg.« Tanja wandte ihren Kopf noch weiter ab.

Karls Rippenfell brannte immer noch. Er hätte jetzt gern ihr Gesicht gesehen. Er traute sich nicht näher an sie heran. Tanja. »Aber ich habe dich doch gesucht«, sagte er, »ich habe dich doch überall gesucht. Du warst weg.«

»Ich war nicht weg.« Ihre Stimme klang jetzt laut, hart und erwachsen. Sie streckte den Rücken durch, stand ganz gerade und still. »Wir waren drei Wochen verreist. Sommerferien. Ich hatte dir eine Muschel mitgebracht. Und Seeglas.« Jetzt löste sie ihren Blick von dem Schaf und sah Karl kurz und scharf in die Augen.

»Scheiße«, sagte Karl.

Tanja zuckte mit den Schultern. Sie ließ das Schaf stehen und kam auf ihn zu. Kurz berührte sie seinen gelben Schal, dann zog sie ihre Hand zurück. Sie umarmten sich nicht. Tanjas Wimpern zitterten.

»Was machst du da?« Mit ihrem Kinn zeigte sie auf den Möbelberg. »Das ist alles von meinen Eltern«, sagte Karl, »das will ich verbrennen.« Tanja nickte. Sie betrachtete die Konstruktion, ging einmal drum herum und kratzte sich an der Wange. »Kann ich mitmachen?«, fragte sie dann. »Kann ich auch was verbrennen?« – »Ja«, sagte Karl. Tanja nickte. »Gut«, sagte sie, »morgen, kurz bevor es dunkel wird. Ja?« – »Ja.«

Die Schachtel, die Tanja am nächsten Tag mitbrachte, war aus brauner Pappe und etwas größer als ein Schuhkarton. Sie schien recht schwer zu sein,

Tanja trug sie dicht am Körper und beugte sich ein wenig nach hinten unter der Last. Sie zeigte ihm nicht, was in dem Karton war, und Karl fragte auch nicht. Gemeinsam suchten sie nach einer passenden Lücke im Feuermöbelstapel und schoben die Schachtel dort hinein, zwischen einen der Küchenstühle und den Couchtisch. Dann traten sie gemeinsam einen Schritt zurück und betrachteten ihr Werk. »Okay?«, fragte Karl. »Okay«, sagte Tanja.

Karl legte das Feuer an mehreren Stellen im Innern des Berges, dort, wo sich das Herz aus Papieren, Stoffen und Polstern befand. Die Flammen breiteten sich erst nur zögerlich aus, aber dann fing es ein bisschen zu lodern an, und die ersten Holzmöbel begannen zu brennen. »Wir sollten Abstand halten, falls etwas runterfällt«, sagte Karl, und Tanja nickte. Sie zog einen Schlüssel aus ihrer Hosentasche, ging zum Bootshaus, schloss die Tür auf und verschwand darin.

Karl behielt das Feuer im Auge und versuchte gleichzeitig, einen Blick ins Innere des Häuschens zu erhaschen. Er erkannte die Dinge, die er vor sechs Jahren dort hineingetragen hatte. Dazu Bücher, Zeitschriften, Kerzen und ziemlich viele Decken und Kissen. Tanja war nie weg gewesen. Sie hatte sein Geschenk bekommen, und sie hatte es angenommen.

Nach einer Minute kam sie wieder heraus, beladen mit mehreren Decken, einer lila Isomatte und verschiedenen Kissen. Eines davon war das grauseidene aus dem Feuerstapel. Tanja breitete alles in sicherem Abstand zum Feuer auf den Steinkontinenten aus. »Hier ist gut, oder?« – »Sehr gut«, sagte Karl.

Langsam arbeitete sich das Feuer bis an die Ränder vor. Die verschiedenen Materialien brannten unterschiedlich schnell. Die größeren Holzmöbel kohlten an vielen Stellen zunächst nur ein bisschen an. Die Polster loderten viel schneller und natürlich die Papiere. Es wurde warm, und es knisterte, hier und da flog knallend ein Funke in den Himmel. Hinter den Wolken dämmerte es, Himmel und See leuchteten orange.

Karl und Tanja hatten sich wie für ein Picknick auf den Decken und Kissen ausgestreckt, die Füße Richtung Feuer. Sie schauten den Flammen zu und berührten sich nicht. Manchmal sah Karl zu Tanja hinüber, sie hatte die Augen ein bisschen zusammengekniffen.

»Ich wollte dir auch noch was sagen, damals.« Tanja sprach ganz leise. »Das mit deiner Mutter, wollte ich sagen, das tut mir leid. Ich habe sie sehr gerngehabt.«

»Ich weiß nicht, ob das überhaupt sie war, die

du gerngehabt hast«, sagte Karl, »sie hatte einen Hirntumor. Das hat sie verändert.«

Tanja schüttelte den Kopf. »Und deswegen zählt es nicht?«

»Doch«, sagte Karl. »Danke.«

Je länger das Feuer brannte, desto weniger ließen sich die Gegenstände voneinander abgrenzen, sie verwuchsen zu einer einzigen, brennenden Form.

»Das hätte ich gleich machen sollen, schon damals vor sechs Jahren«, sagte Karl nach einer Weile. Tanja zuckte mit den Schultern. Es war sehr still, nur das Feuer knackte. Karl konnte sogar das Schaf grasen hören, das Reißen der Grasbüschel. Weder das Feuer noch die beiden Menschen schienen das Tier zu verunsichern.

»Wo kommt dieses Schaf eigentlich her?«, fragte Karl.

»Wo es herkommt, weiß ich nicht«, sagte Tanja. »Vor so zweieinhalb Jahren ungefähr, da war es auf einmal da.«

»Kein Schäfer und keine Herde?«

»Nee.«

»Komisches Tier«, sagte Karl.

»Ja«, sagte Tanja.

»Vielleicht ist es ja irgendwo vom Laster gesprungen.«

Das Schaf schien zu bemerken, dass sie von ihm

sprachen. Es sah jetzt doch ein bisschen alarmiert aus.

»Du darfst es nicht so anstarren«, sagte Tanja, »das mag es nicht.«

»Okay«, sagte Karl. »Hat es denn einen Namen?«

»Das sage ich nicht.«

»Hast du Hunger?«, fragte Karl. »Ich habe eingekauft.«

Tanja hatte Hunger, und Karl holte Brot, Käse, Pistazien und Oliven aus dem leeren Haus, dazu Wasser. Außerdem hatte er in der Küche noch ein Glas Kirschen von vor sechs Jahren gefunden. Sie waren noch gut, mit Zimt und Kernen und allem.

Sie aßen, sahen dem Feuer zu und fütterten es mit Pistazienschalen und Kirschkernen. In der Dunkelheit hüpften Amseln über das Gras, ab und zu kam ein Plätschern vom See herüber. Irgendwann schlich sich das Schaf zu ihnen auf die Steinkontinente, rollte sich zusammen und lehnte seinen Kopf gegen Tanjas Oberschenkel. Sie kraulte es, bis es einschlief. »Ich habe es Karl genannt«, flüsterte sie, vielleicht um das Schaf nicht zu wecken.

»Warst du mir sehr böse?«, fragte Karl. »Ja«, sagte Tanja. »Aber ich bin trotzdem froh, dass du wieder da bist.«

Als er am Morgen aufwachte, brannte das Feuer noch immer. Er erinnerte sich an Traumfetzen und an irgendeine Geschichte, die Tanja erzählt hatte, irgendetwas mit einem labyrinthartigen Schloss aus lauter Türmen und Brücken und mit einer Königsfamilie, die durch dieses Schloss irrte, von Brücke zu Brücke und von Turm zu Turm, und einander beim Namen rief, so dass die Leute im Dorf dachten, es spukt. Er musste eingeschlafen sein, während Tanja erzählt hatte. Vielleicht hatte er die ganze Geschichte auch nur geträumt.

Tanja war nicht mehr da, aber sie hatte ihn sorgfältig zugedeckt, ihm war warm, und neben ihm wachte das Karlschaf.

Die Feuerstelle glühte noch anderthalb Tage lang nach. Die verkohlten Überreste ließ Karl im Garten stehen wie ein Denkmal. Er wollte zusehen, wie sich die schwarze Masse langsam zersetzte und in sich zusammenfiel. Er hatte Zeit.

Von oben sah das Ganze aus wie mit schwarzem Lack überzogen. Karl saß im ersten Stock am Fenster, genau da, wo er vor sechs Jahren gesessen und mit Mara telefoniert hatte. Das war der Tag gewesen, an dem er Tanja zum ersten Mal begegnet war. Jetzt telefonierte er mit Raiken. Karl war feierlich zumute.

Raiken allerdings klang besorgt. »Okay«, sagte er, »für wie lange denn?«

»Unbegrenzt«, sagte Karl.

»Aha«, Raiken machte eine vorsichtige Pause. »Und warum? Warum willst du denn jetzt auf einmal dortbleiben? Ich dachte, es geht darum, mit Leinsee abzuschließen.«

Auf den Kontinenten lagen noch die Decken, mit denen Tanja Karl zugedeckt hatte. Daneben stand das Schaf und graste. »Ich habe hier eine Verwandte wiedergetroffen«, sagte Karl. »Das ist mir wichtig.« Er klopfte an die Fensterscheibe. Das Schaf sah einen Moment lang zu ihm auf, dann drehte es sich um und graste weiter.

»Du kapselst dich jetzt aber nicht wieder so ein, oder?« Raikens Stimme war deutlich angespannt. »Komme ich dann noch an dich ran?«

»Mach dir keine Sorgen«, sagte Karl, »diesmal wird es anders. Diesmal wird es gut. Du wirst sehen, Max, es wird großartig!«

»Wenn du meinst«, sagte Raiken. »Du klingst ja wirklich ganz gut. Froh, irgendwie.«

»Ja.«

»Hast du alles verbrannt?«

»Ja. Alles aus der Villa. Das Atelier habe ich übrig gelassen und das Materiallager.«

»Okay. Soll ich diesem Torben Behning davon erzählen? Der ruft hier dauernd an.«

»Nein«, sagte Karl, »erzähl ihm nichts.«

»Kann ich mal vorbeikommen?«, fragte Raiken.

»Klar«, sagte Karl, »ich arbeite ein bisschen hier, und wenn ich was habe, kommst du und siehst es dir an.«

Dunkelbraun

Das leere Haus tat ihm gut, vor allem der Salon, wie er so offen dalag. Es war nicht mehr derselbe Raum. Karl hatte Lust, hier zu arbeiten, mit dem Blick auf den Garten und den See. Überhaupt hatte er Lust zu arbeiten. Er wunderte sich ein bisschen, dass er tatsächlich recht behielt. Seit dem großen Feuer hatte er neue Ideen. Es war nicht so, dass er sofort in einen Schaffensrausch verfiel, aber er hatte Bilder im Kopf, und er merkte, wie sich etwas veränderte.

Karl strich durchs Materiallager, wählte Schätze aus und trug sie in den Salon. Er ließ seine Ausrüstung aus Berlin kommen und schaffte neue Geräte an. Schweißbrenner. Er würde neue Sachen machen. Und dabei würde er aus dem Fenster sehen, und Tanja würde da sein.

Es war ein bisschen so, als wären sie Nachbarn. Nachbarn, die sich aus der Ferne beobachten und grüßen. Manchmal sah Karl Tanja ans Bootshaus gelehnt stehen und auf den See hinausschauen mit einem Blick, den er noch nicht kannte. Das befremdete ihn. Der Zeitsprung war so groß. Sechs Jahre. Sie kletterte jetzt nicht mehr auf den Baum wie als Achtjährige. Sie las, sie telefonierte, sie tippte auf ihrem Handy herum und ging im Bootshaus ein und aus. Nicht jeden Tag, aber regelmäßig. Wenn sie ihn sah, winkte sie ihm. Ab und zu kam sie über die Wiese zu ihm hochgelaufen, blieb auf der Terrasse stehen und sah sich durch die Scheibe an, was er machte.

Die Möglichkeit, dass sie kommen und ihm zuschauen würde, reichte schon aus, damit Karl sich Mühe gab. Er ließ auch tagsüber das Licht an, damit Tanja ihn sehen konnte. Er trank kaum und arbeitete so enthusiastisch wie lange nicht mehr, vielleicht wie noch nie. Er zeichnete, skizzierte, hämmerte und schweißte. Etwas Großes wollte er bauen. Und es wurde groß. Es wurde so groß, dass er eine Leiter brauchte. Es wurde so groß, dass er am Ende die Fensterfront würde ausbauen müssen, weil es nicht durch die Tür passen würde.

Aber so weit war er noch nicht. Noch stand er drinnen auf der Leiter und schweißte an einem Stahlgerüst herum. Ab und zu schob er sich die Maske vom Gesicht, um sein Werk zu betrachten und um zu sehen, ob Tanja vielleicht im Garten war.

Draußen lag Nebel über dem See, die Bäume verloren ihre Blätter, und es nieselte ein bisschen. Das Schaf hatte sich unter das Vordach des Bootshauses verkrochen. Wahrscheinlich würde Tanja heute nicht auftauchen, dachte Karl noch, ein bisschen traurig, aber da sah er sie schon die Wiese heraufkommen. In ihrer rechten Hand blitzte etwas, erst als Tanja schon auf der Terrasse stand, konnte Karl erkennen, dass es eine Schere war. Außerdem hielt sie noch einen Kamm in derselben Hand. Tanja grinste ihn durch die Scheibe an und klopfte an die Glastür.

Karl kletterte langsam von der Leiter. Er legte das Schweißgerät und die Maske auf den Boden und wischte sich die Hände an der Hose ab, während er auf die Scheibe zuging. Er öffnete die Tür nicht, er sah Tanja nur durch das Glas an, seine Hände in die Hüften gestemmt.

Tanja neigte den Kopf zur Seite und hielt Schere und Kamm hoch.

Natürlich würde Karl ihr die Tür aufmachen, aber nicht sofort. Er rührte sich nicht. Er zwang sich, nicht zu lächeln.

Tanja verdrehte die Augen, winkte mit ihren Utensilien und klopfte noch einmal gegen das Glas, erst mit den Knöcheln, dann mit der flachen Hand.

Als Karl nur die Arme verschränkte und immer

noch keine Anstalten machte, die Tür zu öffnen, kratzte Tanja sich theatralisch am Kopf, zuckte mit den Schultern, lachte, kam noch einen Schritt näher und berührte schließlich die Scheibe mit ihrem Gesicht. Stirn, Nase, Mund. Sie presste die Lippen gegen das Glas wie ein Fisch im Aquarium, öffnete und schloss den Mund, bis auch Karl lachen musste. Dann trat sie einen Schritt zurück und wartete, bis er ihr endlich die Tür aufmachte.

Sie ging an ihm vorbei ins Haus, dabei streifte sie ihn am Arm, und Karl hatte den Eindruck, sie mache das mit Absicht. Drinnen sah sie sich um, und dann sagte sie, als würde sie ein Gedicht rezitieren: »Hey du, du bist doch Künstler!« Und dann, wieder mit normaler Tanjastimme: »Ich habe doch noch was gut, wegen dem Klettern und der Dachrinne und so damals, oder?« Sie fuhr sich durchs Haar, hin und her, bis es ganz zerzaust war, schüttelte den Kopf, so dass ihr die Strähnen um die Ohren flogen, und hielt ihm Schere und Kamm hin.

»Das ist nicht dein Ernst!«, sagte Karl. »Ich kann das nicht.«

»Klar kannst du!«

»Nein, das kann ich nicht.«

»Ja, aber du hast schon ästhetischen Sachverstand und so, oder?«

»Ästhetischen Sachverstand?«

»Ja.« Tanja wies mit Kamm und Schere im Salonatelier herum und drehte sich dabei auf einem Bein. »Du bist doch der *strahlende Komet am Himmel der zeitgenössischen Kunst*.« Sie kam schwankend zum Stehen und grinste ihm ins Gesicht.

Karl zwang seine Mundwinkel, in der Waagerechten zu bleiben. Den Artikel hatte er auch gelesen.

»Na, jedenfalls wirst du ja wohl mit so ein paar Haaren fertig werden, oder? Oder willst du nicht?«

Karl knirschte mit den Zähnen. Er wollte schon. Er fühlte sich auch geehrt, irgendwie. Er freute sich, dass Tanja ihm das zutraute, und offenbar war es auch so etwas wie ein Versöhnungsangebot. Sie gab ihm eine Chance, etwas für sie zu tun. Das konnte er nicht ausschlagen.

Andererseits hatte er echte Angst vor dem Ergebnis. Und ein bisschen unheimlich war ihm auch. Er würde ihren Kopf anfassen, und das würde seltsam sein. »Ich habe das noch nie gemacht. Ich kann das wirklich nicht.«

»Wenn du etwas noch nie gemacht hast, kannst du ja gar nicht wissen, ob du es wirklich nicht kannst.«

»Bezwingende Logik«, sagte Karl und ließ seine Mundwinkel machen, was sie wollten. Sie wollten lächeln, breit lächeln.

»Ja, nicht?«, sagte Tanja. Sie zog sich einen Stuhl heran und setzte sich, mit dem Rücken zu Karl. Sie schüttelte die Haare zurecht, wohl zum Zeichen, dass sie bereit war. »Oder hast du Angst?«

»Du solltest vielleicht Angst haben«, versuchte es Karl.

»Nee. Ich bin da unerschrocken.« Über die Schulter hielt sie ihm wieder die Werkzeuge entgegen. Sie sah ihn nicht an.

»Tanja –«

»Karl!«

Sie war wohl wirklich unerschrocken. Karl nahm die Schere und klappte sie auf und zu. Sie quietschte ein bisschen. »Wirklich, wahrscheinlich wirst du danach verunstaltet aussehen.«

Tanja zuckte nur mit den Schultern. »Das macht nichts. Das ist dann mein Signature-Look. Der Stiegenhauershag.«

Karl musste lachen.

Tanja drehte sich zu ihm um. Sie strahlte. »Außerdem kann eine echte Schönheit nichts entstellen!«

Da hatte sie natürlich auch wieder recht.

Na gut, dachte Karl und nahm ihr auch den Kamm ab. »Wie soll es denn aussehen?«, fragte er. »Kurz und wild«, sagte Tanja, ihr Blick blitzte, »ein bisschen wie bei dir vielleicht.«

Karl nickte. Er griff vorsichtig in Tanjas Haare, schrak aber zurück, weil sie so weich waren. So weich hatten sie gar nicht ausgesehen.

»Keine Angst«, sagte Tanja. »Ich verspreche, dass ich dich nicht verklagen werde.« – »Okay«, sagte Karl.

Er begann erst mal damit, Tanja nur zu kämmen. Vorsichtig, ganz vorsichtig. Zuerst entwirrte er die Spitzen, dann arbeitete er sich langsam nach oben vor. Es dauerte lange, Tanjas Haare waren ziemlich verknotet. In ihrem Nacken, kurz unter dem Haaransatz, entdeckte Karl zwei kleine Leberflecke, die er noch nie gesehen hatte. Sie saßen fast mittig, ein kleines bisschen weiter links vielleicht, und schienen zusammenzugehören. Karl ließ sich viel Zeit, je später er zur Schere greifen musste, desto besser. Er wollte sich erst an das weiche Gefühl in seinen Händen gewöhnen.

Von oben versuchte er, Tanjas Gesichtsausdruck zu erkennen. »Alles okay da unten?«, fragte er.

»Alles okay.«

Karl nahm seine Jacke vom Stuhl und legte sie Tanja zum Schutz um die Schultern. Dann ging er um den Stuhl herum, ging in die Knie und sah sich Tanjas Gesicht an, die Kopfform, die Haare, die Ohren. Das rechte stand ein bisschen weiter ab als das linke. Tanja lächelte, dann hörte sie auf zu lächeln, und dann lächelte sie wieder, und diesmal musterte sie ihn dabei. Karl versuchte, ihren Blick zu ignorieren, er versuchte, sich zu konzentrieren und in seinem Gehirn ein Bild davon herzustellen, wie Tanja aussehen sollte, wenn er fertig wäre. Als er das Bild hatte, fing er an.

Der erste Schnitt kostete ihn große Überwindung. Das Geräusch der Schere, wie sie die Haare durchtrennte, klang ihm grausam und gewalttätig in den Ohren, aber Tanja blieb ganz ruhig, sie hatte sich zurückgelehnt und die Augen geschlossen, also schnitt er weiter. Unter den Haaren war es warm, Karl fuhr mit den Fingerspitzen auf der Kopfhaut entlang, er fühlte die Form des Schädels, und Tanja drückte ihm ihren Kopf entgegen und neigte ihn immer dorthin, wo seine Hand lag. Karl zog sie nicht zurück.

Er nahm jeweils eine Strähne zwischen Zeige- und Mittelfinger der linken Hand und schnitt mit der rechten. Die Strähnen, die er abschnitt, reihte er auf dem Tisch auf, dunkle Fasern, eine neben der anderen, es sah aus wie in einem Naturkunde- museum. Zwischendurch ging er immer wieder um den Stuhl herum und kontrollierte, wie das Ganze von vorn aussah. Am Ende fand er sein Werk erstaunlich gut gelungen. Er zog Tanja die Jacke von den Schultern, sah sie noch einmal von vorn an, fuhr ihr durchs Haar, ertrug die Weichheit, sah ihr ins Gesicht, ertrug ihren Blick und nickte ihr zu. »Fertig«, sagte er. »Danke«, sagte Tanja. »Du hast es ja noch gar nicht gesehen«, sagte Karl, »warte, ich hol dir mal einen Spiegel.«

Als er zurückkam, saß sie auf der Leiter und sah sich die Stelle an, an der Karl zuletzt gearbeitet hatte. »Was wird das?«, fragte sie.

»So etwas wie ein Pavillon. Eine begehbare Struktur. Wenn er fertig ist, kann man an drei Seiten rein- und rausgehen, dort in der Mitte gibt es einen Knick, so dass du nicht um die Ecke schauen kannst, wenn du drin bist. Zwischen das Stahlgerüst will ich später noch welche von den Sachen einspannen, die ich da unten liegen habe. Die sind aus dem Materiallager im Atelier. Wie genau, das muss ich noch ausprobieren. Vielleicht wird es auch gar nichts.«

Tanja nickte. »Zeigst du es mir, wenn es fertig ist?«

»Wenn du willst«, sagte Karl. »Jetzt zeige ich dir aber erst mal deinen neuen Stiegenhauershag.« Er hielt ihr den Spiegel hin, Tanja nahm ihn und betrachtete sich von allen Seiten. Sie fuhr sich durchs Haar, schob die Strähnen mal hierhin, mal dorthin, zupfte ein bisschen an den Spitzen herum und sah nicht unzufrieden aus dabei. »Kurz und wild«, sagte Karl. Tanja nickte. »Gefällt mir«, sagte sie. »Jetzt sind wir quitt.«

Tanja gab ihm den Spiegel zurück, kletterte die Leiter herunter und sah sich die Materiallagersachen auf dem Arbeitstisch an. Eine Goldkette mit Medaillon, ein Paar maßgefertigte Tanzschuhe, ein Uhrwerk, eine Tonvase, ein kleiner Globus und der Schmetterlingskarton. Daneben lagen aufgereiht Tanjas Haarsträhnen. »Deine Haare musst du mitnehmen«, sagte Karl.

»Warum?«, fragte Tanja.

»Sie gehören dir.«

Karl sammelte die Strähnen ein, legte sie auf ein Blatt Papier, faltete es vorsichtig zum Kuvert, so dass nichts herausfallen konnte, und hielt es Tanja mit beiden Händen entgegen wie einen Schatz. Sie nickte halb ernst, halb belustigt, nahm das Kuvert und steckte es sich beiläufig in die rechte hintere Hosentasche.

Bevor sie ging, nahm sie noch einmal den Spiegel in die Hand und stellte sich damit so neben Karl, dass sie sich beide gemeinsam betrachten konnten. Es war tatsächlich ungefähr der gleiche Haarschnitt. Sie sahen aus wie ziemlich schräge Geschwister.

Tanja nahm das längere Ende des gelben Schals, der an Karls Brust herunterhing, und legte es in einer zweiten Schlinge um ihren eigenen Hals. Sie strahlte ihn durch den Spiegel an. »Wirklich gut«, sagte sie. »Ja«, sagte Karl.

Schneeweiß

Mitte Dezember war Karl mit der großen Stahlkonstruktion fertig. Er rief Raiken nicht sofort an. Zuerst wollte er Tanja zeigen, was er gemacht hatte. Er heftete ihr einen Zettel als offizielle Einladung an die Tür des Bootshauses: *Der Pavillon ist fertig! Komm ihn dir ansehen, wann du willst.* Er schmierte Käsebrote zur Bewirtung, füllte Tee in eine Thermoskanne und wartete darauf, dass Tanja durch den frischen Schnee gestapft käme.

Es dauerte nicht lange. Sie hatte rote Wangen von der Kälte, ihr Atem kondensierte in der Winterluft, und als Karl ihr die Jacke abnahm, schien sie zu frösteln. Er drehte die Heizung auf.

»Das ist es«, sagte er überflüssigerweise und zeigte auf sein Werk. Die Konstruktion war nicht zu übersehen, sie füllte beinahe den ganzen Raum.

Zuerst sah Tanja sich das Ding sehr vorsichtig und sehr still an, und Karl hatte schon Angst, sie sei plötzlich ehrfürchtig geworden, vielleicht hatte sie ja wieder irgendwas über ihn gelesen, gut möglich, dass er sogar in ihrer Schule auf dem Lehrplan stand: BK, Bildende Kunst.

Nach einer stummen Umrundung der Konstruktion nickte Tanja ihm zu, nahm sich ein Käsebrot, biss hinein und verschwand mitsamt dem Brot im Pavillon. Karl atmete erleichtert auf.

Diese stille Ehrfurcht, die manche Leute Kunstwerken gegenüber an den Tag legten, sobald der Künstler berühmt war, hatte Karl in den letzten Jahren immer unerträglicher gefunden. Am Anfang hatte es ihm noch geschmeichelt. Wo immer er hingekommen war, hatten sie sich um ihn gerissen. *New York – Rio – Tokio.* Karl hatte sich gewundert, dass er so gut funktionierte auf dem Präsentierteller. Händeschütteln, Empfänge, Reden, Eröffnungen, Käufer, Models, Sekt, Hotels. Wenn er nur wollte, konnte er das. Und er hatte gewollt. Er hatte das nicht nur gemacht, um so oft wie möglich Mara zu entkommen. Er hatte diese Reisen genossen. Aber letztendlich war es immer frustrierender geworden. Wie sollte er diese Leute ernst nehmen? »Oh, Karl, you must be so *proud* of yourself!« – »Nee, ich bin nur müde.« – »Excuse me?« Am Ende hatte er es nicht mehr ausgehalten. Und er hatte seine eigenen, langweiligen Arbeiten nicht mehr ausgehalten.

Das neue Ding hier aber, dieser Stahlpavillon, in dem die Materiallagerdinge herumspukten, war ihm gelungen, fand Karl. Es war lange her, dass er so stolz auf etwas gewesen war, das er gemacht hatte. Natürlich konnte sich das noch ändern. Er war ja gerade erst fertig geworden damit, vielleicht würde es ihm in einer Woche, in einem Monat, mit ein bisschen Distanz schon nicht mehr so gut gefallen. Aber im Moment war er zufrieden.

Als Tanja aus einem der Ausgänge wieder auftauchte, sah sie ebenfalls zufrieden aus. »Das ist cool«, sagte sie, »und auch ein bisschen gruselig, aber auf eine schöne Art, finde ich. Und es macht Spaß.« Sie schluckte den Rest ihres Brotes hinunter, wischte sich erst den Mund mit dem Handrücken und dann die Hände an ihrer Jeans ab und strahlte ihn an.

»Danke«, sagte Karl, »das hatte ich gehofft. Dann kann ich ja meinen Galeristen anrufen.«

Raiken war sofort am Telefon. »Du wirst einen Lastwagen brauchen, wenn du das Ding mitnehmen willst«, sagte Karl. »Kein Problem«, sagte Raiken. Er kam gleich am nächsten Tag.

Karl freute sich über Raikens Gesellschaft und versuchte, ihn so gut es ging zu bewirten. Die Villa hatte Karl nur sehr spärlich ausgestattet. Er hatte die Ruhe nicht zerstören wollen. Fürs Salonatelier hatte er natürlich angeschafft, was er brauchte. Aber ansonsten war alles auf ein Minimum beschränkt:

ein Tisch und zwei Stühle in der Küche, die alte Betthöhle in seinem Zimmer, eine Truhe für Klamotten, ein Spiegel, und das war's. Die meisten Räume standen leer. An manchen Tagen wanderte Karl durchs Haus und probierte das Echo aus.

Raiken sah sich um und sagte: »Das ist schon radikal.«

»Ja«, sagte Karl.

»Man könnte es auch grausam nennen.«

»Ja«, sagte Karl, »aber es hilft.« Und dann zeigte er Raiken den Pavillon im Salon.

Raiken nickte leise, ging durch die Konstruktion hindurch, kam wieder heraus, ging noch einmal hindurch, umarmte Karl ungewohnt lange und fest, nickte noch einmal, und dann zog er eine Flasche Champagner aus der Tasche. »Jetzt müssen wir aber wirklich, wirklich anstoßen«, sagte er.

Sie setzten sich im Salon auf den Boden, Karl trank langsam und genoss jeden Schluck.

»Der Blick ist aber auch toll«, sagte Raiken und zeigte durch das Fenster in Richtung Garten und See. Es war der kälteste Dezember, an den Karl sich erinnern konnte. Vor dem Fenster war alles weiß. Eine Schneedecke lag auf dem Gras und bedeckte auch die Feuerstelle und die Steinkontinente, auf dem See hatte sich eine Eisfläche gebildet. Etwas weniger weiß stand nur das Schaf da, das immer noch im Garten lebte. Karl hatte ihm eine improvisierte Krippe gebaut und einen Heuvorrat angelegt. »Was ist denn das?«, fragte Raiken. »Das ist Karl«, sagte Karl, und Raiken lachte. »Wird dem nicht zu kalt da?« – »Nee«, sagte Karl und nippte an seinem Champagner, »Schafe haben da so eine körpereigene Thermoregulierung, habe ich mir sagen lassen. Und außerdem ist es freiwillig hier.« Raiken lachte wieder und nickte.

Raiken suchte sich ein Hotel in der Nähe. Er würde ein paar Tage brauchen, um den Transport zu organisieren. »Und hier hast du mir ja kein Gästebett übrig gelassen«, sagte er. »Nein«, sagte Karl, »aber komm doch morgen wieder, ich habe einen Tisch und zwei Stühle. Wir können zusammen essen.«

Raiken blieb eine Woche in Leinsee und besuchte Karl jeden Tag. Karl hatte erwartet, dass Tanja während dieser Zeit irgendwann auftauchen würde. Er hatte sich darauf gefreut, die beiden einander vorzustellen. Es wäre bestimmt okay gewesen. Sie hätten einander gemocht, da war er sich sicher. Doch Tanja ließ sich nicht blicken, und so langsam begann Karl, sich zu fragen, ob er sie mit irgendetwas verärgert haben könnte. Aber ihm fiel nichts ein, also versuchte er, nicht unruhig zu werden. Wahrscheinlich hielt sie einfach nur Abstand, solange Besuch da war. Danach würde sie schon wieder auftauchen. Vielleicht war ihr auch das Wetter zu ungemütlich. Es hatte in einem fort geschneit, mittlerweile lag der Schnee meterdick, Karl würde noch mehr Heu für das Schaf organisieren müssen, damit es genug zu fressen hatte.

Vielleicht waren auch schon Weihnachtsferien, und Tanja war mit ihrer Familie verreist. Es war der 22. Dezember. Raikens letzter Tag. Der Transport war endlich organisiert, der Pavillon bereits auf dem Weg nach Berlin, und Raiken war ebenfalls abfahrbereit. Pünktlich zu Weihnachten wollte er zu Hause sein. Er war noch einmal vorbeigekommen, um sich zu verabschieden. »Willst du nicht mitkommen? Zumindest über die Feiertage?«, fragte er. »Nein«, sagte Karl, »mir geht es gut hier. Mach dir keine Sorgen.«

Sie umarmten sich, und Raiken sah sich noch einmal im Salonatelier um. Das Licht fiel milchig und müde durch die Fensterfront. Es war noch recht früh am Morgen, Raiken wollte vor dem Abend in Berlin ankommen, er wollte nicht im Dunkeln fahren bei diesem Wetter. Karl war gerade erst aufgestanden und gähnte noch. »Ganz leer hier, so ohne das Monstrum«, sagte Raiken. »Ich kann ja ein neues machen«, antwortete Karl, und Raiken nickte. Er musste jetzt auch gähnen, wahrscheinlich ein Sympathiereflex, dachte Karl. »Ich lass mal ein bisschen Sauerstoff rein«, sagte Raiken und öffnete die Terrassentür. Und dann hörte Karl ihn sagen: »Oh.«

Die Schneekugel war riesig. Riesig. Zwei, vielleicht auch drei oder vier Meter Durchmesser. Aus der Entfernung war das schwer abzuschätzen. Sie lag direkt im Blickfeld der Fensterfront auf der Eisfläche des Sees. Drum herum lauter Fußspuren, kleine Abdrücke. Karl lachte. »Was ist das denn?«, fragte Raiken. »Hast du das gemacht?« – »Nein«, sagte Karl, »ich glaube, das ist mein Weihnachtsgeschenk.«

Flaggenblau

Die Schneekugel hielt sich bis Anfang Februar, bevor sie langsam und anmutig dahinzuschmelzen begann. Als die Eisdecke dünn wurde und schließlich brach, löste sich das, was noch übrig war, an der Wasseroberfläche auf.

Mit den Jahreszeiten verwitterten auch die Reste des großen Feuers. Eine schwarze Erhebung jedoch blieb zurück, die das Schaf zunächst noch vorsichtig mied und dann letztendlich niedertrampelte.

Die Schneekugel war das erste einer ganzen Reihe neuer Zeichen gewesen, die Tanja für Karl hinterließ. Manchmal, selten, waren es Schätze oder Fundstücke wie früher, meistens jedoch irgendeine Veränderung in der Landschaft, die Karl von seinem Fenster aus sehen konnte, flatternde Bänder im Kirschbaum, ein Streifen pink gefärbtes Gras, Dutzende gelbe Luftballons im See.

Karl revanchierte sich, indem er Geschenke vor die Tür des Bootshauses legte. Vakuumierte Schätze, Fundstücke aus dem Materiallager, manchmal auch etwas Praktisches, einen Heizofen für den Winter oder etwas zu essen. Ins Bootshaus selbst setzte er nie einen Fuß.

Wenn sie sich trafen, dann meistens im Garten. Im Frühling wich Karl auch zum Arbeiten nach draußen aus, dort hatte er mehr Platz für seine immer größeren Werke. Er arbeitete viel und gern, baute immer verwinkeltere Konstruktionen, in die er Stücke aus dem Materiallager der Eltern einfügte. Es war ein beinahe unerschöpflicher Fundus, und zum ersten Mal war Karl nicht traurig, wenn er darin herumwühlte, denn die Sachen würden nicht zerhackt und vermengt werden. Er ließ die Dinge intakt und gab ihnen immer größere Räume in seinen neuen, begehbaren Gebilden. Manchmal ließ Karl seine Pavillons wochenlang draußen stehen, damit Tanja darin herumklettern konnte, bevor Raiken die Werke abholte. Karl sah ihr gern dabei zu.

Als es wärmer wurde, kehrten auch die Eidechsen auf die Steinkontinente zurück. Schöne Tiere, dachte Karl. Ihm gefielen die Hautstruktur und die Bewegungen. Die Eidechsen beäugten ihn aus ihren kaviarschwarzen Augen, und irgendwann ließen sie es zu, dass er sich zu ihnen auf die Sandsteinplatten legte, ohne vor ihm zu fliehen. Er musste nur darauf achten, sie nicht mit seinem Schatten zu streifen.

Alle paar Monate kam Raiken vorbei, sah sich an, was Karl gemacht hatte, sie tranken Champagner, und dann zog Raiken mit einem neuen Stiegenhauer im Gepäck wieder ab. Die Geschäfte liefen offenbar gut. »Es sind jetzt andere Käufer«, sagte Max. Er wirkte nicht unglücklich darüber.

Karl selbst verließ Leinsee nur selten. Manchmal nahm er eine Einladung an, flog nach London oder Chicago oder Rom oder sonst wohin. Der Rummel, der dann um ihn gemacht wurde, irritierte ihn jedes Mal, besonders nach längerer Zeit in seiner Einsiedelei. Er verstand nicht, was die Leute an ihm fanden, den meisten hatte er nichts zu sagen, trotzdem schienen sich alle blendend mit ihm zu amüsieren. »Oh Karl, you are so *funny*!« Meistens brauchte er ein paar Tage, um sich daran zu gewöhnen. Die zweite Woche dann genoss er. Er redete, trank, feierte, lachte, ließ sich fotografieren und schlief mit den Frauen, die sich zu ihm ins Bett legten. In der dritten Woche sehnte er sich nach den leeren Räumen in Leinsee, sehnte sich nach Tanja und fuhr zurück.

Im Grunde waren Tanja und Raiken die einzigen Menschen, die er länger um sich haben konnte. Manchmal dachte Karl an die Zeit mit Mara zurück, an die vielen Leute, den Freundeskreis. Er wusste noch, dass es ihm gefallen hatte, ein Teil davon zu sein, aber jetzt vermisste er keinen einzigen dieser Menschen. Zwei Freunde waren genug, dachte Karl. Er hätte sie einander immer noch gern vorgestellt. Aber Tanja versteckte sich nach wie vor, wenn Raiken zu Besuch kam, und Karl fragte sie nicht danach. Es war ihre Sache.

Außerhalb des Gartens sahen sie sich nur selten. Tanja ging jetzt auf ein Gymnasium etwas entfernt, so dass Karl ihr bei seinen Spaziergängen durch Leinsee kaum noch begegnete. Und auch wenn sie sich zufällig über den Weg liefen, schreckte Karl jetzt davor zurück, ihr hinterherzugehen. Es fühlte sich anders an. Nicht mehr wie ein Spiel, sondern eher wie Stalking.

Trotzdem lief er manchmal noch die alten Wege ab, die sie früher zusammen gegangen waren. Fußgängerzone, Marktplatz, Brunnen. Um den Friedhof machte er einen großen Bogen. Karl wusste selbst nicht, warum. Die Eltern lagen ja nicht wirklich dort. Wahrscheinlich hatte er Angst davor, zu sehen, wie dort ihre Namen in Stein gemeißelt waren.

Also bog er vor der Kirche links ab, ging um den Sportplatz herum, ratterte mit den Fingern am Zaun und ging dann zum Marktplatz zurück. Vielleicht sollte er sich ins *Rathaus-Café* setzen und einen Kaffee bestellen. Oder, noch besser, ein klebriges Plastikbechereis, es war ein schöner, warmer Tag, genau richtig dafür. Er steuerte gerade einen der Tische an, da hörte er jemanden seinen Namen sagen. Eine Frauenstimme.

»Karl?«

Als er sich umdrehte, stand da eine Frau mit Kinderwagen. Kurze dunkle Haare, flaggenblaues Hemdkleid, darunter Beine, die ihm gefielen, und darüber ein nicht unangenehmes Lächeln. Hübsch, dachte Karl und überlegte, warum sie ihn geduzt hatte. Die Frau lächelte ihn weiter an, und dann boxte sie ihn in den Oberarm, und da erst erkannte er sie: »Alexandra.« Er freute sich, sie zu sehen, wirklich, er freute sich sehr. Es war nur: Sie sah so anders aus. »Du siehst so anders aus«, sagte Karl.

Das hatte nicht so geklungen, wie er es gemeint hatte, aber Alexandra wirkte nicht beleidigt. Sie lachte sogar: »Ja, das macht wohl das Kind! Darf ich vorstellen? Das ist Simon.« Simon war winzig klein mit großen dunkelblauen Augen, die er nur sekundenweise öffnete, und er schien sich nicht besonders für Karl zu interessieren. »Hallo, Simon«, sagte Karl trotzdem, »ich freue mich, dich kennenzulernen.« Mit großer Befriedigung stellte er fest, dass der Kleine nicht die geringste Ähnlichkeit mit dem entsetzlichen Blondarzt aufwies. »Ein sehr schönes Kind«, sagte Karl.

Eine Weile starrten sie gemeinsam auf das Baby wie auf einen Fernseher oder ein Lagerfeuer. So konnten sie nebeneinander stehen, ohne zu sprechen.

»Ich meinte, dass du gut aussiehst, wirklich gut, nur anders«, brachte Karl schließlich über die Lippen. »Danke«, antwortete Alexandra, »du übrigens auch. Du siehst aus, als ob du zufrieden wärst. Was machst du hier?«

»Jetzt gerade wollte ich zum Friedhof.«

Alexandra lachte, und einen Moment lang sah sie aus wie früher. »Das ist aber die falsche Richtung.«

»Ja, ich weiß. Ich mache Umwege.«

»Hm«, machte Alexandra, »soll ich vielleicht mitkommen? Simon ist es egal, wo ich ihn herumschiebe, Hauptsache, es schaukelt.«

Karl überlegte. »Ja«, sagte er dann, »ich glaube, ich fände es gut, wenn du mitkommst.«

Sie gingen nebeneinander her über den Platz, von weitem hätte man glauben können, sie seien eine Familie. Am Friedhof hielt Karl das Tor für Alexandra auf, damit sie den Kinderwagen hindurchschieben konnte. Hinter dem Eingang blieb Karl stehen. Er wollte sich erst einmal orientieren. Es war so lange her. Aber Alexandra ging ohne zu zögern voran, offensichtlich kannte sie den Weg: »Hier lang, es ist nicht zu verfehlen.«

Schon aus dreihundert Metern Entfernung war das Stiegenhauergrab deutlich zu erkennen. Das lag an dem Zeug, das sich darauf türmte: Blumen, vor allem rote Rosen, außerdem Steinchen und Fotos.

Es hätte gar keine gemeißelten Namen gebraucht. Trotzdem standen sie da:

ADA

&

AUGUST

STIEGENHAUER

Sonst nichts, keine Daten, keine Zahlen.

Karl ging in die Hocke. Die Leute hatten tatsächlich Fotos von Stiegenhauerplastiken auf das Grab gelegt, manche waren als Selfies aufgenommen, mit irgendeinem beliebigen Grinsen im Vordergrund. Es war pures Glück und Zufall, dass jetzt gerade keine Pilger anwesend waren.

»Stört das denn keinen, dieser ganze Müll hier?«, fragte Karl.

»Einmal im Monat räumen sie die Sachen weg, glaube ich.« Alexandra stand neben ihm, verzog keine Miene und wippte den Kinderwagen auf und ab. Was mit dem ganzen Zeug auf dem Grab passierte, wusste sie nicht, wahrscheinlich wurden die Sachen einfach entsorgt. Man müsste das alles zerschreddern und verharzen, überlegte Karl, das wäre ein Projekt für Buddy Holly. Er lachte leise, stand auf und nahm sich einen der Kiesel vom Grabstein herunter, als Souvenir. Dann drehte er sich zu Alexandra: »Das reicht mir. Ich möchte jetzt ein Eis essen. Darf ich dich einladen?«

Auf dem Rückweg zum Friedhofstor kamen ihnen dann doch noch zwei Stiegenhauerjünger entgegen. Ein Mann und eine Frau, beide ungefähr vierzig Jahre alt, beide ganz in Schwarz. »Yes! I am telling you, it's him! It's Karl! The son! Karl Steegenhower!« Die Frau flüsterte so laut, dass sie nicht zu überhören war. Dabei schauten beide verstohlen zu ihnen herüber und zückten ihre Smartphones.

Alexandra hakte sich bei Karl unter und sandte den beiden Aaskrähen ein lautes Lachen hinüber. »No, you're wrong. But thank you anyway: He tries very hard to copy Karl's look. We are just fans, like you. The grave is over there, you can't miss it.« Sie zeigte in die Richtung, und dann zog sie Karl weiter. »Danke«, sagte er. Es kam ihm vor, als hätte er ein großes Abenteuer bestanden.

Im Café bestellte er die beiden größten Eisbecher, die auf der Karte standen. »Zur Feier des Tages«, sagte er und merkte, dass er erstaunlichen Appetit hatte, richtigen Hunger. Er schaufelte das Eis in sich hinein und freute sich über die klebrige

Erdbeersoße. Auch Alexandra löffelte sich wacker durch ihren mit Glitzerpapierfontänen geschmückten Eisberg, aber auf halber Strecke musste sie aufgeben, weil Simon zu schreien anfing, wütend und laut. Alexandra seufzte, dann lächelte sie, schob den Plastikeisbecher von sich, hob ihr Kind aus dem Wagen, zog mit einer kurzen, praktischen Geste, die Karl ruppig fand, ihren Ausschnitt zur Seite und schob Simon ihre linke Brust in den Mund. Augenblicklich war Ruhe.

Karl sah sich das Kind an und die Brust, er stellte sich vor, wie jetzt Milch durch irgendwelche Kanäle hindurchströmte, und er wusste nicht genau, ob er das erregend fand oder nicht. Schön sah es aus und fremd. Simon schmatzte. Alexandra streichelte ihrem Sohn den Kopf, und dann wandte sie ihren Blick wieder Karl zu. »Manchmal ist es ganz einfach«, sagte sie.

»Ja«, sagte Karl.

Beim Abschied fragte er sie, ob sie ihn wiedersehen wolle.

»Das ist keine gute Idee«, sagte sie, »ich bin jetzt verheiratet.«

»Ich dachte, so etwas stört dich nicht«, sagte Karl.

»Stimmt. Bei anderen stört es mich nicht. Aber das ist meine eigene Ehe.«

Karl nickte und hielt ihr seine rechte Hand hin. Sie nahm sie nicht. Sie küsste ihn auf den Mund, dann lächelte sie ihn an, und dann boxte sie ihn in den Oberarm: »Mach's gut!«

»Mach ich«, sagte Karl.

Seidenschalgelb

Tanja wuchs und wuchs, und Karl hätte gelogen, wenn er behauptet hätte, dass ihn das nicht irritierte. Bald würde sie sechzehn Jahre alt sein, und manchmal sah sie aus wie eine erwachsene Frau.

Dann wieder, in anderen Momenten schaute sie vor sich hin mit einem Blick von früher, summte irgendwas oder hüpfte zwischen zwei Schritten. Wenn sie sich selbst dabei ertappte, zuckte sie mit den Schultern.

Im Sommer schleppte Tanja ein zweites Tier an: eine getigerte Katze, die durchs Gras strich, Amseln jagte, das Schaf erschreckte und sich über die Eidechsen hermachte, die auf den Steinkontinenten wohnten. Tanja fütterte das Vieh, und so kam es immer wieder.

»Deine Katze frisst meine Eidechsen!«, beschwerte sich Karl, aber Tanja zuckte nur mit den Schultern, es war schon zu spät, das Tier fühlte sich heimisch und war nicht zu vertreiben, nicht durch

Lärm und auch nicht mit dem Gartenschlauch. Irgendwann stand die Katze vor der Terrassentür und verlangte energisch Einlass.

»Siehst du, sie mag dich«, sagte Tanja und lächelte triumphierend. Auf diese Weise lächelte sie oft in letzter Zeit. Es sah schön aus und ein bisschen fies. Und jedes Mal, wenn sie das machte, tasteten ihre Augen sein Gesicht nach einer Reaktion ab. Karl verschränkte dann meistens die Arme und konzentrierte sich darauf, ihrem Blick standzuhalten. Es gelang ihm, aber er fühlte sich unwohl dabei. Tanja wollte ihn ärgern. Das war neu, und es verunsicherte ihn.

An die Katze konnte Karl sich gewöhnen. Wenn es denn dabei geblieben wäre. Aber nach ihrem Geburtstag trieb Tanja es wirklich auf die Spitze. Als wäre das ein magisches Datum. Der sechzehnte Geburtstag.

Wenigstens legte sie ihm ihre Opfer nicht mit durchgebissener Kehle vor die Tür, wie die Katze es machte: Amseln, Spatzen und Mäuse, manchmal war auch ein Maulwurf dabei. Seit Karl die Katze fütterte, sammelte sich totes Kleingetier auf seiner Terrasse. Die Katze reihte die Leichen sorgfältig auf und wartete in Sichtweite, bis er fand, was sie ihm hingelegt hatte. Dann wollte sie eine Reaktion sehen. Um die Amseln tat es ihm immer am meisten leid. Wenn Karl die Katze für ihre Morde nicht lobte, war sie sichtlich enttäuscht, hörte aber nicht auf mit ihren Bemühungen. Im Gegenteil, Missachtung beantwortete sie mit noch mehr Opfergaben, so dass Karl letztendlich dazu übergegangen war, die dargebrachten Geschenke ausgiebig zu würdigen, bevor er sie die Toilette hinunterspülte. Irgendwann fiel es ihm nicht mal mehr schwer, er ertappte sich sogar dabei, dass er sich über die Aufmerksamkeiten freute.

Mit Tanjas Mitbringseln war das schon schwieriger.

Jungs. Einer nach dem anderen, allesamt Prachtexemplare. Ein blasser Blonder mit Rucksack, ein Dünner mit silberner Brille und silbernem Rennrad, einer mit Sommersprossen auf dem halbrasierten Schädel und einer mit Dreadlocks und Skateboard. Ständig schleppte sie neue an, nahm sie mit ins Bootshaus und schloss die Tür. Karl stand in seinem Salonatelier hinterm Fenster, sah das alles und wusste nicht, was er damit anfangen sollte.

Natürlich war nichts dagegen zu sagen, dass Tanja sich mit Jungs traf. Es war ja nicht so, dass Karl eifersüchtig gewesen wäre. Absurd. Im Gegenteil, er freute sich, wenn sie glücklich war.

Was ihn nervte, war, dass sie das Ganze speziell für ihn zu inszenieren schien. Was hatten diese

Typen in seinem Garten verloren? Tanja hätte sie schließlich auch woanders treffen können. Aber sie tat es vor seinen Augen, dann, wenn er zu Hause war. Offensichtlich wollte sie, dass Karl irgendwie darauf reagierte. Karl wollte aber nicht reagieren.

Also machte er nichts, aber auch das war unbefriedigend, denn nichts zu machen war nun mal auch eine Reaktion. Nichts zu machen war genauso schlimm wie zu schimpfen oder das Bootshaus abzufackeln oder das Schaf zu schlachten oder anerkennend zu nicken oder sonst was. Nichts zu machen war sogar schlimmer als alles andere. Es war eine Falle, und aus dieser Falle kam er nicht raus. Es machte ihn wütend, und Tanja merkte das natürlich und machte weiter und grinste dazu, bis Karl die Vorhänge zuzog.

Monatelang ging das so. Herbst, Winter, Frühling. In dieser Zeit wechselten sie kein Wort miteinander. Am Ende war Karl nicht mehr wütend. Es gefiel ihm nicht, was Tanja da machte, aber er hatte sie gern, also würde er es aushalten. Er wollte es aushalten. Er zog die Vorhänge wieder auf, arbeitete im Garten wie vorher, streichelte das Schaf, und wenn er Tanja oder einen ihrer Freunde sah, winkte er.

Und schließlich, an einem der ersten heißen Sommertage, legte er ihr wieder ein Geschenk vor die Tür. Diesmal hatte er es eingepackt. Er wollte nicht, dass einer dieser Jungs sah, was es war.

Er wartete hinter seinem Fenster, bis Tanja kam und es entdeckte. Sie war allein. Sie sah zu ihm hoch, bückte sich, hob das Päckchen auf, tastete daran herum, sah noch mal zu ihm hoch, und schließlich riss sie das Papier auf, entdeckte den gelben Seidenschal, lächelte, roch daran, legte ihn sich um den Hals und winkte ihm zu, bevor sie im Bootshaus verschwand.

Ab diesem Moment ging es Karl besser. Früher oder später würde Tanja antworten. Er brauchte nur zu warten.

Metallic-golden

Die Antwort sah anders aus, als Karl sie sich vorgestellt hatte.

Heute ist der 20., nein, der 21. Juli 2013, dachte Karl. Ja, der 21., dachte er, als wäre das wichtig, als wäre das ein historischer Tag, den er sich merken müsste für später.

Dabei fand er wirklich peinlich, was Tanja da machte. Er wollte gar nicht hinschauen.

Sie trug einen Bikini, den er noch nie gesehen hatte. Der Bikini war golden.

Der Bikini war metallic-golden! Und Tanja war ganz offensichtlich von allen guten Geistern verlassen.

Keine Ahnung, wo sie plötzlich hergekommen war, über das Grundstück jedenfalls nicht. Karl saß schon seit über einer Stunde auf dem Bootssteg. Er war schwimmen gewesen und hatte sich danach in seinen Bademantel gewickelt und auf die Holzplanken gesetzt, um sich aufzuwärmen.

Tanja war einfach aus dem See aufgetaucht.

Buchstäblich aufgetaucht wie eine Robbe. Oder vielleicht wie eine Seejungfrau, dachte Karl. Im Grunde war das ja das Gleiche, dachte Karl. Hatten nicht die Seefahrer der Renaissance Robben für Seejungfrauen gehalten auf ihren langen Fahrten? Wer hatte ihm das erzählt? Oder hatte er das irgendwo gelesen?

Tanja kam jetzt auf ihn zu.

Im bauchnabelhohen Wasser war sie zunächst stehen geblieben. Lange. Wohl um sicher zu sein, dass Karl sie sah. Dass er auch hinsah.

Und Karl hatte hingesehen.

Dann erst hatte sie sich in Bewegung gesetzt. Es sah ganz unwirklich aus. Das lag wahrscheinlich am Tempo. Tanja war viel zu langsam. So langsam, als wäre sie computeranimiert. Sie wiegte sich beim Gehen. Sie schob ihre Hüfte nach rechts und neigte den Kopf nach links, beides ganz leicht, dann in die andere Richtung, dann wieder zurück, und schließlich blieb sie so stehen, eine geschwungene, nasse, goldene Tanja, die Taille unmöglich gebogen und perfekt, die Füße vom flachen Wasser umspült.

Scheiß Botticelli-Pose, dachte Karl. Scheiß Goldener Schnitt. Sie sah aus wie berechnet, wie ausgedacht. Er wollte lachen, so laut, dass sie es hören musste, aber ihm kam kein Laut über die Lippen. Wenigstens war sie nicht blond, dachte Karl noch.

Er räusperte sich. Und da schüttelte Tanja schon den Kopf, so dass nasse dunkle Haare und glitzernde Wassertropfen in alle Richtungen flogen. Auch das sah irgendwie langsam aus und irreal.

Wer jemals einen James-Bond-Film gesehen hat, darf so etwas nicht machen, dachte Karl. Aber vielleicht war Tanja dafür ja zu jung, vielleicht glaubte sie ja, das hier sei neu und ihre eigene Idee. Vielleicht war das eine Entschuldigung.

Aber trotzdem: scheiß James-Bond-Zeitlupe.

Scheiß Wasser. Alles glänzte.

Sogar die Tropfen auf Tanjas Haut bewegten sich in Zeitlupe.

Eine zitternde Perle auf Tanjas linkem Schlüsselbein. Karl hielt seinen Blick daran fest und wartete darauf, dass sich der Tropfen löste. Einundzwanzig, zweiundzwanzig, dann rollte die Perle bis zum Ansatz der Brust, dort blieb der Tropfen liegen, viel zu lange, bevor er zwischen den Brüsten verschwand und nicht wiederkam.

Aber da löste sich schon die nächste Wasserperle, seitlich an Tanjas Hüfte, und rollte zur Mitte des Oberschenkels. Dort verschmolz sie mit einem zweiten Tropfen, der schon auf sie gewartet hatte. Zusammen kullerten sie als dicke, runde Murmel bis zum Knie, wo sie ihre Bewegung bremsten und hängenblieben. Wieder dauerte es viel zu lange.

Karl zählte bis sieben.

Als der Tropfen sich endlich löste, schien er die Verzögerung aufholen zu wollen. Er floss auf einmal schnell, viel zu schnell, viel zu unspektakulär Tanjas Schienbein herab und löste sich mir nichts, dir nichts, einfach so auf der Wasseroberfläche auf.

Karl ballte beide Fäuste. Er hatte keine Ahnung, warum Tanjas Anblick ihn so wütend machte. Er hätte sich ja auch einfach umdrehen können und gehen. Ja, er würde sich jetzt einfach umdrehen und ins Haus gehen. Das war ein guter Plan.

Sofort. Gleich. Nur einen Augenblick noch. Karl wollte nur warten, bis sie ihn ansah. Nur ganz kurz noch.

Und dann sah sie ihn an. Ihre Augen funkelten merkwürdig. Sie lächelte mit ihrem linken Mundwinkel. Das war schön. Die Asymmetrie gefiel Karl, die hatte ihm schon immer gefallen. Das versöhnte ihn ein bisschen. Er verschränkte die Arme vor der Brust und lächelte zurück. Tanja grinste jetzt breit. Sie machte fünf schnelle Schritte ans Ufer und blieb dort stehen, vielleicht drei Meter entfernt. Sie sah ihn gerade und ernst an, Sekunden, in denen Karl gar nichts tat. Dann zuckte Tanja mit den Schultern und lachte.

Karl musste auch lachen. Er überlegte, aber nur kurz, dann nickte er und holte Luft.

Er achtete auf flüssige Bewegungen. Aufstehen, Gürtel, linke Schulter, rechte Schulter. Karl zog den Bademantel aus, schloss die Augen und öffnete sie wieder. Er war nackt. Er spürte die Luft und wusste nicht, ob sie warm oder kalt war, ein leichter, freundlicher Wind. Er hielt den Bademantel in der rechten Hand.

Tanja fixierte seine Augen, das beruhigte ihn. Er konnte ihren langsamen Atem sehen. Er stellte sich ihre Lungenflügel unter ihrem Wasserperlenbrustkorb vor.

Wie ein Schauspieler hob Karl seinen rechten Arm, hielt den Bademantel einen Augenblick lang in die Luft, als wäre er etwas Heiliges, das es zu präsentieren galt, dann warf er ihn ihr zu. Der Mantel flog. Tanja streckte die Arme aus und fing den Stoff mit beiden Händen.

Sie fasste den Mantel am Kragen, schüttelte ihn sich zurecht und legte ihn um die Schultern wie eine Königin. Dann versuchte sie, mit beiden Armen gleichzeitig in die Ärmel zu schlüpfen. Sie sah sehr konzentriert aus, es war wohl schwierig, für einen Moment verlor sie fast das Gleichgewicht. Im Straucheln schmunzelte sie, hüpfte zweimal auf einem Bein, um nicht umzufallen, dann fing sie sich, biss sich auf die Unterlippe und knotete den Mantel mit einer energischen Geste zu. Als sie fertig war, ließ sie die Arme fallen, hob das Kinn und suchte wieder Karls Blick.

So standen sie vielleicht drei Sekunden. Vielleicht war Karl glücklich. Er nickte Tanja zu, sie nickte auch, dann drehte er sich um und ging gemessenen Schrittes ins Haus. Vielleicht, dachte Karl, hatte ihm noch nie etwas so gefallen wie dieser Anblick. Tanja, die seinen Bademantel anzog. Er dachte an ihren Blick in seinem Rücken. An den Blick jetzt und an alle vergangenen und an alle kommenden. Er schloss die Tür, ohne sich umzusehen.

Es dauerte noch zweieinhalb Jahre, bis sie sich zum ersten Mal küssten.

Dunkel

In kühlen Momenten sagte sich Karl, dass man das ja jedes Mal dachte, wenn man sich gerade verliebt hatte. Man dachte jedes Mal, man habe noch nie so geliebt, man dachte jedes Mal, das sei jetzt der beste Sex aller Zeiten und die größtmögliche Aufregung und Wunder was, und dabei war es überhaupt nichts Besonderes, und es ging allen so, immer wieder.

Aber die kühlen Momente waren kurz, und außerdem war es nicht wahr, was er sich in diesen Momenten sagte, es konnte gar nicht wahr sein, und überhaupt, wieso sollte er kühl sein, wenn Tanjas Haut Honig und Basilikum war und sie ihn ansah mit ihrem dunklen Blick. Und ja, er wusste selbst, dass das kitschig war, aber das änderte ja nichts daran, an dem dunklen Blick nicht und an allem anderen auch nicht, und man durfte auch nicht immer so kleinlich sein, was den Kitsch anging, und auch bei großen Worten nicht, wozu diese Kleinlichkeit, die war doch dumm und nützte nichts, und er dachte sowieso nur noch an Tanja, also konnte er sich auch darüber freuen und es Liebe nennen.

Vielleicht hätte Karl wissen müssen, dass es irgendwann so weit kommen würde. Keine Ahnung. Als es so weit war, war er jedenfalls trotzdem überrascht.

Der 21. Juli 2013 hatte etwas verändert. Der Tag mit dem goldenen Bikini. Der Tag mit dem Bademantel. Das mit dem Bademantel hatte Karl gefallen, daran änderte sich auch in der Erinnerung nichts. Aber trotzdem, trotzdem. Er bekam dieses Bild nicht mehr aus seinen Gedanken, und das ärgerte ihn. Die geschwungene, goldene Tanja. Er wollte das nicht dauernd vor Augen haben. Aber das Bild war da, es schob sich vor andere Bilder, und es blieb. Es blieb, wenn er an andere Frauen denken wollte. Es blieb auch dann, wenn er sich dagegen wehrte. Und irgendwann war es sogar da, wenn er mit anderen Frauen schlief. Jedes Mal. Das war unangenehm. Er wollte das nicht. Tanja, dachte Karl. Tanja, Tanja, Tanja.

Vielleicht war der 21. Juli 2013 für Tanja so etwas wie ein Pakt gewesen. Oder eine Prüfung. Vielleicht hatte Karl richtig reagiert, als er sich ausgezogen hatte. Jedenfalls hatte Tanja seitdem nie wieder einen anderen Menschen mit in den Garten gebracht.

Es war nicht so, dass sie keine Jungs mehr traf.

Karl sah sie manchmal in Leinsee. Das heißt, eigentlich war »Jungs« das falsche Wort, mittlerweile waren es junge Männer. Einmal küsste sie einen Kerl mit langen dunklen Haaren im Sommer unten bei den *Seeterrassen*. Einmal radelte sie schlingernd im Regen die Straße entlang, einen lachenden, blonden Typen auf dem Gepäckträger, und einmal sah er sie mit irgendwem auf einem Motorroller um die Ecke biegen. Aber sie quälte Karl nicht mehr damit. Im Gegenteil, wenn sie merkte, dass Karl in der Nähe war, manövrierte sie sich und ihren Freund aus seinem Blickfeld. Und Karl ging nicht hinterher. Nie ging er hinterher.

Es war einer der ersten Wintertage, den ganzen Tag war es nicht richtig hell geworden. Aus einem trüben Himmel fiel halbherziger Schneegriesel, der sich schon beim ersten Bodenkontakt auflöste. Grässliches Wetter. Karl hatte sich trotzdem zu einem Spaziergang entschlossen, weil er den grauen Blick aus seinem Atelierfenster nicht mehr ausgehalten hatte. Sogar das Schaf auf dem Rasen hatte unglücklich ausgesehen, und die Katze hatte sich neben der Heizung zusammengerollt und schlief den ganzen Tag.

Im Ort war es allerdings noch schlimmer. Über der Fußgängerzone hingen Lichterketten, und auf dem Rathausplatz hatten sie einen Weihnachtsmarkt aufgebaut. Es gab Glühwein und Bratwurst, ein Karussell und ein paar Stände mit deprimierendem Schmuck. Rund um den Brunnen war eine Eislaufbahn aufgebaut, auf der Menschen in Schlittschuhen herumfuhren, mehr oder weniger wackelig, alle in dieselbe Richtung und immer im Kreis, Runde um Runde um Runde, dazu blechern die immer gleiche Musik: *This year, to save me from tears* und so weiter. Die Leute lachten, und Karl ekelte sich. Vielleicht sollte er mal wieder wegfahren.

Er schlug den Mantelkragen hoch, drehte sich um, um zu gehen, und da stand Tanja. Sie hatte ihn wohl schon vorher entdeckt, vielleicht sah er traurig aus oder blass, jedenfalls schien sie irgendwie besorgt um ihn zu sein, sie hielt den Kopf schief und lächelte ein ganz leises, freundliches, asymmetrisches Lächeln. Es lag nichts Hartes darin. Karl wollte schon auf sie zugehen, da sah er den blonden Fahrradgepäckträgertypen. Er trug eine graue Mütze auf dem Kopf und eine Tüte gebrannte Mandeln in der Hand. Er umarmte Tanja von hinten, flüsterte ihr etwas ins Ohr, schob ihr eine Mandel in den Mund, presste sich an sie und wiegte sie hin und her. Tanja kaute die Mandel. Sie hielt ihren Blick auf Karl gerichtet, länger und fester als notwendig, bevor sie sich zu ihrem Freund umdrehte und ihm irgendetwas antwortete.

Karl sah hin, vielleicht eine Sekunde zu lang, vielleicht hatte er sie angestarrt. Er drehte sich weg und ging los. Aus dem Augenwinkel glaubte er noch zu erkennen, dass Tanja dem Jungen einen Kuss gab.

Er zwang sich, nicht den Kopf zu drehen, er ging geradeaus, die Hände in den Manteltaschen vergraben. Der Schnee fiel jetzt stärker, es hatte sich schon eine weiße Decke auf den Wegen gebildet, die die Geräusche schluckte. Karl bildete sich Schritte in seinem Rücken ein, aber wahrscheinlich irrte er sich. Er wollte sich nicht umdrehen, und er wollte nicht stehen bleiben. Geh einfach weiter, Karl, ein Schritt und noch ein Schritt und noch ein Schritt. Und wenn du zu Hause bist, packst du deine Tasche und fährst ein paar Tage weg. Vielleicht nach Rom. In Rom ist Flavia, Flavia mit den Grübchen, Flavia mit dem Muttermal zwischen den Brüsten. Nicht umdrehen. Geh weiter. Übermorgen bist du in Rom und küsst Flavia. Flavia mit den glänzenden Knien. Geh weiter. Denk an Flavia. Denk nicht an Wassertropfen auf Tanjas Haut. Denk an Flavia, die ihren kleinen Zeh abspreizt, wenn sie Lust hat. Dreh dich nicht um. Denk nicht an Tanja. Sie ist nicht da. Da sind keine Schritte. Sie folgt dir nicht. Sie küsst den blonden Fahrradtypen.

Etwa in der Mitte der Fußgängerzone überholte ihn Tanja. Sie ging mit schnellen Schritten dicht an ihm vorbei. Sie sah ihn nicht an, und sie berührte ihn nicht, sie bremste ihre Schritte nicht. Erst als sie etwas Abstand zwischen sich und Karl gebracht hatte, ging sie langsamer, so dass er ihr folgen konnte, ohne sich zu beeilen. Sie ging denselben Weg wie früher, blieb vor derselben Schaufensterscheibe stehen und wartete, bis Karl neben ihr stand.

Beim Anblick des doppelten Spiegelbildes spürte Karl, wie etwas einrastete, er konnte sogar das Geräusch dazu hören. Ein mechanisches Klicken. Sie sahen aus wie ein Paar. Tanja sah es auch, vielleicht hatte sie es schon längst gesehen, sie nickte ihm zu, Karl nickte auch, sie wechselten kein Wort, sie gingen in verschiedenen Richtungen davon, wie früher, aber diesmal war es anders, und am nächsten Tag klopfte Tanja an die Terrassentür.

Als Karl öffnete, sagte sie: »Jetzt.« Und als Nächstes lag ihre Nase an seiner, er spürte ihre Wimpern in seinem Gesicht, ihre Hände in seinen Haaren. Sie sah ihn an, und ihr Blick war nicht zu nah und nicht zu fremd, er war dunkel und gut, ihr Mund auf seinem, fest und warm, sie standen noch in der Tür, es war doch kalt, sie musste ja frieren, es war doch Winter, oder nicht? Karl fuhr mit den Händen unter ihren Mantel, nein, sie war warm, Bauch, Taille, Rücken, Schultern, er hob sie hoch, drehte sie in den Raum hinein, Tanja atmete, und Karl schloss die Tür mit dem Fuß.

Weiß

Tanja.«

Er flüsterte ihren Namen, er dachte ihn, er sagte ihn vor sich hin. »Tanja. Tanja.« Ob ihm der Name gefiel, hätte er nicht mehr sagen können. Der Name war zu etwas anderem geworden.

Ihre Lippen, ihre Wimpern, ihr Nacken, das Zucken ihrer Mundwinkel.

Manchmal, wenn sie mit ihm schlief, verdrehte sie die Augen vor Lust, so sehr, dass ihm das Weiß entgegenglänzte, und sogar das fand er schön und aufregend.

Sie lag in seinen Armen, in seiner Betthöhle und sah sich die Betthöhlendinge an, als wäre sie auf einem Spaziergang. »Ach, schau mal«, sagte sie, »das ist von mir. Und das, und das.«

Wenn er sie roch, erinnerte er sich verwundert an ihren Kindergeruch. Sie roch noch immer nach Basilikum, aber es hatte sich etwas dazugemischt zu diesem Tanjageruch, etwas Schärferes, das ihn nicht losließ und das er in den Laken, in den Kissen

und an sich selbst suchte, wenn sie nicht da war.
»Tanja.«

Sie kam jetzt fast jeden Tag. Sie stand in der Tür und lachte. Sie stand in der Tür und biss sich auf die Lippe. Sie stand in der Tür und legte den Kopf schief. Sie stand in der Tür und drückte ihre Nase an die Scheibe. Sie stand in der Tür und hielt die Katze auf dem Arm. Sie stand in der Tür und lächelte asymmetrisch. Manchmal hatte sie Sachen dabei, die sie daließ, Kleider, Kosmetik, Bücher, Schulsachen. Im Juni würde sie ihr Abitur machen. »Willst du ein Zimmer?«, fragte Karl. »Oder mehrere! Nimm dir so viele du willst! Und einen Schlüssel!« Er besorgte ihr eine Couch, ein Regal, einen Schrank, einen Schreibtisch, einen Stuhl, einen Laptop und einen Drucker und trug alles in das große Zimmer im ersten Stock, das früher seinen Eltern gehört hatte.

Wenn sie sich küssten, sah sie ihm in die Augen. Ihre Stirn fügte sich passgenau zwischen seine Schulterblätter, sein Nasenrücken hinter ihr rechtes Ohr, ihre Ferse in seine Hand. Im Schlaf zuckten ihre Augenlider, und wenn sie aufwachte und ihn bemerkte, lachte sie, und das klang erstaunt.

Es war leicht.

»Halt mich fest«, sagte sie, und er hielt sie fest.

Als der See zufror, schlitterten sie auf dem Eis

herum. Tanja lachte, sie hielt seine Hand, sie zogen sich abwechselnd, und irgendwann ließ Tanja sich fallen und zog ihn mit. Auf ihren Wimpern saßen kleine Tröpfchen, vielleicht von ihrem kondensierten Atem oder von seinem. Sie trug seinen gelben Schal um den Hals und eine dunkelblaue, gestrickte Mütze auf dem Kopf, darunter fielen ihr ein paar Strähnen in die Stirn. Karl beugte sich über sie und fuhr mit der Hand unter die Mütze und in ihr Haar. In der Ferne schrie eine Möwe. Tanjas Pupillen zogen sich zusammen, Karl konnte den kleinen goldenen Fleck auf der Iris ihres linken Auges sehen. Sie fasste Karl mit ihren Handschuhen in den Nacken, die Wolle kratzte ein bisschen, kalt und nass, und Tanja zog seinen Kopf zu sich. Ihre Lippen waren rau und salzig. Ihre Zunge warm. Sie presste sich an ihn, drehte sich mit ihm um, so dass sie oben lag. Die Kälte brannte auf seinen Wangen. »Komm«, sagte Tanja und zog ihn hoch, zog ihn zum Ufer und ins Bootshaus hinein.

Seit Karl das Häuschen für Tanja umgebaut hatte, war er nicht mehr hier gewesen. »Elf Jahre«, sagte Karl. »Ja«, sagte Tanja, sie zog sich die Handschuhe aus und rieb ihre Handflächen aneinander, »mehr als mein halbes Leben.« Ein paar Sachen erkannte Karl wieder. Die Möbel, die Weinkistenregale, die Taschenlampen. Er ging in die Knie und fuhr mit den Fingern über den Holzboden. Tanja zündete Kerzen an und drehte an dem Heizgerät herum. Es dauerte, bis es warm wurde, aber sie zogen sich trotzdem aus und schmiegten sich unter den Decken aneinander. Tanjas Haut war warm, und Karl konnte sich nicht vorstellen, jemals genug davon zu bekommen.

Als sie kam, griff sie sich in den Nacken und sah ihm dunkel in die Augen, als erschrecke sie über etwas.

»Weißt du noch, als ich die große Schneekugel für dich gemacht habe?« Natürlich wusste Karl das noch. »Willst du, dass wir rausgehen und noch eine bauen?«, fragte er. Tanja schüttelte den Kopf. »Nein«, sagte sie, »ich will diesmal nicht, dass der Schnee schmilzt.« Sie zog die Nase hoch, blinzelte, schüttelte noch einmal den Kopf, und dann zog sie Karl zu sich und küsste ihn.

Vielleicht hätte ihm klar sein müssen, dass da ein Countdown lief. Aber es war ihm nicht klar. Tanja küsste ihn, und er küsste sie, und dann presste sie sich schon wieder an ihn, und sie hörten erst auf, als sie völlig erschöpft waren. Nein, er konnte sich nicht vorstellen, jemals genug zu bekommen.

Karl lag ausgestreckt auf dem Kissenlager und sah der nackten Tanja zu, wie sie hin und her ging und etwas suchte. Wenn sie sich streckte, bog sie den Kopf nach hinten, und ihre Wadenmuskeln bewegten sich. Es war warm geworden in der Hütte, er hatte die Decke von sich geworfen.

»Ach, hier ist es!«, rief Tanja schließlich und kam mit einem verzierten Kästchen zu ihm zurück. Sie musterte ihn von oben bis unten, lächelte, warf sich neben ihn und hielt ihm das Kästchen hin. Karl drehte es hin und her. Tanja rollte sich auf den Bauch, stützte sich auf die Ellenbogen und verdrehte die Augen. »Na, mach schon auf!« Karl hob den Deckel. »Ach!«, sagte er. Es war das Daumenkino mit der springenden, rot umrandeten Karlfigur auf der Vaterbeerdigung. Karl flippte es durch und sah zu, wie die Figur sich bewegte, allein und verformt, aber tanzend. »Hast du es doch gefunden damals«, sagte er. »Ich dachte, das wäre verloren.«

»Willst du es wiederhaben?«, fragte Tanja.

»Nein.« Karl nahm ihre Hände und legte es dort hinein. »Es ist deins.«

»Die Taube habe ich auch noch«, sagte Tanja, »weißt du, die wir damals vakuumiert haben.«

»Natürlich weiß ich das noch«, sagte Karl.

»Die habe ich zu Hause«, sagte Tanja, »also bei meinen Eltern, in meinem Zimmer.«

Karl hatte dieses Zimmer nie gesehen. Er hatte auch Tanjas Elternhaus nie gesehen, nicht einmal von außen. Er hätte sich dorthin schleichen und über den

Zaun oder durch die Hecke spähen können. Falls es einen Zaun oder eine Hecke gab. Er hätte Tanja nur hinterhergehen müssen, um das herauszufinden. Aber er hatte sich selbst versprochen, das nicht zu machen. Schon damals, kurz nach ihrer ersten Begegnung, hatte er es sich versprochen. Manchmal musste er sich ermahnen, aber er hielt sich daran.

Einmal hatte er Tanja trotzdem zusammen mit ihrer Familie gesehen. Er hatte nichts dafür gekonnt, es war zufällig passiert, ungefähr ein Jahr nach seiner Rückkehr, an einem Sonntag im Herbst. Auf dem großen Sportplatz in Leinsee hatte es einen Flohmarkt gegeben. Karl war dort hineingestolpert, ohne Absicht. An einem Stand mit Taschenmessern war er hängengeblieben, er hatte sich die glänzende Ware angeschaut, die Messer hatten ausgesehen wie lauter bunte, tote Fische. Er hatte eines ausgewählt und in der Hand gewogen. Als er aufgesehen hatte, war sein Blick direkt auf Tanjas erschrecktes Gesicht gefallen. Und auch Karl war erschrocken. Sie hatte so anders ausgesehen, zuerst hatte Karl nicht erkennen können, woran das lag.

Sie hatte vielleicht zehn Meter entfernt gestanden, zwischen ihnen der Taschenmesserstand und dahinter noch die nächste Gasse mit dem Fluss der anderen Flohmarktmenschen.

Tanja hatte mit einem Ruck den Kopf abgewandt

und dann wieder zu ihm hingesehen. Klein hatte sie ausgesehen und hilflos, und erst da hatte Karl die Gruppe um sie herum bemerkt, eine Frau, ein Mann und ein Junge. Tanjas Familie. Die Frau hatte ein paar Ohrringe aus der Auslage genommen, hatte sie Tanja links und rechts an den Kopf gehalten und dabei gelacht.

Das also war Tanjas Mutter. Gleiche Haarfarbe, gleiche Statur, aber überhaupt keine Ähnlichkeit, hatte Karl gedacht, vor allem in diesem Lachen nicht.

Tanja hatte ihre Mutter angesehen und den Kopf geschüttelt. Aber die Frau hatte genickt, und Tanjas Vater hatte auch genickt, dumm genickt in seiner Freizeitjacke und ihr einen Spiegel hingehalten. Windjacke, hatte Karl gedacht, Windbeutel.

Nur dem Jungen, dem Bruder, schien die Ohrringangelegenheit egal gewesen zu sein. Er hatte ungeduldig danebengestanden, mal auf dem einen Bein, mal auf dem anderen, große Kopfhörer über den Ohren. Der Bruder war der Einzige gewesen, dem Karl eine Familienähnlichkeit mit Tanja zugestanden hätte. Tanja hatte die ganze Zeit über den Kopf geschüttelt, aber ihre Eltern hatten immer weiter genickt, und schließlich hatte Karl sich umgedreht und war weggegangen, das unbezahlte Messer noch in der Hand, und niemand hatte ihn aufgehalten.

Sie hatten nie darüber gesprochen. Aber später hatte Karl Tanja das gestohlene Messer geschenkt.

»Ich würde dich gern mal von der Schule abholen«, sagte Karl jetzt. »Ich würde dich gern Raiken vorstellen. Ich würde gern mal mit dir wegfahren. Ich würde gern deine Freunde kennenlernen.«

»Das geht nicht«, sagte Tanja, und Karl nickte. Er wusste das ja. Tanja kam nicht zum Spaß immer noch durch die Hecke gekrochen.

Karl wäre es mittlerweile sogar egal gewesen, wenn die *FrontRow* oder sonst wer über sie beide berichtet hätte. Sollten die doch schreiben, was sie wollten. Er konnte sich Schlimmeres vorstellen als ein Foto mit seinem Gesicht neben Tanjas. Zuletzt hatte es einen Bericht über Mara und Gramisch gegeben: *Happy End mit Babyglück?*, dazu ein Foto von Mara im Profil mit etwas, das vielleicht ein kleiner Babybauch war, vielleicht aber auch nur ein unvorteilhafter Mantel.

Aber das konnte man nicht vergleichen. Das hier war etwas anderes. Er war daran gewöhnt. Mara war daran gewöhnt. Tanja aber war neunzehn Jahre alt. Neunzehn. Sie ging noch zur Schule. Er konnte nicht wollen, dass dort die Fotografen vor der Tür standen. »Entschuldige«, sagte Karl.

Tanja nickte. Sie war dabei, sich anzuziehen. Vielleicht hatte er sie gekränkt. »Kommst du morgen wieder?«, fragte Karl. Tanja nickte. »Bleib ruhig noch ein bisschen liegen«, sagte sie, als sie ging. Es klang nicht unfreundlich. Beim Abschiedskuss überlegte Karl trotzdem, ob sie ihm etwas übelnahm.

Später, als er sich anzog, beruhigte er sich: Er entdeckte in seiner Jackentasche einen Zettel, der vorher nicht da gewesen war. Karl lachte leise, faltete ihn auseinander und las:

Klippschliefer sind kaninchengroße Tiere, die in ariden und felsigen Gebieten Afrikas und Westasiens vorkommen. Sie wiegen etwa 2 bis 4,5 Kilogramm. In der Farbe sind Klippschliefer sehr variabel; alle Brauntöne können vorkommen. In der Gestalt ähneln sie einem Pfeifhasen oder einem Murmeltier, diese Ähnlichkeit ist aber rein äußerlich. Ihre ansonsten kaum erkennbare Verwandtschaft zu den Elefanten und Seekühen wird an den beiden ständig nachwachsenden Zähnen im Oberkiefer sichtbar.

Seit Tanja ab und zu in der Villa in ihrem Zimmer am Laptop saß, hinterließ sie ihm solche Zettel. Wenn sie einen Abschnitt las, den sie aus irgendwelchen Gründen bemerkenswert fand, schrieb sie ihn ab oder druckte ihn aus und klebte oder legte ihn irgendwohin, wo Karl später vorbeikommen musste. Unters Kopfkissen, an den Spiegel, in den Kühlschrank. »Klippschliefer«, murmelte Karl, »Elefanten.« Manchmal war er sich nicht sicher, ob Tanja sich solche Sachen einfach ausdachte. Er hätte die Fakten natürlich nachprüfen können. Aber er hatte entschieden, dass es schöner war, es nicht genau zu wissen.

Nebelgrau

Der größte zusammenhängende Vulkangürtel der Erde ist der zirkumpazifische Feuergürtel, auch »ring of fire« genannt. Entlang der 40 000 km langen Plattengrenzen des Pazifiks reihen sich 452 aktive Vulkane und 70 % aller Vulkane (aktive und erloschene) der Erde aneinander. Zudem ist die Zone seismisch sehr aktiv: 90 % aller Erdbeben finden hier statt.

Fast jeden Tag fand Karl so einen Zettel. Wenn er unten im Salon arbeitete, hörte er über sich Tanjas Schritte und war glücklich. Irgendwann kam Tanja dann die Treppe heruntergesprungen und sah nach, was es Neues gab. Sie kletterte in seinen Pavillonkonstruktionen herum, sie streichelte die Katze, sie sah nach dem Schaf. Sie kochten zusammen, sie küssten sich, sie liebten sich, und immer öfter blieb Tanja über Nacht. Karl wunderte sich, dass ihm das gar nicht zu viel wurde. Sogar wenn er schlief, ließ er sie nicht los.

Manchmal, beim Aufwachen, erschrak er, weil sie ihn ansah, schon lange wahrscheinlich, eine kleine, ernste Falte zwischen den Brauen. Die Falte beunruhigte ihn.

An einem Morgen im März versuchte Karl, die Linie wegzuwischen, ganz sanft, mit den Fingerspitzen. Er berührte kaum Tanjas Gesicht. Sie aber zuckte zurück. »Lass das«, sagte sie, stand auf und ging mit drei schnellen, strengen Schritten zum Fenster, noch nackt.

Karl blieb liegen, zog die Decke an sich, bis zur Nase, und beruhigte sich mit dem Geruch: Tanja und Karl. Er beruhigte sich mit dem Anblick der Tanjasilhouette am Fenster. Der Rücken mit den geschwungenen Schultern, die gebogene Taille, die Waden. Merk dir das, dachte er und wunderte sich über den Gedanken. Er hätte jetzt gern ihr Gesicht gesehen.

Tanjas Schultern bewegten sich ein bisschen, hinter ihr leuchtete müde der noch junge Tag, blass und nebelgrau. »Du musst mir was versprechen«, sagte sie.

Als sie sich zu ihm umdrehte, sah ihr Blick nicht so streng aus, wie Karl befürchtet hatte, die Falte war verschwunden, vielleicht war da sogar ein Lächeln, ganz leicht im linken Mundwinkel.

»Versprichst du mir was?«

»Ja«, sagte Karl.

»Wenn ich es dir sage«, sagte Tanja, »dann musst du mich loslassen.«

Karl nickte, und eine Sekunde lang sahen sie sich an, ernst, und Karl wusste nicht genau, warum, er wusste nicht, ob es ihm gutging oder ob er sich sorgte, und er wusste nicht, wie genau sie das gemeint hatte. Er atmete ein und aus, er wollte nicht nachfragen, er breitete einfach seine Arme aus und sagte: »Aber dazu muss ich dich ja erst mal festhalten.«

Tanja zögerte, legte den Kopf schief, dann lachte sie und kroch zurück in seine Höhle, unter seine Decke, sie legte sich auf ihn und küsste ihn, und sie sagte nichts mehr übers Loslassen, also hielt Karl sie fest und grub seine Nase zwischen ihr Ohr und ihre Haare, und alles war gut.

Alles war gut, und die Tage gingen dahin, und manchmal war es so, als lebten sie zusammen.

Nur wenn Raiken zu Besuch kam, verkroch sich Tanja noch immer. Und wenn Raiken Karl überreden wollte, irgendwohin zu fahren, sagte sie: »Fahr nicht. Fahr erst im Sommer.«

Karl hätte zumindest ahnen müssen, dass da ein Countdown lief.

Aber als der letzte Schnee schmolz, ahnte er nichts davon.

Und im Frühling blühten die Bäume, der Kirschbaum duftete, das Karlschaf stand immer noch treu auf der Wiese, die Katze strich durch die Gräser, und Karl ahnte nichts. Vielleicht wollte er nichts ahnen.

Natürlich war ihm klar, dass Tanja nach dem Abitur irgendwo hingehen würde. Dass sie irgendwelche Pläne machen würde. Wenn er sie danach fragte, zuckte sie mit den Schultern. Und wenn sie mit den Schultern zuckte, dachte Karl, sie wüsste eben noch nicht genau, was sie wollte. Wer hätte das besser verstehen können als er? Das Letzte, was Karl tun würde, wäre, sie zu irgendetwas zu drängen oder nachzubohren. Sie war neunzehn Jahre alt. Sie musste nicht wissen, was sie machen wollte. Sie hatte Zeit.

Und Karl hatte Geld. Er würde überall arbeiten können. Ganz egal, was Tanja vorhatte, er konnte mitgehen, wenn sie wollte. Und Karl ging davon aus, dass sie wollte. Er ging einfach davon aus. Weil sie ihn küsste, weil sie lachte, weil sie nie wieder irgendwas übers Loslassen sagte, weil sie ihm ins Haar fasste und mit ihm schlief und weil sie ihm überall diese Zettel hinterließ:

Der Eurasische Pol der Unzugänglichkeit befindet sich bei den Koordinaten ☌ 46° 17′ N, 86° 40′ O

und ist der Ort auf der Erdoberfläche, der am
weitesten vom Weltmeer entfernt ist. Er befindet
sich im nordwestlichen China im autonomen Ge-
biet Xinjiang in der Wüste Gurbantünggüt und ist
287 km von der Stadt Ürümqi (Urumtschi) ent-
fernt. Bis zur nächsten Küste sind es 2370 km.

Karl sammelte Tanjas Zettel und machte sich keine
Sorgen.

Stattdessen machte er das Boot flott und segelte
mit Tanja über den Leinsee. Sie streckte die Zehen
nach dem Wasser aus und hielt ihr Gesicht in den
Wind.

»Weißt du, dass man von hier bis ins offene Meer
segeln kann?«, fragte Karl. »Erst die Relle runter,
dann auf den Rhein, dann in die Nordsee, und ab da
hängt alles zusammen.« – »Hm«, machte Tanja und
sah auf den See hinaus. »Weißt du«, sagte Karl, »ich
habe mir früher immer vorgestellt, dass du irgendwann mit dem Boot davonsegelst.« Tanja nickte
und sah aufs Wasser. Er konnte ihre Augen nicht
sehen. Er fragte nicht. Er hatte noch nicht mal ihre
Handynummer. Er fragte nicht.

Universumsblau

Als es noch wärmer wurde, schwammen sie im See um die Wette. Tanja war eine gute, schnelle Schwimmerin, und Karl hatte Mühe mitzuhalten. Irgendwann gab er es auf, legte sich auf den Rücken, pumpte Luft in seinen Bauch, ließ sich treiben und genoss den Anblick der nassen, triumphierenden Tanja, wie sie den Kopf aus dem Wasser streckte und zu ihm zurücksah, den Hals gereckt, die Haare glatt und schwarz an den Kopf geschmiegt wie ein Helm.

Später lagen sie nebeneinander ausgestreckt auf dem Bootssteg, die warmen Planken im Rücken, über sich den Himmel mit Schwalben, dahinter unsichtbar die Sterne. Wenn Karl die Augen zusammenkniff, verschwamm alles zu einem perfekten Universumsblau. Und wenn er den Kopf nach links drehte und die Augen wieder öffnete, dann lag da Tanja, ihr Brustkorb hob und senkte sich, und die Wasserperlen darauf bewegten sich friedlich nach einem vollkommenen, nicht nachvollziehbaren

Plan. Und dann drehte auch Tanja ihren Kopf, sie sah ihn an, kleine, funkelnde Tröpfchen auf den Wimpern, sie streckte ihre Hand nach seiner aus, und Karl fühlte die Größe und Kraft seiner Lunge, wie sie die Atmosphäre nach außen drückte beim Atmen.

Als sie aufstanden, ließen sie die nassen Abdrücke ihrer Körper auf dem Bootssteg zurück.

Abends dann saß Tanja in Karls Bademantel gewickelt auf dem Küchentisch, neben sich die eingerollte Katze, die zu schlafen vorgab. Nur ihre Ohren, die sie einzeln nach links und rechts drehte, verrieten, dass sie wach war und auf ihr Futter wartete. Draußen dämmerte es, und Karl rührte im großen Topf herum. Er kochte gern für Tanja, am liebsten Schmorgerichte, die lange köcheln mussten, so dass der Duft stunden- oder tagelang das große, leere Haus durchzog. Während dieser Stunden und Tage konnte er sich darauf freuen, Tanja beim Essen zuzusehen.

Jetzt, beim Rühren spürte er ihren Blick seinen Nacken kitzeln, und als er sich umdrehte, sah sie ihn tatsächlich an, genau so, wie er es sich gedacht hatte, die Augen ein bisschen zusammengekniffen und blitzend. »Dreh mal die Flamme runter«, sagte sie, schubste die entrüstete Katze vom Tisch und baumelte mit den Beinen, so dass der Bademantel ein wenig aufsprang, gerade weit genug, um den Blick bis zu ihren Knien freizugeben. Das linke zierte ein kleiner blauer Fleck, und unter dem Nagel ihres rechten großen Zehs hatte sich etwas Erde aus dem Garten gesammelt.

Karl drehte die Flamme runter.

Der Kragen des Bademantels war noch feucht, und zwischen dem Stoff und Tanjas Hals roch es nach Sonne, obwohl sie draußen schon untergegangen war, es roch nach See und nach Basilikum. Tanja schmiegte ihre Wange an Karls Stirn, sie küsste sein Ohr, und dann schob sie ihn ein Stück von sich weg, um ihn zu mustern, von oben bis unten. Als sie fertig war, lächelte sie, sie knöpfte sein Hemd auf und seine Hose, wartete, bis Karl beides ausgezogen hatte, und dann knotete sie ihren Gürtel auf, öffnete den Bademantel und zog Karl zu sich. Sie presste ihn an sich, ihre Haut war kühl, Karl spürte ihre Brustwarzen an seinem Schlüsselbein, er dachte an die Abdrücke auf dem Bootssteg, und Tanja schloss den Mantel um sie beide. »Ich will mit dir wegfahren«, flüsterte Karl, »nur ein kleiner Ausflug.« Tanja antwortete nicht. Sie küsste ihn, und das war auch gut.

Erst später, als sie beide am Tisch saßen und sie ihm ihren Teller hinhielt, sagte sie: »Dann müssen wir dich verkleiden.« Und Karl verstand erst nicht,

aber dann sah er sein Spiegelbild in der Fensterscheibe, musste lächeln, löffelte eine große Portion
auf Tanjas Teller und sagte: »Gut, wie du willst. Du
besorgst die Verkleidung, ich besorge alles andere.«
Tanja nickte zufrieden. »Am Wochenende, ja?«
Und Karl sagte: »Ja«, und dann aßen sie, was er
gekocht hatte.

Lachsorange

Tanja lenkte das große schwarze Schiff stolz und energisch über die Landstraßen. Seit einem halben Jahr hatte sie ihren Führerschein, und der Platz hinter dem Steuer stand ihr gut, fand Karl. Er stellte seine Rückenlehne nach hinten, drehte sich mit dem ganzen Körper nach links, roch das Leder des Sitzes und sah zu, wie der Wind eine Haarsträhne hinter Tanjas Ohr hin und her wirbelte und wie sie konzentriert und streng durch seine Sonnenbrille auf die Straße blickte. Wenn sie schaltete, nickte sie dabei. Ab und zu sah sie zu ihm herüber und lächelte ihn an, und dann schloss Karl die Augen und prägte sich dieses Lächeln ein. Manchmal sah er sein eigenes Spiegelbild in ihrer Sonnenbrille und erschrak. Er hätte sich selbst nicht erkannt.

Als Tanja von Verkleiden gesprochen hatte, hatte Karl mit Perücken und falschen Bärten und so etwas gerechnet. Das wäre okay gewesen. Aber was sie ihm mitgebracht hatte, war schlimmer. Viel schlimmer. Freizeitkleidung. Unmögliche Sachen, und leider passte jedes Stück, eins nach dem anderen hatte Karl anziehen müssen, und Tanja hatte dazu immer breiter gegrinst. Ein lachsfarbenes Polohemd mit nicht entzifferbarem Aufdruck, marineblaue Bermudashorts mit Bügelfalten, eine gleichfarbige Baseballkappe mit dem Logo einer ihm unbekannten Sportmannschaft oder Religionsgemeinschaft oder Universität oder so und dazu noch ein Paar Flip-Flops. Über die Schultern hatte Tanja ihm einen beigefarbenen Sommerpullover mit Zopfstrickmuster gelegt, die Ärmel hatte sie vor Karls Brust verknotet. Außerdem hatte sie ihm eine Brille mit Goldrand auf die Nase gesetzt. »Die Brille ist das Wichtigste, die habe ich extra beim Optiker Meyer für dich geklaut. Fensterglas.«

Karl hatte den Goldrandschnösel im Spiegel gemustert. Er sah aus wie der Held aus einer Foto-Love-Story. *Der Skipper vom Mandarina Beach.* Kurz hatte er es mit Protest versucht. Die Tarnung sei überflüssig, schließlich war es ja nicht so, dass ihn ständig irgendwer auf der Straße ansprach. Die Leute erkannten ihn ja eigentlich nur, wenn der Zusammenhang passte, auf Ausstellungen, Empfängen und so weiter. Tanja aber hatte darauf bestanden. »Dass sie dich nicht ansprechen, heißt nicht, dass sie dich nicht erkennen«, hatte sie gesagt. Sie hatte sich Karls Sonnenbrille aufgesetzt und ihn geküsst, leicht und warm, und hatte ihn angelacht: »Du wirst sehen, es funktioniert! Und außerdem kann eine echte Schönheit nichts entstellen.«

Karl bemerkte tatsächlich einen Unterschied, wenn er das Kostüm trug. Die Leute glotzten nicht mehr, und wenn doch, dann nur wegen des Autos. Also gab Karl nach und zog die Goldrandverkleidung jedes Wochenende an. Dann packten sie Decken und Proviant in den Kofferraum und fuhren die Landstraßen entlang, ohne Ziel.

Sie hatten das Verdeck geöffnet, auf den Feldern waren Vogelscheuchen verteilt, die ihnen zuwinkten, und Karl winkte zurück. Ein Dorf sah aus wie das andere, Fachwerk, getünchte Fassaden, Sandstein, Gardinen, Porzellanfiguren und Blumen in den Fenstern, rechts stapelten sich die Weinberge, hier und da saß eine Burg dazwischen wie eine brütende Henne, und links dehnte sich eine Ebene aus aneinandergenähten Feldern, darüber Strommasten und dann der Himmel.

Wo immer sie hinkamen, erregten sie mit ihrem Cadillac Aufsehen, an Ampeln, Tankstellen und Dorfkneipen. Die Männer dort nickten wie zum Gruß und riefen ihnen Zahlen zu, Baujahr, Modellnummer oder was auch immer, als wäre das ein Spiel. Karl zuckte dann mit den Schultern, aber

Tanja begann jedes Mal ein Gespräch: »Oh, ist Ihnen der Wagen aufgefallen? Danke! Den haben wir gerade erst geerbt, wir sind Geschwister, ich bin Sandra, und das hier ist Sandro. Unser Großvater, Georg, Gott hab ihn selig, war ein Autonarr vor dem Herrn! Jetzt sind wir auf der Suche nach seiner Jugendliebe Erna. Erna Schmitt. Mit zwei T. Sie kennen sie nicht zufällig? Vielleicht heißt sie jetzt auch anders, Schmitt war der Mädchenname. Sie muss als junge Frau hier im Dorf gelebt haben. Wir wollen ihr einen letzten Brief unseres Großvaters überbringen.« Oder: »Nett, Sie kennenzulernen! Das hier ist Dr. Brackenmüller, vielleicht haben Sie schon von ihm gehört, der berühmte Fledermausforscher. Und mein Name ist Senkblei, Lena Senkblei vom Nachttierverein *Dunkelwelt*. Wir haben uns ein wenig verfahren, fürchte ich, vielleicht können Sie uns weiterhelfen, wie, bitte, kommen wir zum Osteingang der kleinen Nebelhöhle?« Dabei verzog sie keine Miene. Sie war sehr heiter und sehr aufgedreht, Karl wunderte sich darüber, so kannte er sie nicht, es war ihm ein bisschen unheimlich, aber er beschloss, sich einfach zu freuen und mitzumachen.

Wenn sie weit genug gefahren waren, riss Tanja an irgendeinem beliebigen Feldweg das Steuer herum und lenkte das Schiff über den holprigen Untergrund, bis der Weg irgendwo versandete, meistens an einem Parkplatz, von dem aus ein Trampelpfad in ein Wäldchen hineinführte. »Voilà!«, rief sie dann und ging voraus. Sie bog Ranken und Zweige zur Seite und hielt sie fest, damit sie Karl nicht ins Gesicht schlugen, Haselsträucher, junge Buchen, Brombeeren. Ab und zu blieb Tanja stehen, um Karl zu küssen, die Küsse waren warm und bedächtig, Tanja war wieder Tanja wie im Garten, und Karl wünschte sich, der Weg solle nirgendwohin führen und immer weitergehen, und vielleicht war das auch so, sie kamen nie an etwas Bemerkenswertem an, sondern blieben einfach irgendwo stehen, auf einer Lichtung oder zwischen Birken oder an einem kleinen Bachlauf, und Tanja sagte: »Hier.« Und Karl breitete die Decke aus. Eine goldene Zeit, dachte Karl.

Während sie mit ihm schlief, sah Tanja ihm in die Augen, die Schatten der Blätter zeichneten Muster auf ihren Körper, und dieses Bild nahm Karl mit hinüber in seine Träume.

Wenn er dann aufwachte, döste Tanja neben ihm, zusammengerollt, und atmete langsam, tief und gleichmäßig, den Mund ein wenig geöffnet. Auf ihrer Haut tanzten die Schatten der Blätter. Karl beobachtete, wie sich Tanjas Augen unter den Lidern bewegten, und dann packte er den Proviant aus. Sie aßen und tranken, und auf dem Rückweg war

Tanja meistens beschwipst, sie lachte und hüpfte, und Karl übernahm das Steuer.

Tanja lehnte sich jetzt weit im Beifahrersitz zurück, streckte die Beine aus und hielt die Füße aus dem Fenster. Ihre Schienbeine glänzten. »Kann losgehen«, sagte sie. »Aye, aye«, antwortete Karl, »wollen wir mal zu einer dieser Burgen fahren?« »Yes, Sir!«, sagte Tanja.

Die Burg bestand aus einem Graben, einer Mauer, einem großen Turm und einem kleinen und noch drei Gebäuden, von denen eines ein Obergeschoss aus Fachwerk hatte, das ein kleines Café beherbergte. Alles in allem nichts Besonderes. Trotzdem wurden Führungen angeboten, und Tanja bestand darauf, an einer teilzunehmen.

Der Burgführer war ein blasser, dünner Mann Mitte zwanzig, dem ständig ein paar aschefarbene Haarsträhnen ins Gesicht fielen. Tanja und Karl waren die einzigen Gäste seiner Nachmittagstour. »Herzlich willkommen auf Burg Ternstberg«, sagte er und breitete die Arme aus, »ich bin Lars.«

»Hallo, Lars!«, rief Tanja. »Ich bin Loretta, und das hier ist Dwayne!« Sie zeigte auf Karl und gab ihm einen nassen, lauten Kuss auf die Wange. Sie roch noch ein bisschen nach dem Rotwein im Wäldchen, nach der Sonne und dem Moos. »Hi!«, sagte Karl und reichte Lars die Hand.

Lars lächelte und schüttelte Dwaynes Hand. »Freut mich sehr. Unsere Tour wird etwa eine Stunde dauern. Wir werden die alte Festungsmauer, den Burghof, den Bergfried und natürlich den Kerker besichtigen und dabei in die achthundertjährige Geschichte dieses Kulturdenkmals eintauchen. Wenn Sie möchten, haben Sie im Anschluss die Gelegenheit, im Burgcafé unsere lokalen Spezialitäten zu probieren. Zuerst möchte ich Ihnen von der Festungsmauer aus einen ersten Überblick geben.« Lars wies mit seiner Rechten den Weg, bevor er voranging. Loretta und Dwayne schlenderten hinterher. Tanja schwankte ein bisschen, sie hakte sich bei Karl unter und lehnte ihren Kopf an seine Schulter, er spürte ihre Stirn, warm und schwer. Am liebsten hätte er sie auf beide Arme genommen und zurück in das Wäldchen getragen. Aber Lars wartete schon oben auf der Mauer und sah auf die Uhr.

Die achthundertjährige Geschichte des Kulturdenkmals Burg Ternstberg erwies sich als sehr langatmig und unübersichtlich. Irgendein Albrecht der Falke oder Albert der Adler oder Alfons der Igel oder so – Karl hatte nicht genau zugehört – hatte die Burg gegründet, und dann hatte es eine Reihe von Erbfolgezwistigkeiten, Eroberungskriegen und Umbaumaßnahmen gegeben, bei denen Karl den Überblick verlor, weil Loretta Dwayne während der

Erläuterungen von hinten müde unter das lachs-
farbene Polohemd griff und mit den Fingerspitzen
seine Wirbelsäule auf und ab fuhr, ein merkwür-
diges, fast unangenehmes Kribbeln, das bis in die
Zehenspitzen ausstrahlte. Ihren Kopf hatte sie dabei
immer noch schwer auf seiner Schulter liegen. Vielleicht hatte sie die Augen geschlossen, Karl konnte
es nicht erkennen hinter der Sonnenbrille.

Den Zweiten Weltkrieg jedenfalls, das bekam
Karl wieder mit, hatte die Burg völlig unbeschadet
überstanden, danach hatten die Amerikaner dort
ein Offizierscasino eingerichtet. Bei dem Wort »Offizierscasino« machte Lars eine Kunstpause und
hob vielsagend die Augenbrauen. Wahrscheinlich
verbarg sich dahinter irgendeine aufregende oder
schlüpfrige Anekdote, die sich wohl von selbst erklären sollte, Lars jedenfalls ging nicht darauf ein,
vielleicht als Strafe, weil seine Gäste so unaufmerk-
sam waren.

Stattdessen wies er wieder mit der Rechten den
Weg und sagte: »Als Nächstes kommt jetzt, im
wahrsten Sinne des Wortes, das Highlight unserer
Tour: der neununddreißig Meter hohe Bergfried!«
Er drehte sich schwungvoll auf dem Absatz seines
Wanderschuhs um und ging mit optimistischen
Schritten voraus.

»Bis zur Spitze des Turmes sind es genau einhundertachtundneunzig Stufen. Ich muss Sie darauf aufmerksam machen, dass die Besteigung des Bergfrieds auf eigene Gefahr erfolgt.« Lars ließ seinen Blick zwischen Karls Flip-Flops und Karls Gesicht hin- und herspringen. »Keine Sorge«, sagte Dwayne, »die trage ich immer, die sind mein Markenzeichen.« Und Loretta, auf einmal wieder hellwach, nickte dazu. »Er trägt sie sogar im Winter, da kennt er nichts!«

Das Treppenhaus war eng und dunkel, Lars ging voraus, und alle paar Stufen drückte Tanja Karl gegen die kühle, gebogene Wand, um ihn zu küssen. Karl fuhr ihr durchs Haar und roch an ihrem Nacken, Sonne und Moos und Basilikum.

Über ihnen räusperte es sich. »Wussten Sie eigentlich, dass die Wendeltreppen in mittelalterlichen Bergfrieden immer im Uhrzeigersinn verlaufen?«, rief Lars ihnen zu.

»Nee«, rief Tanja zurück und rückte Karls Verkleidung wieder zurecht. »Wussten wir nicht. Und warum ist das so?«

»Das erkläre ich Ihnen oben«, kam es zurück, »kommen Sie, es ist fast geschafft!«

Von der Turmspitze sah man über die Weinberge und tief in die Ebene hinein. Ganz hinten am Horizont schien sich ein Gewitter zusammenzubrauen, weit, weit weg, »Wow«, rief Loretta und beugte sich über das Geländer. »Komm, Darling! Das musst du dir ansehen!«

»Darling«, sagte Karl, »ja.« Er beugte sich auch übers Geländer. Felder, Dörfer, Wolken, er küsste Tanja, der Wind wehte ihm ihre Haare ins Gesicht, und er hätte für immer mit ihr hier oben bleiben können.

Aber hinter ihnen stand ja noch der tapfere Lars und räusperte sich. Als sie sich umdrehten, sah er auf seine Uhr. »Ich nehme an, Sie haben kein gesteigertes Interesse mehr, auch noch den Kerker zu besichtigen?«, fragte er. »Nee«, sagte Loretta, »aber das mit der Treppe und dem Uhrzeigersinn, das müssen Sie uns noch erklären.«

»Ach so, ja«, Lars lächelte, »das hat damit zu tun, dass die meisten von uns Rechtshänder sind. Und das war ja auch im Mittelalter schon so.« Zur Illustration machte er eine ausholende Geste mit seiner rechten Hand, ein bisschen wie beim Tennis. »Wie Sie wissen, war der Bergfried im Falle eines Angriffs der allerletzte Zufluchtsort der Burgbewohner.«

Loretta und Dwayne nickten.

»Es war also besonders wichtig, den Turm optimal verteidigen zu können. Und da ist eine schmale, enge Treppe im Uhrzeigersinn ein entscheidender Vorteil für denjenigen, der oben steht. Stellen Sie sich zwei Schwertkämpfer vor«, sagte er, »einer greift von unten an, der andere verteidigt von oben. Beide halten ihr Schwert in der rechten Hand«, wieder machte Lars seine Tennisbewegung. »Die Wendeltreppe hilft immer dem Verteidiger. Denn der Angreifer hat nicht genug Platz, um richtig auszuholen.«

Loretta und Dwayne nickten.

»Und«, fragte Karl, »hat das was genützt?«

»Was?«, fragte Lars.

»Na, konnten die Burgleute sich hier verteidigen?« Karl hielt Tanjas Hand.

»Nein«, sagte Lars, »wie gesagt, keiner der vielen Burgherren konnte sich hier länger halten. Als Nächstes kommt der Abstieg. Soll ich vorher vielleicht noch ein Foto von dem schönen Paar machen?«

»Oh, ja, bitte!«, rief Loretta, reichte Lars ihr Handy, schlang beide Arme um Dwayne und zog ihn zur Brüstung hin. Karl war schwindelig. Er sah nach unten, die Mauer entlang, die zu schwanken schien, und einen Moment dachte er, er würde fallen. Dann fing er sich, zog seine Wirbelsäule gerade und blickte den Fotografen an. Lars drückte viermal ab.

»Sie dürfen uns nicht böse sein«, sagte Loretta, »das war eine sehr interessante Tour! Es ist nur: Das hier ist unsere Hochzeitsreise.« – »Na, da gratuliere ich aber«, sagte Lars und schüttelte beiden die Hand. »Danke«, sagte Karl. Hochzeitsreise, dachte er und spürte, wie sich ein Lächeln auf seinem Gesicht breitmachte. Tanja schob sich die Sonnenbrille vor die Augen.

»Auch noch ein Foto mit Ihrem Handy, zur Feier des Tages?« Karl nickte, kramte nach seinem Telefon und reichte es Lars, der drückte noch mal ab, nur einmal diesmal, und dann wies er mit der Rechten den Weg zum Ausgang.

Auf dem Weg nach unten war es Karl, der Tanja an die Wand drückte. »Darling«, flüsterte er und glaubte, sie lachen zu hören.

Perlmuttweiß

Ende Juni hatte Tanja ihre letzte Prüfung. Karl schlug vor, danach ein paar Tage zu verreisen, um den Anlass gebührend zu feiern. »Inkognito«, sagte er. »Ich werde alles anziehen, was du willst, und ich werde mich nicht beschweren.« Aber Tanja schüttelte den Kopf. »Ich will lieber hierbleiben mit dir, ich will im Haus feiern und im Garten.« – »Okay«, sagte Karl.

Tanja sah traurig aus. »Vielleicht können wir noch mal ein Feuer machen«, sagte sie, »heute Abend.«

Bis zum Schluss verstand Karl es nicht. Bis ganz zum Schluss.

Er schichtete das Holz für das Feuer auf, er brachte es zum Brennen, und Tanja lief währenddessen durch das ganze Haus, von oben bis unten. Karl sah das Licht in den Räumen an- und ausgehen. Er wunderte sich, aber er verstand es nicht.

Tanja ging zum Bootshaus und zum Steg, zum Kirschbaum, sie streichelte das Schaf und die Katze, und Karl kapierte es einfach nicht.

Zum Schluss, als das Feuer brannte, legte sich Tanja zu ihm auf die Steinkontinente, es war ein sonniger Tag gewesen, die Platten waren noch warm. Tanja nahm Karls Gesicht in ihre Hände, sie fuhr ihm mit den Fingerspitzen über die Stirn, sie fuhr die Kontur seiner Lippen nach, fuhr mit dem Zeigefinger seinen Nasenrücken entlang und lächelte ein bisschen.

Ihre Iris spiegelte das Feuer, es flackerte. Er spürte ihr Gewicht auf sich, ihre Hüfte auf seiner, ihre Brüste. Karl legte seine Arme um Tanja und hielt sie fest.

»Morgen werde ich weggehen«, sagte Tanja.

Karl nickte.

Er ließ sie nicht los.

Er verstand es immer noch nicht, aber er spürte bereits den Schmerz in der Magengrube.

Er könnte mitgehen. Er konnte überall arbeiten.

Überm See ging die Sonne unter, grandios wie immer, am Himmel Schwalben, wie immer. Karl zog Tanja neben sich, sie lagen jetzt beide auf dem Rücken, ihr Kopf auf seiner Schulter, ihr Atem auf seinem Hals.

Das ist die schönste Zeit, wenn die Sonne schon untergegangen ist, aber der Himmel noch leuchtet. Dann liegst du mit schwerem Rücken auf den Steinen, die dich wärmen, und über dir zieht leicht der Wind. Und das Beste, das sind die Geräusche der Amseln, die du nicht sehen kannst, weil sie sich unten bewegen, im Dunkeln. Du siehst nur die Schwalben über dir in der Luft. Die Luft ist hell. Und die Schwalben sind auch das Beste, die hast du schon immer gemocht, jetzt erinnerst du dich. Die Nacht ist noch nicht ganz da, aber es ist schon friedlich, entfernt ein Motorroller auf dem Sträßchen im Wald, sonst nichts, was an Menschen erinnert, solange ihr hier liegt. Und ihr könntet immer so liegen bleiben. Und warum nicht?

»Ich könnte mitkommen, wenn du willst«, sagte Karl.

Tanja atmete schwer. Es dauerte lange, bis sie antwortete, und da endlich begriff es Karl. Mit der Magengrube, mit dem Kopf, dem Rippenfell, dem ganzen Körper: nein. Sie würde nein sagen.

Tanja sagte: »Nein.« Und die Stimme kam nicht aus seinem Kopf.

Magengrube. Schmerz. Atmen. Sie war neunzehn Jahre alt. Neunzehn. Was hatte er sich eigentlich gedacht?

»Sagst du mir, wo du hingehst?«, fragte Karl.

»Nein.«

Atmen. Schwalben. Magengrube.

»Weißt du«, sagte sie, sie hatte sich umgedreht und sah ihn an. Sie sah traurig aus. Sie weinte nicht.

»Verstehst du, wenn ich dir sage, wo ich hingehe, wenn ich dir sage, was ich mache, dann werde ich deinen Segen wollen. Ich würde es immer brauchen, dass du gut findest, was ich mache. Ich will nicht deinen Segen brauchen.«

Er nickte. »Das verstehe ich«, sagte er.

Er hielt sie fest. Er streichelte ihr Haar, es war viel zu weich, unerträglich weich. Im Dunkeln zirpten die Grillen, unten am See flackerten träge ein paar Glühwürmchen. Karl küsste Tanjas Stirn, Tanjas geschlossene Augenlider, Tanjas Mund. »Tanja«, flüsterte er, »Tanja«, und ihre Schultern zuckten, bis sie einschlief. Er hielt sie fest bis zum Morgen. Er schlief nicht. Er sah ihr Gesicht flackern im Feuerschein und bleich und hell werden in der Dämmerung. Ihre Augenlider zuckten. Erst als es ganz hell geworden war, schlug Tanja die Augen auf. Sie sah ihn an. »Jetzt«, sagte sie, und Karl nickte, er hatte es versprochen. Er ließ sie los, und sie standen auf.

Tanja rieb sich die Augen, einen Moment lang stand sie unschlüssig da, dann umarmte sie Karl. Er spürte ihre Arme, ihre Brüste, ihre Wange. Sie war warm. Basilikum, dachte Karl. Merk dir das, dachte Karl. Und dann küsste sie ihn, und das war unerträglich. Gleich würde sie weg sein.

»Geh noch nicht«, sagte Karl, »nur einen Moment

noch, ich will dir noch etwas geben. Bitte, sei noch da, wenn ich zurückkomme.« Tanja nickte. Und Karl flüsterte es vor sich hin, während er im Haus nach dem Schlüssel und dem Opernglas suchte: »Bitte, sei noch da, wenn ich zurückkomme.«

Sie war noch da. Sie stand mitten auf den Steinkontinenten, neben ihr das Schaf. Merk dir das Bild, Karl, merk es dir.

Er legte Tanja den Schlüssel und das perlmuttbesetzte Opernglas in die Hände. Sie lächelte und führte das Glas an die Augen. »Dass du das noch hast.«

»Willst du es wiederhaben?«, fragte Karl. »Nein«, sagte Tanja, »das ist deins.« Sie gab es ihm zurück.

»Gut«, sagte Karl. »Aber den Schlüssel, den musst du nehmen. Der ist für das Schiff.«

Zum ersten Mal brachte Karl Tanja zur Vordertür. Sie küsste ihn, sie legte ihre Stirn gegen seine Brust, sie sah ihm ins Gesicht. Merk dir das, dachte Karl.

Er nickte, er schob ihre Tasche in den Kofferraum, er hielt ihr die Autotür auf und öffnete das große Tor. Er sah dem Schiff hinterher, die ganze Straße hinunter. Vor der Kurve blieb Tanja stehen. Karl führte das Opernglas an die Augen. Er sah Tanja aussteigen und eine Pirouette auf einem Bein drehen. Sie kam schwankend zum Stehen und lächelte asymmetrisch. Er würde sich das Bild merken. Er nickte und winkte, und dann war sie weg.

Blutrot

Che fai?«

Die Straße vor Flavias Haus hätte man pittoresk nennen können: Obststände, ein Café mit blutroter Markise mit Goldschrift darauf, elegante Römerinnen mit Kleidern, Sonnenbrillen und Frisuren. Karl sah sich das alles vom Fenster aus an, durch sein Opernglas, weil er hoffte, es so besser ertragen zu können. Aber es half nichts. Als wäre der Anblick nicht sowieso schon schlimm genug gewesen, hüpften da unten auch noch Tauben herum.

»Charlie! What are you doing? Come back!«

Flavia lag noch im Bett, sie hatte die Decke zurückgeschlagen und war unübersehbar nackt. Sie lag auf der Seite, mit dem rechten Arm hatte sie sich auf ein Kissen gestützt, die linke Hand hatte sie über ihrem Geschlecht abgelegt, wobei unklar blieb, ob sie es so verdecken oder extra darauf hinweisen wollte. Jedenfalls sah es sehr bemerkenswert aus, sogar durch das Opernglas. Den linken kleinen Zeh hatte Flavia abgespreizt.

»Come back! And put this stupid thing away! I want to see your eyes.«

»It's helping me. It's helping me not to cry.«

»Ah! Darling! Don't be so melodramatic! Come! Come back!«

»Okay. Du hast recht. Aber bitte nenn mich nicht so.«

»Che?«

»Nothing.«

Natürlich half es nicht, in Rom bei Flavia zu sein. Nichts hätte geholfen. Aber irgendetwas musste er ja machen. Also kroch er unter ihre Decke und küsste sie, und natürlich war ihm schon vorher klar, an wen er dabei würde denken müssen, aber irgendetwas musste er ja versuchen, auch wenn es aussichtslos war.

Vielleicht hätte er den Burgführer das Foto nicht machen lassen sollen, dort auf dem Bergfried. Loretta und Dwayne auf ihrer Hochzeitsreise. Es war das einzige Bild, das er von Tanja und sich besaß, das nicht nur in seinem Kopf existierte. Wenn er sich das Bild zu oft ansah, würde es die anderen Bilder irgendwann überlagern. Es ging schon los. Er hatte versucht, Tanja aus seiner Erinnerung zu zeichnen, aber es war ihm nicht gelungen. Das machte Karl Angst, aber er konnte trotzdem nicht damit aufhören, sich das Foto anzusehen. Tanja, die

Haare kreuz und quer im Wind, beide Arme um Karl geschlungen. Sie lächelte nicht, und Karls Sonnenbrille verdeckte viel zu viel von ihrem Gesicht. Karl musste immer wieder in das Bild hineinzoomen und sich Tanjas Mund ansehen, Tanjas ernsten Mund. Er hätte etwas ahnen müssen. Vielleicht hatte er ja etwas geahnt? Keine Ahnung. Auf dem Foto sah es jedenfalls nicht danach aus. Karl lächelte in seiner dämlichen Verkleidung, wie er es sonst überhaupt nicht von sich kannte, noch nie hatte er sich auf einem anderen Bild so lächeln sehen, auch nicht als Kind, und auch im Spiegel hatte er sich nie so angeschaut.

Wenn er jetzt in den Spiegel sah, war der Anblick schwer zu ertragen. Er sah nicht unbedingt schlechter oder anders aus als sonst, aber er hatte keine Lust, sich mit seinem Gesicht zu konfrontieren, so einzeln. Tanja fehlte. Sie fehlte im Spiegel, und sie fehlte beim Blick aus dem Fenster und einfach immer, und egal, was er machte, es war falsch.

Es wäre falsch gewesen, in Leinsee zu bleiben, es wäre falsch gewesen, nach Berlin zu fahren, und es war falsch, seit fast zwei Wochen in Rom in Flavias Bett zu liegen, abwechselnd mit ihr und ohne sie.

»Charlie, come on! What's the matter with you? Don't you want to *do* something? Anything?« Flavia wollte, dass er sich etwas anzog und sie in

eine Galerie begleitete oder auf ein Konzert oder
wenigstens in ein Restaurant. Aber Karl blieb liegen, und Flavia ging allein, und wenn sie zurückkam, lag er immer noch da, oder er schaute durch
sein Opernglas auf die Straße. Ihm war klar, dass
er Flavia auf die Nerven ging damit. Sie hatte ihn
gern, das wusste er, aber so konnte sie nichts mit
ihm anfangen, bald würde sie die Geduld verlieren
und ihn hinauswerfen, und damit würde sie recht
haben. Aber bis dahin konnte er genauso gut hier
liegen bleiben und das Bild auf seinem Handy anstarren oder die Tapete. Oder er schloss einfach die
Augen. Die Augen zu schließen war wahrscheinlich
das Beste.

Tanja als Kind. Ihr konzentriertes Gesicht beim
Bedienen der Vakuummaschine.

Merk dir das, Karl.

Tanjas Spiegelbild in der Schaufensterscheibe.

Tanjas flackerndes Gesicht am Feuer.

Tanja, wie sie das Schaf streichelt.

Tanja, wie sie seinen Bademantel anzieht.

Merk es dir.

Tanja in der Kurve, eine Pirouette drehend.

Tanja. Tanja. Tanja.

Es wurde nicht besser.

Als zwei Wochen voll waren und Karl immer
noch in ihrem Bett lag, fand Flavia offensichtlich, es

sei an der Zeit, etwas zu unternehmen. Sie warf ihn aber nicht, wie Karl vermutet hatte, hinaus. Stattdessen rief sie Raiken an. »Max! Yes, he is here with me. I have no idea what's going on with him. Something is wrong. You have to talk to him.«

Karl wunderte sich, dass Raiken tatsächlich nach Rom kam, seinetwegen. Er wollte ihn in dem blutroten Café auf der anderen Straßenseite treffen, und ihm zuliebe stand Karl auf, zog sich an, rasierte und kämmte sich, ertrug sein Spiegelbild dabei und überquerte dann die Straße, auf die unerträglich die Sonne schien. Die Leute aßen Eis, und sie lachten.

Raiken saß zum Glück drinnen, eine Zeitung und einen Kaffee vor sich. Als er Karl sah, faltete er die Zeitung zusammen, winkte und stand auf. Zur Begrüßung umarmten sie sich. Max' Umarmung war fest und gut, er roch nach Zigaretten, und sein Bauch war so mächtig, dass Karl mit seinen Armen nicht um den ganzen Mann herum kam. Er musste sich zusammenreißen, sich nicht an Max' Brust zu werfen, in Tränen auszubrechen und ihm mit beiden Händen durch den Beethovenschopf zu fahren. Max wiegte Karl ein bisschen hin und her, dann ließ er ihn los, und sie setzten sich.

»Karl!«

»Max. Kein Champagner heute?«

Max lachte. »Vielleicht später. Je nachdem, wie

sich das hier entwickelt. Ich bin ja schon mal froh, dich gefunden zu haben.« Er winkte dem Kellner, und Karl bestellte sich auch einen Kaffee und dazu einen Grappa, einen doppelten.

»Erzähl«, sagte Max, »was ist passiert?«

Karl zögerte, aber nur kurz.

Er erzählte einen Kaffee und einen Grappa und eine Flasche Wein und noch einen Grappa lang. Raiken hörte die ganze Zeit zu, rauchte, trank und sagte kein Wort, und als Karl fertig war, nickte er und sagte: »Ja. Ich erinnere mich. Die Schneekugel damals. Das war schön.«

»Ja«, sagte Karl.

Raikens Blick ruhte auf ihm, schwer und sanft. »Warum hast du sie denn so einfach gehen lassen?«

»Versprochen ist versprochen«, sagte Karl und sah aus dem Fenster.

Raiken nickte und schwieg. Er reichte Karl eine Zigarette, sie rauchten zusammen, vor dem Fenster hüpften Tauben durch die Sonne.

»Weißt du, Karl«, sagte Raiken irgendwann, »die gute Nachricht bei Liebeskummer ist: Es wird jetzt nicht mehr schlimmer werden. Ab jetzt wird es nur noch besser.«

Karl zuckte mit den Schultern und drückte seine Zigarette aus. Raiken meinte es sicher gut. Wenn man den Gedanken allerdings zu Ende dachte, war er falsch. Denn dass es besser würde, müsste bedeuten, weniger an Tanja zu denken. Und weniger an Tanja zu denken konnte unmöglich besser sein, denn die Gedanken an Tanja waren ja das Beste, was er noch hatte, und, ach, egal, es war sowieso alles falsch, und Karl bestellte noch einen Wein.

Er stieß mit seinem Freund an, und am Ende des Tages hatte er seinen Kopf an Max' Schulter gelegt und ihm versprochen, zurück nach Berlin zu kommen.

Taubenblau

Das wird großartig, Karl«, hatte Raiken gesagt, Flavia hatte genickt: »You will be alright, Charlie.« Und Karl hatte mit den Schultern gezuckt, »okay« gesagt und »thank you« und Flavia zum Abschied auf die Stirn geküsst.

Großartig war übertrieben gewesen. Aber es war in Ordnung, er hielt sich wacker. Das Atelier gefiel ihm noch immer. Die Autobahn rauschte, die S-Bahn ratterte, und das Tempelhofer Feld war weiterhin einer der angenehmsten Anblicke, die man aus einem Fenster haben konnte, fand Karl. Das Tempelhofer Feld war sogar ohne den Blick durch das Opernglas zu ertragen.

Raiken schlug ihm vor, das ganze Materiallager von Leinsee nach Berlin transportieren zu lassen, aber Karl weigerte sich. »Nein«, sagte er, »das geht zu weit, ich will das behalten. Ich will Leinsee als Ort behalten.«

»Ich glaube, du brauchst das nicht mehr«, sagte Raiken.

»Es kann sein, dass du recht hast«, sagte Karl, »ich will es aber trotzdem.«

Karl pendelte hin und her. Die meiste Zeit blieb er in Berlin, aber wenn er an die Materialbestände musste, fuhr er jedes Mal runter. Und wenn er dort war, dann fehlte Tanja. Sie fehlte im Garten und im Bootshaus und im Baum, als Acht- oder Neunzehnjährige.

Die Traurigkeit ging nicht weg, aber er hielt es aus. Er arbeitete einfach weiter. Er hatte sogar drei Mitarbeiter eingestellt und konzipierte eine neue Ausstellung. Im nächsten Jahr wollte er die ganze große Halle im Hamburger Bahnhof in ein Materiallagerlabyrinth verwandeln. Er zeichnete viel. Große, beeindruckende Skizzen. Raiken war begeistert, die Presse war begeistert, die Kuratoren waren begeistert, es lief.

Manchmal, wenn es schwierig wurde, stellte Karl sich vor, Tanja würde ihm beim Zeichnen zusehen. Das war das ganze Geheimnis. Er stellte sich Tanjas Blick in seinem Rücken vor. Er stellte sich ihr Spiegelbild neben seinem vor, und das half.

Im Oktober beschloss er, nicht länger im Atelier zu leben, sondern eine Wohnung zu beziehen. Er wollte versuchen, sich irgendwo zu Hause zu fühlen. Die Wohnung lag auf der anderen Seite des Tempelhofer Feldes. Er würde mit dem Fahrrad ins

Atelier fahren können, vorbei an den Kitesurfern, den Joggern, den Kiffern und den Feldlerchen. Wenn er Lust hatte, konnte er auch einen Spaziergang daraus machen. Der Gedanke hatte ihm gefallen, und noch vor dem Ende des Monats hatte er das Nötigste besorgt und sich eingerichtet. Es würde gehen.

Es war ein feuchter, aber einigermaßen milder Oktobertag. Eine dichte Wolkendecke hing über der Stadt, und die Bäume leuchteten gelb. Seit Karl in die Wohnung eingezogen war, gab es so etwas wie einen Feierabend. Es war noch hell, als Karl aus dem Atelier trat.

Er verabschiedete sich von seinen Mitarbeitern, schloss das Tor ab und machte sich auf den Weg. Heute würde er zu Fuß gehen. Zwischen den Heuballen auf dem Feld sog er den Duft ein. Das sollte er öfter machen. Vielleicht könnte er auch jedes Mal, wenn er hier vorbeikam, etwas Heu für das Schaf in Leinsee abzweigen, dachte er, und als er zu lachen anfing, spürte er etwas in seinem Nacken zittern.

Er drehte sich nicht um.

Er ging weiter, er sah geradeaus, er sah nicht nach den Joggern und nicht nach den Inlineskatern, nicht nach den Blumen in den kleinen Gärten, nicht nach den Drachen. Er versuchte, sich nur auf sein Gehör zu konzentrieren. War das der Rhythmus? Er versuchte, seine Schritte anzugleichen.

Er drehte sich nicht um.

Wenn er sich umdrehte, würde sie nicht da sein. Es war besser, sich Tanjas Schritte vorzustellen, ihren Blick in seinem Rücken.

Er zündete sich eine Zigarette an und drehte sich nicht um. Er ging am Baseballfeld vorbei und drehte sich nicht um. Er wich einem Kind auf einem Fahrrad aus und drehte sich nicht um. Er überquerte den Columbiadamm und drehte sich nicht um. Er grüßte die Nachbarin mit dem großen grauen Hund und drehte sich nicht um. Er drückte die Zigarette aus und drehte sich nicht um. Er schloss seine Haustür auf und drehte sich nicht um. Er ging die Treppe hoch und drehte sich nicht um.

Vor seiner Wohnungstür dachte er: Heute ist der 25., nein, der 24. Oktober 2016. Das Datum war wichtig. Seine Schläfen pochten, sein Rippenfell brannte, seine Mundwinkel machten, was sie wollten. Sie wollten lächeln, ganz breit lächeln.

Vor seiner Tür stand ein Vogelkäfig mit einer lebenden Taube darin. Die Taube hatte bläuliches Gefieder, sie sah ihn an, wackelte mit dem Kopf und trippelte von einem Bein aufs andere. Am Käfig klebte ein Zettel. Karl bückte sich und las:

*Eine vollständige Erklärung des Heimfindever-
mögens der Brieftauben ist bis heute noch nicht
gefunden. In jüngster Zeit wurde von Forschern
ein Sensor des Magnetsinns am oberen Teil des
Schnabels von Brieftauben nachgewiesen, mit
dem sie die Stärke des Magnetfeldes der Erde
messen und damit ihre geographische Position be-
stimmen können.*

Dank

Für die Ermutigung und Unterstützung bei der Arbeit an diesem Buch danke ich von Herzen meiner Familie, meinen Freundinnen und Freunden, dem Autorenkombinat Kommando Torben B., der Autorenwerkstatt Prosa des Literarischen Colloquiums Berlin, Anabelle Assaf, Kati Hertzsch, Philipp Keel und allen bei Diogenes.

Benedict Wells
Vom Ende der Einsamkeit

Roman

Jules und seine Geschwister Marty und Liz sind grundverschieden, doch ein tragisches Ereignis prägt alle drei: Behütet aufgewachsen, haben sie als Kinder ihre Eltern durch einen Unfall verloren. Obwohl sie auf dasselbe Internat kommen, geht jeder seinen eigenen Weg, sie werden sich fremd und verlieren einander aus den Augen. Vor allem der einst so selbstbewusste Jules zieht sich immer mehr in seine Traumwelten zurück. Nur mit der geheimnisvollen Alva schließt er Freundschaft, doch erst Jahre später wird er begreifen, was sie ihm bedeutet – und was sie ihm immer verschwiegen hat.

Als Erwachsener begegnet er Alva wieder. Es sieht so aus, als könnten sie die verlorene Zeit zurückgewinnen, doch dann holt sie die Vergangenheit wieder ein. Ein berührender Roman über das Überwinden von Verlust und Einsamkeit und die Frage, was in einem Menschen unveränderlich ist. Und vor allem: eine große Liebesgeschichte.

»Eine fesselnde, berührende, traurige Geschichte, die den Leser aber nicht traurig entlässt. Dieser neue Roman ist sein Meisterstück.«
Claudio Armbruster / ZDF-Heute Journal, Mainz

»Der beste John-Irving-Roman, der nicht von John Irving stammt. Benedict Wells ist ein Hammer von einem Familienroman gelungen.«
Denis Scheck / Der Tagesspiegel, Berlin

»Ein großartiger, ergreifender Roman für junge und alte Leser.« *Elke Heidenreich*

Auch als Diogenes Hörbuch erschienen,
gelesen von Robert Stadlober

Benedict Wells
Fast genial

Roman

Ich habe das Gefühl, ich muss meinen Vater nur einmal anschauen, nur einmal kurz mit ihm sprechen, und schon wird sich mein ganzes Leben verändern.
Die unglaubliche, aber wahre Geschichte über einen mittellosen Jungen aus dem Trailerpark, der eines Tages erfährt, dass sein ihm unbekannter Vater ein Genie ist, und sich auf die Suche nach ihm macht. Eine Reise quer durch die USA – das Abenteuer seines Lebens.

»Spannend wie ein Krimi. Benedict Wells ist mit *Fast genial* ein ziemlich geniales Buch gelungen.«
Claudio Armbruster / ZDF-Heute Journal, Mainz

»Wells' dritter Roman ist ein klasse Roadmovie, der mit Frische, Witz und lebendigen Figuren den holprigen Weg zum Erwachsenwerden erzählt.«
Bücher, Kiel

»Ein faszinierender Roman.«   *Der Spiegel, Hamburg*

»Die Idee ist großartig. Mit dieser Geschichte kriegt man auch junge Leute ans Lesen.«
Elke Heidenreich

»Der unterhaltsame Roman ist spannend bis zum letzten Satzzeichen – rien ne va plus!«
Deutschlandradio Kultur, Berlin